KB059494

내게 사막은 인생의 지도이다

내게 사막은 인생의 지도이다

지은이   남영호
펴낸이   박숙정
펴낸곳   세종서적(주)

주간   강훈
편집   이진아 김하얀
디자인   전성연 전아름
마케팅   안형태 김형진 황선영
경영지원   홍성우

출판등록   1992년 3월 4일 제4-172호
주소   서울시 광진구 천호대로132길 15 3층
전화   마케팅 (02)778-4179, 편집 (02)775-7011
팩스   (02)776-4013
홈페이지   www.sejongbooks.co.kr
블로그   sejongbook.blog.me
페이스북   www.facebook.com/sejongbooks
원고 모집   sejong.edit@gmail.com

초판 1쇄 발행   2016년 8월 5일
    2쇄 발행   2017년 8월 1일

ⓒ 남영호, 2016

ISBN 978-89-8407-571-9 03810

이 도서의 국립중앙도서관 출판시도서목록(CIP)은 서지정보유통지원시스템
홈페이지(http://seoji.nl.go.kr)와 국가자료공동목록시스템(http://www.nl.go.kr/kolisnet)에서
이용하실 수 있습니다.(CIP제어번호: CIP2016017348)

탐험가 남영호 대장의 무동력 사막 횡단기

내게
사막은
인생의
지도이다

남영호
글★사진

세종
서적

길을 찾아 떠난 사막

세상의 외로운 땅을 찾아 나선 지 올해로 꼭 10년이 되었다. 그사이 대륙을 가로지르고, 강을 따라 노를 젓고, 8개의 사막을 두 다리로 건넜다. 그곳들이 어디에 있든, 언제 나와 마주했든 상관없이 돌이켜보면 마치 하나의 거대한 사막을 건넌 듯한 기분이다. 그리고 나는 여전히 그 사막의 모래바다를 걷고 있다.

사막이라고 하면 막연하고 막막한 느낌이 제일 먼저 든다. 봄철 황사 바람처럼 눈앞이 선명하지 않고 머릿속마저 희뿌연 모래 먼지로 가득한 느낌이 들었지만 나는 발을 들였고 여전히 걷고 있다. 어쩌면 사막은 나에게 필연적인 존재였는지도 모른다. 피하려 해도 들어갈 수밖에 없는 그런.

그러나 사막엔 단지 막막함과 외로움만 있는 것이 아니었다. 내딛는 한 걸음 한 걸음이 무겁고 힘겨웠지만, 언제부턴가 그 한 걸음에 앞으로 나아가고 있다는 희망과 믿음이 실려 있음을 느꼈다. 그것은 막막함을 이기고자 하는 절심함이기도 했다.

시뻘겋게 달궈진 메마른 땅에도 비가 내렸고 눈발이 흩날렸다. 양극단을 오가는 사막이지만 그런 순간들을 마주하면 경이로움 이상의 느낌이 들었다. 그 틈을 놓치지 않고 생존을 위해 입을 벌리고 온몸으로 비를 맞는 모래더미 속 작은 곤충들에게조차 삶에 대한 간절한 본능이 있었다. 생명이라곤 무엇도 존재하지 않을 것만 같은 광활한 대지에서는 걸음걸이가 늘어나는 만큼 생각이 깊어졌다. 생각이 깊어지자 마침내 생각이 없어졌다. 머릿속을 가득 채웠던 잡다한 생각들이 필요 없는 것임을 알았을 때 더 이상 그것들로 나를 묶어두지 않기로 했다. 그 순간 나에게 필요한 것은 사막에서 살아남을 수 있는 공기와 물, 그리고 나 자신의 의지와 가장 소중한 그리운 이들이었다. 희망이라곤 없어 보이는 그 망망한 모래밭에서 나는 삶이라는 사막을 어떻게 건너야 할지 배우고 있었다. 걸음걸이를 뗀 지 수십 년이 지나서야 말이다. 그러고 보면 이제라도 사막을 만난 것이 나에겐 일생의 행운이고 축복인지 모른다.

세상의 모든 것이 실시간으로 보여지는 시대에 탐험이라는 것이 더 이상 의미 없을 것도 같지만, 사막의 한복판에 덩그러니 남겨진 사람의 심정을 제아무리 첨단 기술이라도 얼마나 이해할 수 있을까. 인간의 도전과 불굴의 의지, 그리고 기쁨과 외로움은 방 안에서 바라보는 제3자의 시선으로는 결코 느낄 수 없다. 싫으면 언제든 모니터를 꺼버리든지 방을 나가버리면 그만이다. 그러나 진짜 사막에는 나가는 문도 없고 꺼버릴 스위치도 없다. 오직 스스로 길을 찾아야 하고 우물을 찾아 목을 축여야 한다.

가상의 세계는 허무하다. 탐험가가 되고자 했지만 한동안 나는 상상 속에서나 세상을 탐험하는 가상의 탐험가일 뿐이었다. 꿈이 있다는 것은 분명 좋은 일이지만 꿈만 꾸고 있다면 불행하다. 유라시아를 다녀온 후 매년 계획을 세우고 준비했지만 번번이 실패했다. 경비를 마련하는 것도 대원을 구성하는 것도 쉬운 것이 하나도 없었다. 시도조차 못해본 실패였다. 시도하지 않았으니 실패도 없을 것 같지만 시도조차 하지 못한 실패는 그보다 더 가슴 아팠다. 그러는 동안 나는 다시 직장에 다녔다. 그렇지만 꿈을 포기한 것은 아니었다. 잠시 이 생활을 선택한 것도 내가 가진 꿈을 버리지 못하기 때문이었다. 시도조차 하지 못한 탐험가의 꿈 말이다. 어찌 보면 나는 뜬구름 잡는 소리처럼 들리는 21세기 탐험가다. 사람들이 뭐라 하든 내가 그 꿈을 접을 수 없는 것은 꿈을 접어버리는 것이야말로 나에겐 가장 척박한 삶을 살아가는 선택이기 때문이다. 우리는 무엇을 위해 사는 걸까.

잣대가 무엇이든 간에 나는 행복한 삶을 살고 싶었다. 내게 행복이란 진정 원하는 것을 시작하는 것이었다.

첫 원정 이후 3년간 떠날 준비를 마치고, 나는 다시 거친 길 위에 올랐다. 사막을 걷는 내 모습을 상상하는 것은 즐거웠지만 홀로 걷는 내 그림자 뒤로 남겨진 가족이 마음에 걸렸다. 그것이 지난 몇 년간 밖으로 튀어나가려던 나를 힘들게 붙잡아둔 한 가지 이유이기도 했다. 고백하자면 나와 가족 사이에는 두껍고 오래된 좀처럼 무너질 것 같지 않은 벽이 있었다. 나는 집 안을 송두리째 말아먹은 죄인이었고, 10년 가까이 우리는 마주 보고 웃어본 적이 단 한 번도 없었다. 참을 수 없는 괴로움에 집을 뛰쳐나오는 일이 허다했다.

1996년, 사촌에게 속아 내 손으로 건넨 부모님의 인감증명서는 엄청난 재앙을 불러왔다. 모든 재산과 노력이 한순간에 허공으로 사라지고 그 자리엔 고통과 울음과 두려움만이 남았다. 책임질 사람이 아무도 나타나지 않았다. 어머니는 그 충격으로 언제 끝날지 모를 병상 생활을 시작했다. 어머니는 나를 보고도 엉뚱한 사람의 이름을 불러댔고, 혼자서는 걸을 수도 먹을 수도 없었다. 그저 멍하니 하늘을 보다가 분하고 억울한 마음을 풀지 못해 어린아이처럼 엉엉 울기만 했다. 이 모든 것이 나 때문이란 사실이 너무나 괴로웠다. 그로부터 나는 "네가 그렇게만 하지 않았으면!"이라는 원망의 대상이 되었다. 시간이 지나면서 나와 가족은 관계를 회복해가고 있지만 여전히 선명한 상처 자국이 남아 있다. 세상에 대한 순수한 호기심과 질문들이 나를 밖으로 뛰쳐나가게 한 첫 번째 이유라면, 이것은 두 번째 이유이다. 피하고 싶고 도망치고 싶었다. 그대로 있다간 미쳐버릴 것 같았다. 내가 속한 곳에서 벗어나 사막을 걸으며 모래바람에 아픔을 씻어내고 싶었다. 사막이 무척 외로운 곳이기를 바랐다. 몸서리치게 외로워서 그리도 지긋지긋하게 떨쳐내고 싶었던 그 자리와 그곳에 남겨진 가족이 다시 그리워지길 바랐다.

사막을 건너기로 마음먹은 것은 어찌 보면 운이 좋은 것일 수도 있고 억세게 나쁜 것일 수도 있었다. 그토록 바라던 길을 걷게 되었지만 한편 그것을 선택함으로써 잃거나 포기해야 할 것들도 많았다. 그렇지만 누구나 갖는 뻔한 욕심에 미련 따위는 버리고 내 길을 묵묵히 걷겠다고 다짐했다. 그러다 보면 미처 몰랐던 기쁨을 발견할 수도 있을 거라고 믿었다. 결단 뒤에는 비움이라는 전제가 필요했다. 매년 한 차례 탐험을 떠나기 위해서는 한 해를 준비해야 했다. 그렇게 모은 자금으로 대원과 함께 떠날 비용을 충당했다. 물론 넉넉하지 않았다. 비행기 값과 식비 정도만 마련돼도 다행이었다. 새로운 장비를 구입할 여유는 전혀 없었다. 공항에서의 내 모습은 낡을 대로 낡은 재킷과 여기저기서 얻어 구색을 겨우 갖춘 배낭이며 신발 차림이었지만 표정만큼은 그 누구보다 비장하고 밝았다. 어디론가 떠날 수 있다는 것만큼 기쁜 일은 없었다.

지난 여정들을 돌이켜보면 우여곡절이 없던 적이 없었다. 타클라마칸에선 공안에 의해 며칠 동안 감금되었고, 갠지스에선 무장강도를 만나 죽음이 바로 눈앞에까지 다가왔다. 고비에선 일행과의 소통 부재로 인한 불편함으로 온전한 횡단을 하지 못한 채 돌아왔고, 그레이트빅토리아에선 식량이 떨어진 상태에서 죽을힘을 다해 사막을 헤쳐나왔다. 엠프티쿼터에선 베두인과의 반목으로 긴장감이 돌았고, 그레이트베이슨에선 낯선 외지인을 바라보는 의심의 눈초리를 피해 다녀야 했다. 그레이트샌디에선 대원이 무단이탈하고 한 명이 지쳐 쓰러져 긴급구조를 받기도 했다. 치와와에선 무장경찰의 호위를 받아야 했고 대원을 팀에서 내보내는 일도 벌어졌다. 칼라하리에선 언제 있을지 모를 야생동물의 습격에 대비해야 했지만, 그보다 지독한 더위와 갈증 그리고 발길을 움켜잡는 모래를 이기지 못해 되돌아 나와야 했다.

숱한 어려움이 있었지만 난 운 좋게도 살아남았고 다시 그곳을 꿈꾸며 앞일을 계획하고 있다. 사막은 때론 아름답지만 분명 혹독한 곳이다. 그럼에도 불구하고 나는 사막을 떠날 수가 없다. 내가 떠나려 한다고 떠날 수 있는 곳이 아니다. 우리가 헤어지는 것은 내 삶이 끝날 때쯤에나 가능할 것 같다. 사막은 나에게 일터이자 학교 같은 곳이다. 때론 신나는 놀이터이기도 하다. 내가 무엇을 하든 간섭하지 않는다. 내가 어떻게 걸어가든 충고하지 않는다. 다만 내가 남긴 발자국이 느려지거나 멈추면 나를 좀 더 붙잡아둘 뿐이다. 뒤에 남은 내 발자국이 바람에 흩날려 사라지기 전에 앞으로 나가야 한다.

사막을 걸으며 가장 행복한 것은 무엇보다 나를 알아간다는 점이다. 그동안 내가 나 자신을 얼마나 내팽개치며 살아왔는지 사막을 걸으며 깨달았다. 그리고 스스로와의 관계를 회복해갔다. 사막의 단조로운 풍경 속에서 얻은 긍정적 변화다. 전 세계에는 수백, 수천의 사막이 존재한다. 난 그 사막들을 모두 건너겠다는 욕심을 갖고 있지 않다. 모두 건넌다는 정복자의 성취감 뒤에 밀려올 거부할 수 없는 허망함을 느끼느니 내 앞의 사막을 좀 더 행복하게 만끽하고 싶다. 내가 아직 발견하지 못한 사막의 이야기를 찾아가고 싶다. 사막은 벌거벗은 내 모습을 마주하게 한다. 어떠한 가식이나 꾸밈이 없는 본래의 내 모습, 그것을 보게 된다. 그 안에서 고독함과 두려움, 기쁨과 그리움, 죽음, 사랑 등 끊임없이 내 안의 솔직한 감정들이 나를 몰아세운다. 사막을 걷는 것은 마치 내가 인생을 살아가는 것과 크게 다르지 않았다. 극한의 공간에서 불현듯 아무런 예고도 없이 찾아오는 그런 감정들과 치열하게 싸우고, 질문하고, 화해하고, 또 목도한 고민의 결과를 이 책에 담고 싶었다. 그리고 그것을 나누고 싶다. 각자의 사막을 걷고 있는 우리 모두와 함께.

2016년 6월 수락산 아래 유예헌에서

Contents

Road 2
사막의 사람들

Road 3
사막의 풍경

Road 4
원정 기록

Road _ 01

사막을
건너는 법

룹알할리 사막, 아랍에미리트, 2013년 3월

사막을 건너는 자,
나만의 나침반을 가져라

    내가 선택한 탐험가의 길이 순탄하리란 기대는 희망에서 불안함으로, 그리고 좌절과 아픔으로 이어졌다. 내 일생 첫 도전인 유라시아 대륙 1만 8,000킬로미터 횡단 후 3년간, 꿈꾸던 그 무엇도 할 수 없어 무기력하기만 한 나 자신을 보는 것만큼 괴로운 일은 없었다. 탐험가가 되겠다며 20대의 대부분을 보내고 맞이한 시련은 파미르의 숨 막히는 고도도, 사막의 뜨거운 모래바람도 아닌, 꿈을 이루지 못할 것 같은 혹독한 현실과 그것을 뚫고 나가지 못하는 힘없는 나 자신 때문이었다.

    그동안 탐험 기술들을 습득하고 몇 년간 산악잡지 기자로 일하며 많은 산에 오르고 전문 산악인들의 모습을 가까이에서 마주할 수 있었다. 그 밖에도 틈나는 대로 지리를 공부하고 위대한 탐험가들의 숨 막히는 모험담을 찾아 읽었지만, 그런 공부만으로 해결될 것이 아니었다. 어떤 탐험을 할 것인지, 어디를 향할 것인지, 왜 하는지, 목적이 무엇인지, 어떤 의미가 있는지 등 행위의 바탕에는 갖춰야 할 것들이 무수히 많았다. 또한 떠나기 위해선 자금도 필요했다. 마치 무림고수를 꿈꾸는 자가 오랜 시간 주먹으로 나무기둥을 내리치고 교본을 탐독하며 홀로 자세를 연마하는 것이 얼마나 답답한 노릇인지 내 모습을 보며 깨달았다. 방구석에 들어앉아 혼자만의 상상으로 대련을 하고 단련하는 것은 부질없는 짓이었다. 주먹을 내지르고 발길질로 상대를 제압하는 상상은 짜릿하지만 상대의 주먹에 내가 쓰러지는 상상이 그리 고통스럽지 않은 것은 현실과 너무나도 다르다. 상대는 내 주먹을 온몸으로 기꺼이 맞아주는 나무가 아니다. 내가 터득한 대로 공격 순서를 허용하지도 않는다. 내겐 직접 부딪치며 스스로 깨지고 다듬어질 시간이 필요했다. 그러나 그것조차 마음먹은 대로 되지 않는다는 것을 인정해야 했다. 그렇지만 어떤 답도 나오지 않을 것 같은 막막함 속에서 유일한 희망은 더 독한 마음으로 포기하지 않고 신념을 지켜나가는 것이었다. 언제부턴가 지구 상의 오지를 헤매는 내 모습을 상상할 때면 그곳에서 헤어나오지 못하고 길을 잃어버리는 것으로 끝났다. 가상에서조차 허우적거리는 모습은 현실 속의 내 모습과 다름없었다. 불안하고 확신할 수 없었다. 언제까지 이런 생활을 지속해야 할지 끝을 알 수 없었다.

너무 답답한 마음에 한 산악인 선배를 만나 고민을 털어놨다. 그분도 처음엔 나와 같은 고민을 하지 않았을까. 이 길을 먼저 가본 사람이라면 내가 어떤 고민을 하는지, 무엇을 원하는지 알고 격려해주길 내심 바랐다. 그러나 대답은 기대와 전혀 달랐다. 한 수 배우러 간 초심자는 방어조차 하지 못한 채 명치를 가격당한 느낌이었다. "탐험가가 되기엔 나이가 너무 많다. 그 길은 말로 할 수 없을 정도로 고되니 다른 길을 가는 게 좋을 것 같다." 이것이 선배의 대답이었다. 내가 바라던 것이 아니었다. 나는 원하는 답을 마음속에 담아두고 있었다. 식상한 표현일지언정 한 번만이라도 "가능하다, 도전해라" 이런 격려의 말이 듣고 싶었다. 그리고 누구라도 내 편이 하나쯤은 있다는 걸 확인하고 싶었다. 답답하고 풀리지 않는 초조함과 허무함이 교차했다.

나는 축 처진 어깨로 집을 향해 걷기 시작했다. 청량리역에서 내려 구리시에 있는 집까지 얼마나 걸어야 하는지도 모른 채 무작정 걸었다. 걷는 동안에도 선배가 한 말이 머릿속을 떠나지 않았다. 힘들고 어렵기 때문에 내가 못할 것이란 의미는 아닐 거라고 생각했다. 단지 탐험이라는 행위 자체가 그렇다는 것으로 이해하기로 했다. 어쩌면 죽음의 고비를 숱하게 넘긴 자의 솔직한 조언일지도 모른다. 그러나 그의 한마디에 낙심하고 가슴 한편에 구멍이 뻥 뚫린 듯한 내 모습이 초라하게 느껴지는 것만큼은 피할 도리가 없었다. 누군가의 한마디에 의지할 수 있는 얄팍한 꿈이라면 버려도 아깝지 않을 거라는 생각이 들었다. 그러나 그렇게 미련 없이 떨쳐낼 자신도 없었다. 다행히 내 속엔 여전히 포기하지 않겠다는 의지가 남아 있었고 불가능하다는 선배의 한마디가 오히려 꺼져가는 의지에 더욱 불을 지핀 셈이

되었다. 결과적으로 그것만큼 고마운 대답은 없었다. 꿈을 접는 것이야말로 가장 척박한 삶을 살아가는 최악의 선택이니까.

그 일이 있고 얼마 후 나는 가족이 알면 기절할 만한 일을 저지르고 말았다. 입사한 지 몇 개월 되지 않은 회사에 덜컥 사표를 내고 원정을 준비하기 시작한 것이다. 용기 있는 결단이었고, 원치 않는 내 모습을 벗어던져 후련했지만, 그런 나를 인정해주는 사람은 별로 없었다. 부모님은 아들이 서른 살 넘어 이름 있는 회사에 들어가자 드디어 정착해서 다행이라 여겼는데 또다시 가방을 싸들고 떠나겠다고 하니 말을 잇지 못하셨다. 이젠 말로는 안 될 거라고 생각하셨는지도 모른다.

본격적인 원정 준비는 대상지에 대한 공부에서부터 시작된다. 예를 들어 어떤 사막에 갈 경우엔 1년 동안의 날씨 변화를 알아본다. 평균기온과 최고기온 및 최저기온, 계절별·지역별 강우량, 바람의 방향 등을 꼼꼼히 알아보는 것이다. 또한 지리적 특성도 알아야 한다. 사구의 방향이 어떻게 이어지는지, 사구의 높이는 얼마나 되는지, 사구의 연속된 길이는 어느 정도 되는지, 모래사막과 초원, 염분으로 가득한 평지 등의 규모는 얼마나 되며 염호나 우물은 있는지.

생태 환경도 빼놓을 수 없다. 사막엔 모래밖에 없을 것 같지만 제각기 특별한 동식물들이 서식하고 있다. 낙타나 영양류의 큰 동물들부터 뱀, 도마뱀, 전갈 같은 작은 것들까지 파악해야 한다. 보이는 것은 정체를 쉽게 파악할 수 있지만 모래나 바위틈에 웅크리고 있는 작은 녀석들은 쉽게 보이지도 않을뿐더러 더 큰 위험이 될 수 있다. 식물에 대해서는 식용식물과 그렇지 않은 식물을 기준으로 공부한다. 만약 무엇이라도 먹어야 할 상황이 닥칠 수 있기 때문이다. 그곳의 문화도 알아두어야 한다. 탐험지가 전 세계에 흩어져 있어 각각의 종교와 언어, 생활습관 등이 모두 다르기 때문이다. 이것들을 이해하고 출발하면 좀 더 의미 있는 원정이 된다.

이런 공부를 하면서 체력 훈련 또한 병행한다. 매일같이 무거운 짐을 짊어지거나 끌고 수십 킬로미터에 이르는 사막길을 걸어야 하니 체력은 필수다. 의지만으로 되는 게 결코 아니다. 흔히들 "사막을 건너는 건 결국 정신력이죠?"라며 마치 다 알고 있다는 듯이 묻는데, 그 말이 꼭 틀리다고 할 수는 없지만 정신력만으로 되는 것이 어디 있는가. 몸이 말을 듣지 않고 눈앞이 노래지며 사구가 지평선을 넘어 뒤집혀 모래가 온통 쏟아질 것 같은 지경에 이르면 정신력은 의미가 없어진다. 사막에서 최적의 걸음걸이를 연구해야 하고 짐을 짊어지는 법을 알아야 한다. 그리고 오랜 시간 덜 지치며 걸을 수 있는 체력을 갖춰야 한다. 이런 준비들은 탐험지에 올라섰을 때 비로소 빛을 발한다.

그러나 원정길에 오르려면 경비 마련이라는 가장 큰 과제가 남아 있다. 준비 과정에서 새로운 것들을 알아가며 그곳에 한 걸음씩 가까워지는 것은 즐거운 일이지만 경비 문제는 이와 좀 다르다. 많은 것을 조사하고 공부했어도 막상 자금이 마련되지 않으면 한 걸음도 내딛지 못한다. 사실 이 과정이 대부분의 탐험가에게 가장 외롭고 긴 시간이다. 기획서와 제안서를 만들어 한 가닥 기대나 희망을 놓치지 않고 후원사를 설득해야 한다. 아무리 대단한 도전이라도 그들 입장에서 함께할 명분을 찾지 못하면 후원을 받기 어렵다. 탐험가는 자신의 계획에 대해 큰 의미와 목적을 갖고 있지만 그것이 모든 사람에게 설득력을 얻기는 쉽지 않다. 각자의 관점과 입장이 상이하기 때문이다. 수십 곳에, 때론 100여 곳 넘게 연락을 하고 미팅을 가져도 함께 도모할 기회를 잡기는 사막에서 시원한 우물을 발견하는 것보다 희박하다. '도대체 이런 멋진 도전에 왜 참여하지 않는 거지'라는 순전히 내 중심적인 사고의 틀을 벗어나지 못하면 세상이 참으로 어두워 보이고, 심지어 자신이 엄청 초라하며 가치 없는 일에 몰두하고 있는 듯한 느낌마저 든다.

그런 현실에 좌절하지 않기 위해서라도 자기 확신과 끊임없이 다양한 관점에서 자신과 계획을 돌아보는 마음이 필요하다. 혼자 좋아서 하는 일이라면 혼자만의 만족으로 끝내면 되지만 누군가와 손잡고 가고자 한다면 나만의 생각의 굴레에서 벗어나야 한다. 물론 여러 상황에서 흔들리지 않을 나만의 중심을 갖추고 있어야 한다.

끊임없는 거절과 반려에 익숙해질 즈음 드디어 기회가 찾아왔다. 한 기업에서 타클라마칸 원정을 후원하겠다는 연락을 해온 것이다. 끊임없는 좌절 속에서도 다시 한 번 부딪칠 수 있는 기회가 남아 있음을 믿어야 한다.

그로부터 얼마 지나지 않아 그토록 바라던 타클라마칸 사막 앞에 드디어 섰다. 내 시야에 다 들어오지 않을 정도로 사막은 광대했다. 지도에서는 줄 한 번 그으면 남과 북 그리고 동과 서를 마치 하룻밤에라도 건널 수 있을 것 같았지만, 그 실체를 앞에 두고 보니 막막

타클라마칸 사막, 중국, 2009년 10월

함에 입이 다물어지지 않았다. 그토록 기다리던 일이니 감동에 겨워 눈물이라도 흘려야 할 판인데, 초조함이 좀처럼 진정되지 않았다. 사람들이 하지 않는 일에는 그만한 이유가 있다는 생각이 비로소 그 막막함을 앞두고 들기 시작했다. 들어가면 살아서 나올 수 없다는 '죽음의 사막', 그 앞에 서자 막연한 두려움과 긴장감 그리고 아무런 안내도 없이 그 길을 건너야 한다는 불안감이 몰려왔다. 그도 그럴 것이 사막이라곤 단 한 번도 걸어본 적 없는 내가 택한 곳이 사막 중에서도 가장 지독한 곳 중 하나이기 때문이다. 게다가 중국 공안에게 GPS를 압수당해 아무런 지리적 정보도 없이 사막을 건너야 했다.

그러니 바다처럼 휑한 이 거대한 모래 천지를 도무지 어떻게 건너야 할지 알 수 없었다. 내가 얼마나 걸었고, 어디쯤 와 있고, 얼마나 남았고, 어디로 가야 하는지는 순전히 스스로의 감각과 능력으로 판단해야 했다. 이곳에 오기 전 나는 사막의 남과 북을 잇는 최단 루트를 설정해 GPS에 기록해두었다. 언제든 이것만 열면 그 루트에서 얼마나 벗어났는지, 앞으로 얼마나 남았는지 알 수 있다. 잠시 방향을 벗어난 것 같아도 쉽게 본래의 방향을 잡을 수 있다. 그것이 알려주는 대로만 따라가면 된다.

그렇지만 여기에는 치명적인 단점이 있다. 사막은 우리가 사는 곳과 달라 정해진 길이 있는 것이 아니다. 사막에선 시간에 따라, 계절에 따라 모양이 달라진다. 오로지 직진만 알려줄 뿐 높은 사구를 만나고 장애물을 만났을 때 어디로 어떻게 가라고 알려주지 않는다. 몇 킬로미터 후에, 심지어 100미터 앞에 무엇이 나타날지도 알지 못한다. 변화무쌍하고 예측 불가한 사막에선 내비게이션이 무용지물이다. 이것에만 의지하고 가다가 길이 막혀버리거나 엄청난 장애물을 만나면 결국 헤매거나 좌절하게 된다. 그것이 유일한 길잡이라면 말이다.

처음 며칠 간은 혼란스러웠다. 내가 지도 위에 그어놓은 길조차 찾을 수 없었다. 그러나 사막의 깊이에 빠져들수록 그것이 나에게 큰 의미가 없음을 알게 되었다. 사막의 북쪽은 대낮의 해와 밤의 별빛으로도 충분히 알 수 있었다. 호탄 강의 줄기를 따라 수목이 울창했다. 마자르타그 꼭대기에 올라보니 강의 흔석과 숲의 규모를 파악할 수 있었다. 어느 곳을 따라가야 할지, 어디에서 쉬어갈지 모든 결정은 나 스스로의 몫이었고, 사막에서의 날이 지날수록 나는 이런 것들에 점차 익숙해져갔다. 그리고 온전히 나의 길을 걷고 있다는 생각에 뿌듯했다. 얼마나 왔는지 궁금해하지 않기로 했다. 분명 나는 앞을 향해서 가고 있고 목적지에 조금씩 가까워지고 있다는 것을 알기 때문이다. 막막한 사막에서는 누구도 길을 알려줄 수 없다. 그 사막을 건너는 사람 스스로 길을 찾아가야 한다.

탐험가의
준비물

　가진 게 많으면 부족할 게 없을 것 같지만 그것 때문에 힘든 경우도 있다. 욕심을 버려야 몸도 마음도 편하고 가벼워진다. 버리지 못한 욕심은 결국 내 어깨 위에 짊어져야 한다. 머리로는 그것을 잘 알고 있는데, 나는 미련하게도 많은 짐을 들고 갠지스를 찾았다. 노를 저어본 적도 없거니와 무려 3개월이라는 강물 탐험은 더더욱 처음이었다. 경험해보지 않았으니 걱정도 많아져 이것저것 위안이 될 만한 것들로 100리터 넘는 가방이 가득 찼다. 예상할 수 없는 상황에 대한 최소한의 준비 혹은 마음 놓기인 셈이라고 나 자신과 타협했다.

　인도 북부의 강고트리에서부터 우타르카시까지 걸어간 뒤 우리는 미리 맡겨두었던 이 미련한 짐을 찾아 카약을 띄울 곳으로 향했다. 가방은 이미 꽉 찼지만 아직도 더 채워야 맘이 놓일 것 같았다. 유통

기한을 좀처럼 알 수 없는 빵 몇 봉지와 마살라(인도의 대표적인 향신료) 맛 라면, 싸구려 인도산 담배인 캅스탄 두 갑을 챙겨 넣었다. 그나마 이것이 인도 산골짜기에서 구할 수 있는 전부인 게 다행이었다.

강물에 카약을 띄웠다. 갠지스에서의 첫 패들링에 대한 기대보다 강물이 어디서 끊어질지 알 수 없다는 염려가 더 컸다. 강물이 끊어진다는 건 이 무거운 카약과 짐을 짊어진 고난의 행군을 해야 한다는 의미였다. 정말 끔찍한 일이었다. 그러나 당장 카약의 한 칸을 가득 채우고도 넘치는 짐을 싣고 노를 젓는 것도 결코 쉬운 일은 아니었다. 결국 그 모습이 마치 요가를 수행하는 자의 뱃놀이처럼 보이겠지만 최대한 쪼그리고 앉거나 다리를 카약 밖으로 쫙 뻗는 자세로 해야 그나마 가능했다. 인도니까 괜찮을 것 같기도 하지만 인도여도 웃긴 자세임은 분명했다. 어쨌든 2,500킬로미터를 가기에 적당한 자세는 아니었다. 카약을 뺀 짐 무게만도 한 사람이 더 탄 것이나 다름없으니 근심을 없애려고 부린 욕심이 되레 근심을 만들어버렸다. 이 괴상한 광경만을 놓고 본다면 나는 두려움과 미련이라는 짐 덩어리를 카약 위에 싣고 떠나는 셈이었다.

바위틈을 맹렬하게 휘도는 강물에 카약이 요동을 쳐 덩달아 커다란 짐가방들도 들썩거리며 떨어질 듯 위태롭게 매달려 있었다. 가까스로 커다란 바위들은 피했으나 앞으로도 무수한 바위들이 남아 있었다. 카약은 빠른 계곡물에 휩쓸렸고 나는 차가운 히말라야의 바람을 갈랐다. 계곡의 거친 물살이 출렁거릴 때마다 나와 카약은 완벽하게 한 몸이 되어 강물에 잠겼다 떠오르기를 반복했다. 온몸이 순식

갠지스 강, 인도, 2010년 5월

간에 얼어붙는 기분이었다. 분명 쨍쨍한 햇볕이 내리쬐고 있지만 입술이 시퍼렇게 질리도록 강물은 내 몸을 차갑게 두드려댔다. 미친 듯한 물살은 내 의지대로 가도록 내버려두지 않았다. 나는 오로지 바위에 부딪히지 않도록 필사적으로 패들을 저었다. 낙차가 있는 급류에 진입할수록 좌악~ 하는 물소리와 시커먼 계곡 위로 치솟는 물거품이 정신을 쏙 빼놓을 지경이었다. 이미 나는 내 힘으로 빠져나올수 있는 한계를 벗어났다. 부글부글 끓듯 요동치는 저 급류에 휘말려들어갈 것이 뻔했다. 운 좋게 잘 넘어가기만을 바랄 뿐이었다. 그러나 그런 기대를 하는 순간 이미 카약은 내가 원치 않는 방향으로 쏜살같이 진입했고 곧이어 카약의 옆구리가 바위를 들이받았다. 잠시 멈추는 듯했으나 무거운 짐가방이 한쪽으로 쏠리기 시작했다. 잡아보려고 갖은 애를 썼지만 조금씩 조금씩 아슬아슬하게 기울더니 순간 세차게 밀려오는 강물에 카약이 맥없이 뒤집어졌다.

순식간에 급류에 휘말려들었다. 몇 번이나 가라앉았다 떠올랐다를 반복했다. 강물 속은 깜깜했고 하늘은 샛노랬다. 차가운 강물이 다시 들이치자 숨을 쉬기조차 힘들었다. 그렇게 얼마나 떠내려갔는지도 알 수 없었다. 그저 꽤 긴 시간이 흘렀다는 느낌뿐이었다. 두려웠지만, 다행히 두려움을 느낀다는 것은 여전히 살아 있다는 의미였다. 그러나 나는 이미 상당히 떠내려왔고 여전히 떠내려가는 중이었다. 카약은 보이지도 않았다. 팔을 아무리 저어도 밖으로 빠져나가는건 무리였다. 언제까지 이렇게 가야 하는 것일까. 강물의 깊이는 가늠하기도 어려웠다. 물살이 조금 온순해지긴 했으나 저 앞에 또 하나의 고비가 기다리고 있었다.

어떻게든 빠져나가야 했다. 자세를 바꾸려고 몸을 돌리는데 발에 무언가가 툭툭 닿았다. 잠시 바위 위를 지나는 거라고 생각했는데 계속 무언가에 닿고 있었다. 과연 강물의 깊이가 얼마나 되는 걸까. 그러고 보니 나는 계속해서 몸을 접은 채로 둥둥 떠내려왔다. 게다가 강물이 풍부할 시기가 아니라서 상류가 그리 깊지 않을 거라는 생각도 하지 못했다. 조심스레 다리를 뻗어보니 발이 바닥에 닿았다. 잽싸게 일어나 강물 밖으로 필사적으로 뛰어나오며 보니 허리에도 오지 않는 얕은 물에서 벌벌 떨며 떠내려오고 있었던 것이다. 배는 저 멀리 바위틈에 걸려 멈춰 섰고 다행히 가방은 모두 카약 밖으로 떨어졌지만 끈에 매달려 도망가지 않고 붙어 있었다. 주위를 둘러보니 이 멋쩍은 광경을 본 이는 아무도 없었다. 다시 카약에 올라탄 뒤 서너 번 더 뒤집어지고서야 테흐리 호수(Tehri lake)에 닿았다. 잔잔한 물결이 이는 호수에 당도한 뒤에야 겨우 마음이 놓였다.

그러나 내 손엔 이미 두 동강 나버린 패들 한 짝이 들려 있었다. 급류에 떠내려가면서 바위에 부딪혀 부러지고 만 것이었다. 이것이 부러지지 않았다면 내 갈비뼈나 팔이 부러졌을 것이다. 그 대가로 패들의 한쪽을 내놓은 것이다. 패들은 부러졌지만 갠지스 강물에 몸을 던져 휩쓸리고 나서야 두려움을 조금 떨칠 수 있었다. 내게 필요한 것은 두려움을 대신할 더 많은 장비와 짐이 아니라 두려움을 떨칠 진정한 용기와 할 수 있다는 믿음이었다. 그것 없이는 열 개의 패들로도 이 강물을 저어서 갈 수 없을 터였다.

간절함이
희망이다

    우리는 일생을 살며 죽음에 대해 얼마나 생각할까? 나는 지금껏 단 한 번도 진지하게, 죽음을 내 것으로 떠올려본 적이 없는 것 같다. 나이가 들며 주변 사람들과의 영원한 작별을 종종 맞이하지만 죽음은 여전히 나와 관계없는 것이었다. 나의 죽음에 대해 생각하기엔 여전히 이른 나이라고 생각했다. 인간의 생명이 영원하지도 않고 약속된 기간이 있는 것도 아닌데 말이다. 그러나 탐험을 시작하고부터는 죽음이라는 단어가 이전과 확연히 다르게 느껴졌다. 육체적 수명이 다해 떠나기 전이라도 언제든 예상치 못한 위기를 맞아 내 의지와 상관없이 최후를 맞이할 수도 있다는 생각이 진지하게 들었다.

    내겐 그 누구보다 멋졌던 선후배들이 예고도 없이 하나둘 하얀 산에 묻히는 모습을 볼 때마다 슬픔 그 이상의 알 수 없는 복잡한 심정이 되곤 했다. 지금도 저 산속 어딘가를 오르고 있을 것만 같은 그들의 이름이 스쳐 지나간다. 2007년 에베레스트에서의 오희준과 이현조, 2009년 낭가파르바트에서의 고미영, 2011년 촐라체에서의 김형일과 장지명, 2011년 안나푸르나에서의 박영석……. 그 밖에도 수많은 탐험가가 돌아오지 못했지만, 그들과 다름없는 도전을 하면서도 나만큼은 그렇게 되지 않을 거라 믿고 싶었다. 막연한 기대이면서도 꼭 살아남겠다는 의지였다. 그마저 없다면 떠날 수 없었다.

2010년 6월 17일, 방글라데시의 작은 어촌마을 다왈파라에서의 밤. 눅눅한 침대 위였지만 그렇게 포근할 수가 없었다. 나는 깊은 꿈속에서 신나게 갠지스 강물 위를 날아다녔다. 돌고래가 강물 위로 뛰어올랐고 돛단배들이 그 사이를 줄 지어 내달렸다. 강물은 더없이 맑고 투명했으며 비가 그친 하늘은 파랗게 개어 있었다. 나는 이 평화로운 풍경이야말로 진짜 갠지스의 모습이라고 생각했다. 이 기막힌 광경을 즐기며 하늘을 날던 나는 날카로운 비명 소리와 함께 갑자기 중심을 잃고 깊고 어두운 강물 속으로 곤두박질쳤다. 몸서리를 치며 잠에서 깼을 때 내 몸은 강물에 빠진 듯 식은땀으로 푹 젖어 있었고 그 순간 불길함을 직감했다.

아주 거칠고 급박한 누군가의 비명 소리를 뒤로하고 나에게 어두운 발자국이 다가오고 있었다. 발걸음이 멈추더니 순식간에 숙소의 허름한 문짝이 뜯겨나갈 듯 심하게 흔들렸다. 필사적으로 문틀을 부여잡고 버텼지만 요란하게 흔들리던 문은 볼품없이 뜯겨 날아갔다. 어둠 속에서 나를 비추는 랜턴 불빛에 눈조차 제대로 뜰 수 없었지만 알아들을 수 없는 그들의 거친 목소리가 우리를 위협했다. 하얀 복면을 한 네 명의 남자였다. 세 명은 칼을 들었고, 한 명은 총을 들고 있었다. 시퍼렇게 날이 선 칼날이 목에 와 닿아 나는 비명도 지르지 못한 채 구석으로 몰렸다. 아무런 저항도 할 수 없었다. 아직 살아 있지만 마치 죽은 것이나 다름없는 것 같은 참담한 기분이었다. 침착해야 한다는 생각조차 떠오르지 않았다. "절체절명의 순간에 어떻게 침착할 수 있는가. 유일하게 할 수 있는 것이라고는 침묵을 지키는 것뿐이었다. 이토록 직설적인 위협은 일생에 처음이었다.

나는 그들이 무엇을 강탈해가든 오직 내 몸에 칼을 휘두르지 않기만을 바랐다. 매서운 눈빛만 드러낸 채 위협하던 놈들이 입을 열었다. "타카! 타카!" 짧은 한마디엔 광기의 날이 서 있었다. 돈을 내놓으란 거였다. 두 녀석이 우리를 위협하는 사이 나머지 두 녀석이 짐을 뒤지기 시작했다. 그들이 우리 물건을 챙겨 도망치기까지 그리 오래 걸리지 않았다. 짐을 챙긴 녀석들은 급히 밖으로 도망쳤고 나머지 두 녀석이 뒤돌아 나가려고 등을 돌린 순간 갑자기 우리 대원이 녀석들에게 달려들었다. "이런 망할!" 나는 정말이지 싸울 생각이 없었다. 칼을 든 놈들과 싸운다는 게 얼마나 무모한 일인가. 놈들이 뭘 훔쳐가든 더 이상 위험하지 않는 게 다행이라 여기고 있었는데 더 큰 일이 벌어진 거였다. 그런 투지를 노 젓는 데 썼더라면 얼마나 좋았을까. 네 명이 엉겨붙어 우리는 멱살을 잡고 칼을 빼앗으려 죽을힘을 다해 손목을 비틀고, 녀석들은 빼앗기지 않으려고 역시 안간힘을 썼다. 우리에게 살려는 의지가 더 강했음은 말하나마나다. 녀석들은 이런 대반전 상황을 전혀 생각지 못했을 것이다. 놈들은 줄행랑을 쳤고, 우리는 흥분을 삭히지 못해 놈들을 잡으려고 뛰쳐나갔다. 그때 밖에서 기다리던 한 녀석이 나를 향해 권총을 겨누었다. "탕" 하는 소리와 함께 순간 어둠 속에서 화염이 번쩍였다. 땅바닥에 엎드린 채 죽을힘을 다해 풀숲으로 기어갔다. 다행히 총알은 나를 비켜갔지만 또 어떤 일이 벌어질지 모른다는 두려움에 필사적으로 도망쳤다. 녀석들의 불빛도 마을 쪽으로 사라지고 있었다.

풀숲에 숨어 동이 트기만을 초조하게 기다렸다. 경찰에 신고한 지 세 시간이 지나서야 무장한 경찰 몇 명이 나타났다. 그사이 마을 사람 100여 명이 우리를 에워싸고 있었다. 그들 중 범인이 있을지도 모른다는 섬뜩함에 우리는 미치도록 괴로웠다. 몇 시간에 걸친 조사 끝에 우리에게 공간을 제공했던 놈이 공범으로 체포되었고, 이미 도망가버린 범인들 일가족의 손목에도 수갑이 채워졌다.

이후 며칠 간 우리는 바깥출입도 하지 못한 채 경찰의 에스코트를 받으며 시골의 후텁지근한 여관방에서 묵어야 했다. 다시 이곳에서 노를 저어야 한다는 게 겁났다. 그만둬야 하나, 계속 가야 하나를 두고 며칠 동안 고민했지만 쉽게 결론이 나지 않았다. 두려움과 미련이 팽팽하게 신경전을 벌였다.

결국 나는 다시 강물에 카약을 띄웠다. 고백하자면 이것은 용기가 아니었다. 말할 수 없이 두렵고, 다시 카약을 띄우는 것이 목숨을 내놓는 미친 짓이란 생각도 들었지만 2,000킬로미터를 달려왔는데 포기할 수 없다는 미련한 생각이 떠나지 않았다. 이걸 위해서 얼마나 힘들게 준비했는데, 지금 포기한다면 다시는 모험을 떠날 수 없을 것 같은 불안감이 들었다. 나에게 주어진 이 기회가 날아가는 것을 내 눈으로 보고 있을 수가 없었다. 그것은 내가 또 겪을 수도 있는 위험에 대한 불안감보다 더 크게 느껴졌다. 그러니 다시 떠날 수밖에 없었다.

다왈파라를 떠나고 며칠 뒤, 다시 노를 젓다가 만난 갠지스 하류의 수상가옥에는 스무 명쯤 되는 남자가 모여 있었다. 뱃사람들이었다. 그들은 삼삼오오 모여앉아 이야기를 나누거나 차를 마시고 담배를 피웠다. 나와 대원이 문 안으로 들어서자 모두들 낯선 방문자의 등장에 놀란 눈빛이었다. 방글라데시에서도 지명조차 불분명한 이 외딴 곳에 외국인이 왔다는 것 자체가 놀라웠던 것이다. 벽에 기대앉은 두 남자는 매서운 눈으로 쳐다보기만 할 뿐 아무런 말이 없었다. 그들이 나에게 건넨 유일한 한마디는 그의 앞에 등을 돌리고 앉으라는 거였다. 뒤를 돌아볼 수 없어 무척 불안했다. 주변 남자들이 슬슬 말을 걸어오기 시작했지만 그들의 관심사는 오직 내 가방과 내 주머니였다. 그들의 불편한 관심을 끊어버리고 싶었지만 그들은 집요했다. 그때 등 뒤에서 "타카 타카~"라는 말이 들려왔다. "타카 타카……." 그 순간 지난 악몽이 떠올랐다. 온몸에 소름이 돋았다. 남자들의 행동은 점점 더 노골적으로 변했고, 결국 돈을 내놓고 가진 것들을 보여달라고 했다. 더 큰 돌발 상황이 일어나기 전에 당장 이곳을 떠나야 했다. 무언가 이상했지만 남자들은 우리를 순순히 보내줬다. 우리는 곧장 남쪽을 향해 노를 저었다. 그들은 강변에서 우리를 지켜보며 휘파람을 불어대고 소리를 질렀다. 거리가 점점 멀어지자 그들은 하나둘 건물 안으로 들어갔다.

　파도는 요란하지 않았지만 한밤의 바다는 칠흑처럼 어둡고 고요했다. 간혹 멀리서 어선과 화물선들의 불빛이 보였지만 그것도 잠시였다. 내가 이곳에 있음을 아는 사람은 아무도 없는 것 같았다. 밤 9시 30분. 눈앞에 지금까지와 비교도 할 수 없을 정도로 드넓은 암흑천지의 바다가 펼쳐졌다. 이 길고도 험난했던 여정의 종착점인 벵골 만에 다다른 것이었다. 히말라야 산골짜기에서부터 인도와 방글라데시의 수많은 마을을 지나 드디어 바다를 만났다. 그러나 감동 따위를 느낄 겨를이 없었다. 긴 레이스 끝에는 결승선의 테이프도 반기는 이도 없다. 이 순간까지도 긴장의 끈을 놓을 수 없는 것이 내가 선택한 탐험가의 길이다. 기다리는 이들의 품으로 돌아가야 마침내 탐험이 끝난다. 나는 아직 탐험을 마친 것이 아니었다. 이 순간엔 오직 마지막까지 살아남기를 바랄 뿐이었다. 우리는 밤을 보낼 수 있는 최대한 안전한 곳을 찾아야 했다. 누구에게도 들키지 않을.

　키가 큰 수초 안은 그런대로 아늑했다. 수면 위로 뻗어나온 길이가 2미터도 넘어 빽빽한 그 안에 숨어 있으면 밖에서 절대로 찾을 수 없을 것 같았다. 아침이 될 때까지 우리는 카약 위에 쪼그려 누워 밤을 보낼 작정이었다. 그렇게 두 시간이 지났다. 그러나 아침 해가 뜨려면 네 시간은 더 기다려야 하는데 한밤중의 바다가 어찌나 추운지 이대로 버티는 것은 무리였다. 이 상태로 비를 맞고 추위에 떠는 것보단 어디로든 움직이는 게 더 나은 선택이었다. 우리는 물길을 거슬러 육지에 텐트를 치기로 마음먹고 다시 노를 저었다.

천천히 수초 밖으로 나섰다. 지나가는 배들의 불빛은 금세 사라졌지만 유독 한 곳만은 계속 자리를 지킨 채 주변을 비추었다. 그러더니 잠시 껐다 또다시 켜기를 반복했다. 불빛은 우리에게 점점 가까워지며 마치 무엇인가 찾는 듯 주위를 반복적으로 비추었다. 그렇게 빙빙 돌던 불빛이 우리를 스쳐 가더니 곧 멈췄다. 어둠 속에서 우리의 모습이 적나라하게 노출됐다. 마치 그들의 랜턴 불빛 속에 포위된 느낌이었다. 불빛은 더 이상 움직이지 않은 채 우리에게 고정되었다. 그때 흰 복면을 했던 남자들의 모습이 머릿속을 스쳤고, 이내 거친 고함 소리가 들려왔다. 우리를 노리는 남자들의 감시망에 걸려든 것이 확실했다. 불길한 예감은 늘 그렇듯 틀리지 않았다.

놈들은 불빛에 포위된 우리를 놓치지 않으려고 집요하게 추격하기 시작했다. 우리는 모습을 숨기기 위해 헤드랜턴을 끈 채 미친 듯이 바다를 향해 노를 저었다. 어디로 가는지도 알 수 없었다. 바다로 떠내려가 조난당하더라도 녀석들의 칼에 난도당하지는 않겠다고 다짐했다. 우리를 쫓는 불빛은 점점 더 밝아졌고, 목소리도 더 가까워지고 더 날카로워졌다. 뒤를 돌아보자 서너 척의 배가 대여섯 개의 불빛을 비추며 우리를 뒤쫓고 있었다. 불빛 하나 보이지 않는 바다 위를 오로지 살기 위해 필사적으로 몸부림치는 것 말고는 방법이 없었다. 비가 쏟아지고 차가운 파도와 뜨거운 눈물이 범벅되어 얼굴을 적셨다. 살고 싶었다. 정말 살고 싶었다. 차가운 바다에서 삶을 마치고 싶지는 않았다. 그것 말고는 어떤 생각도 나지 않았다. 끝도 모를 천 길 낭떠러지에 아슬아슬하게 걸린 두려움과 서러움에 미친 듯이 쏟아

벵골 만, 방글라데시, 2010년 6월

지는 눈물을 주체할 수가 없었다. 놈들의 배가 손에 닿을 듯 다가섰다 멀어지기를 수차례 반복하며 긴박한 추격전이 이어졌다. 칠흑 같은 망망대해에서 쫓기는 자와 쫓는 자 모두 필사적이었다. 내게 유일한 희망이라면 살고 싶다는 간절함뿐이었다. 그 간절함이 몇 시간 넘도록 지치지 않고 노를 젓게 했다.

어느새 놈들이 포기한 듯 점점 거리가 멀어졌다. 그러나 아직 평화가 찾아온 것은 아니었다. 내 마음은 이 바다의 파도보다 더 불안하게 요동쳤다. 어디로 얼마나 왔는지도 알 수가 없었다. 가까운 육지부터 찾아야 했다. 달빛이 어슴푸레하게 다시 바다를 비추기 시작할 즈음 멀지 않은 곳에 섬이 보였다. 무조건 노를 저었다. 그런데 어느 순간 섬이 시야에서 사라졌다. 그때 카약이 어딘가에 걸려 툭툭 부딪혔다. 정신을 차리고 보니 이미 섬에 도착해 있었다. 다시 잡초가 무성한 곳으로 숨어 들어가 칼을 품고 아침이 오기만을 기다렸다. 누구든 내 앞에 나타나면 모조리 찔러버릴 참이었다. 흉폭함에 쫓긴 자의 마음에는 또 다른 무서움이 자라 있었다. 그날 밤은 내 일생에서 가장 길었다. 뜨는 해를 봐야 살 수 있다는 확신을 가질 수 있을 것 같았다. 뜬눈으로 밤을 지새우고 마침내 해가 수평선 위로 올라오자, 이제 살았구나 하는 마음에 뜨거운 눈물이 쏟아졌다.

단 하루도 빠짐없이 떠오르는 태양이 이 순간엔 더없이 밝은 생명의 빛이었다. 매일 주어지던 그 하루가 오늘만큼은 꼭 내 곁에 붙어 있길 간절히 바랐다. 늘 내 곁에 있던 이들도 오늘 하루 함께 머물러주길 바랐다. 이보다 더 간절한 바람은 없었다.

느린 걸음으로
걸어라

사막을 걷기 힘든 이유는 여러 가지가 있다. 견디기 힘든 뜨거운 햇빛이나 가도 가도 끝이 없는 풍경의 단조로움 또는 긴 시간 홀로 있다는 외로움 때문일 것이다. 그리고 내가 내딛는 한 걸음 한 걸음만큼 앞으로 나가지 못하는 현실을 받아들이는 것도 힘들다.

고비 사막의 남부에 위치한 홍고린 엘스를 하루 동안 겨우 8킬로미터 걸었을 뿐이다. 한 시간에 1킬로미터 넘는 거리를 간 것이었다. 평지에서라면 두 시간 만에 갈 거리를 종일 고생스럽게 걸은 거였다. 신나게 사구를 뛰어오르고 구르던 관광객들이 떠난 뒤 사구에는 정신없이 흐트러진 발자국만 남았다. 그러나 나는 여전히 낑낑거리며 트레일러를 끌고 그곳을 올랐다. 남은 발자국을 따라 밟아도 도움이 되지 않는 게 사막이다. 사막은 상처를 쉽게 받아 누군가에게 밟

홍고린 엘스, 몽골, 2011년 8월

힌 자리는 금세 허물어지고 무너져내린다. 이렇게 가다간 모래언덕에서 며칠 밤을 새워야 할 판이었다. 널찍한 곳에 텐트를 쳤다. 노을이 지고 여전히 내 눈앞에 보이는 게르 캠프에 불이 들어왔다. 사람들은 사막 위에 켜진 불빛을 보며 이곳을 아름답다고 하겠지만 나는 떠나온 그곳의 안락한 불빛이 부러웠다.

다음 날도 기적은 일어나지 않았다. 시간당 2킬로미터로 조금 빨라지긴 했지만 큰 위로가 되지는 못했다. 그러나 사구를 마주하며 걸을수록 그동안 보지 못했던 사막의 모습들이 조금씩 보이기 시작했다. 멋진 곡선과 날이 선 능선의 모습이 다채로웠다. 바람이 만들어낸 모래 위의 물결은 어떤 문양보다 신기하고 독특했다. 다 같은 모래처럼 보였지만 희고 노랗고 붉은, 그리고 검고 어둡고 밝은 결정들이 각각의 모래언덕을 이루고 있었다. 아침의 사막과 점심의 사막이 다르고, 저녁의 사막은 또 다른 세계였다. 해가 뜨고 지기까지 변화하는 색온도와 햇빛의 방향, 바람에 따라 단 한 순간도 같은 모습으로 나를 대하지 않았다. 내가 걷고 있는 사막이 이렇게 다양한 모습으로 존재하는지 모르고 있었다. 잰걸음으로 땅바닥만 보고 걸었으면 결코 알지 못할 것들이었다.

걸음걸이가 늘어날수록 사막에서 어떻게 걸어야 하는지도 조금씩 깨닫는다. 보통 성인이 평지를 한 시간에 4킬로미터 이동한다고 가정할 경우, 10시간 꼬박 걸어야 40킬로미터를 갈 수 있다. 그러나 사막에서는 10시간 동안에 40킬로미터를 가기 힘들다. 사막엔 평지가 거의 없다. 평탄하기만 하다면 사막이 아니다. 하나를 넘으면 또 다른

홍고린 엘스, 몽골, 2011년 8월

사구가 앞을 막고 그다음엔 더 큰 녀석이 줄지어 나타난다. 넘어가려면 내가 내딛는 발자국 수에 집착을 버려야 한다. 가파른 모래언덕은 그리 호락호락하지 않아 몇 걸음 오르면 그중 한두 걸음은 포기해야 한다. 모래언덕은 스르르 무너지며 내 의지와 상관없이 아래로 나를 밀어내기 때문이다. 빨리 가려고 하면 할수록 더욱 그렇다. 빨리 가려고 발끝에 더 큰 힘을 주면 무딘 모랫바닥은 더욱 움푹 파인다.

때로는 사구를 돌아가는 것이 훨씬 괜찮은 방법이기도 하지만 그것도 쉽지 않다. 돌아가는 만큼 거리가 멀어지고 어떤 사구가 앞을 막고 있을지 알 수 없기 때문이다. 한 치 앞을 알 수 없는 것이 사막이다. 사구의 정상에 올라야만 잠시 잠깐 앞을 내다볼 수 있을 뿐이다. 설령 가장 높은 곳에 올라 모든 것이 내려다보인다 해도 막상 내려와보면 그 기억은 바람에 실려 사구 저 너머로 떠나 있는 듯하다. 어떠한 선택을 하든 최악도 최선도 없다. 후회하면 최악이 되는 거고 자신의 선택에 후회가 없다면 최선이 되는 것이다.

너무 많이 돌아왔다고 조급해할 필요도 없다. 조급함에 발걸음을 재촉하면 힘만 더 든다. 힘들면 몸에 열이 나고 더 많은 물이 필요해진다. 결국 조급함이 더 큰 어려움을 만들어낸다. 사막에선 조급함을 버려야 한다. 낙타는 결코 사막을 질주하지 않는다. 사막에서 쓰러지지 않으려면 어떻게 걸어야 할지 알기 때문이다. 시간이 얼마나 걸리든 처음과 같은 속도로 묵묵히 모래 위를 지난다. 중요한 것은 느린 걸음으로라도 꾸준히 갈 수 있는 인내와 의지를 가지고 있어야 한다는 것이다. 그것이 사막을 건널 수 있는 한 가지 방법이다.

사막에서 추운 밤을
보내는 법

 사막의 밤이 아름다운 이유는 헤아릴 수 없을 정도로 많은 별빛 때문이다. 도시의 완전하지 않은 어둠이 깔린 밤하늘과는 다른 원초적 우주의 신비가 눈앞에 펼쳐진다. 그 많은 별자리를 몰라도 좋다. 그 신비로움을 마주하고 그 아름다움을 느끼는 것만으로도 사막의 밤은 황홀하다.

 그러나 밤하늘의 별빛이 아름다운 이유는 그만큼 사막의 밤이 혹독하기 때문이기도 하다. 언제 뜨거웠느냐는 듯, 해가 지면 사막의 수은주는 곤두박질친다. 적게는 섭씨 30도, 심지어 50도 가까이 온도가 떨어진다. 한겨울이 아니라도 사막의 밤은 그렇게 차가운 모습으로 변장을 한다.

 그럼에도 지독히 외롭고 고된 한낮의 사막을 보낸 나는 사막의 어둠에서 많은 위로를 받는다. 혹독한 추위가 찾아오지만 별빛이라는 선물이 있기 때문이다. 그러나 현실은 별빛만 바라보며 밤을 지새울 수 없다.

사막의 추운 밤을 버티는 방법에는 여러 가지가 있다. 먼저 바람을 막아줄 텐트가 필요하다. 텐트는 바람뿐 아니라 모래먼지도 막아준다. 그리고 눈에 잘 보이지 않지만 모래 틈에서 살아가는 작은 곤충들과 동물들의 접근도 막아준다. 사막에 사는 사람들은 주로 동물의 털이나 캔버스천 등을 이용한 텐트를 사용한다. 자연에서 얻을 수 있는 가장 훌륭한 소재이기 때문이다. 이것은 뜨거운 열은 물론 추위도 탁월하게 막아주고 웬만한 악조건에서도 쾌적한 실내 환경을 유지시켜준다. 사실 이런 것을 따라갈 만한 인공 소재는 없다. 다만 그들이 사용하는 재질이 무척 무겁고 매일 이동하며 설치하는 데 불편한 점이 많아, 원정대는 가볍고 설치가 쉬운 현대적인 텐트를 사용한다. 비바람을 막아주는 방수 소재에 가벼운 금속 재질의 폴을 이용해 만든 텐트다. 무게는 1킬로그램에서 5킬로그램 내외다. 이것도 무겁다면 텐트 안에서 자야겠다는 욕심을 버려야 한다. 텐트는 내부 온도와 외부 온도 차이로 결로 현상이 생기므로, 이를 적절히 조절할 수 있는 환기성 좋은 제품을 사용해야 한다. 그렇지 않으면 실내가 축축한 습기로 가득하게 된다. 사막이 덥다고 모기장처럼 구멍이 숭숭 뚫린 텐트를 가져온다면 아침에 뽀얗게 모래를 뒤집어쓴 모습을 마주하게 된다.

그리고 침낭과 매트리스가 필요하다. 모랫바닥이 무척 보드라울 것 같지만 우리 몸은 그보다 더 예민하다. 침대에 익숙한 우리에게 맨바닥은 불편하기 짝이 없고 온통 울퉁불퉁하게 느껴진다. 그러나 이것으로도 모자랄 때가 있다. 한여름이 아닌 이상 식어버린 사막의 모랫바닥에선 밤새도록 차가운 한기가 올라오고 새벽녘의 찬바람은 더없이 매섭다. 뜨겁게 달궈졌던 몸이 시원하게 느껴지는 것은 아주 잠깐이다. 추위는 생각보다 거칠고 긴 시간 지속된다. 금세 뜨거웠던 대낮의 열기가 그리워질 정도다. 인간이 간사한 것이 아니라 사막이 혹독한 것이다.

좀 더 따듯한 밤을 보내려면 사막에서도 불이 필요하다. 사막의 건조함이 잘 말려놓은 죽은 나뭇가지들은 스치는 불길에도 활활 타오를 정도로 훌륭한 땔감이다. 모래언덕이 넘실대는 사막에선 불길이 번질까 걱정할 필요가 없다. 불에 탈 만한 것들도 없고 불을 덮을 수 있는 모래가 사방에 널려 있으니. 야영지에서 피우는 모닥불은 캠핑의 운치를 더욱 고조시키고 타고 남은 잿더미는 난방재로서 진가를 발휘한다.

밤에는 영하 가까이 온도가 떨어져 얇은 침낭 사이로 비집고 들어오는 한기에 몸을 잔뜩 웅크린 채 덜덜 떨고 입에서는 허연 김이 나올 정도다. 추위를 견디다 못해 한쪽에 가스버너를 켜두기도 하는데, 잠시 따듯해지긴 했지만 사실 무척 위험한 방법이다. 이러다 잠이라도 들면 정말 큰일 난다. 연소 과정에서 텐트 안의 산소가 줄어들어 질식할 수도 있고, 불이 꺼지기라도 하면 가스가 새어나와 중독될 수도 있다. 게다가 혹여 뒤척이다 불꽃에 무엇이 닿기라도 하면 금세 불길이 치솟을 수 있다.

한계에 다다르거나 무언가 간절한 순간에 우리는 생각도 못했던 많은 방법을 떠올리게 된다. 모든 것이 궁핍한 상황에서는 더욱 그렇다. 나는 저녁을 먹으면서 피워두었던 모닥불을 바라보며 저 불이라도 품고 잤으면 좋겠다는 엉뚱한 생각을 했다. 그러다 모닥불이 꺼져도 아침까지 숯에 온기가 남아 있던 것을 보고 "그래 이거야!" 하고 외쳤다. 사막에서 밤을 보낼 수 있는 또 한 가지 방법을 찾은 것이다. 텐트를 칠 자리만큼 40~50센티미터 깊이로 구덩이를 파고 그 안에 타고 남은 숯을 10~15센티미터 두께로 깔아준 다음 모래를 적당량 덮고 면을 고르게 정리한 뒤 텐트를 치면 하룻밤을 거뜬하게 보낼 수 있는 사막 위의 찜질방이 완성된다. 웬만한 추위는 이것으로 충분하다. 이 방법은 텐트 안을 따뜻하게 해줄 뿐 아니라 눅눅해진 실내를 뽀송뽀송하게 해주는 역할도 한다.

그러나 새벽 무렵 조금씩 한기가 다시 찾아오는 것을 막을 수는 없다. 그 무렵이면 숯의 생명이 다하기 때문이다. 홀로 남은 텐트 안이 더없이 썰렁하게 느껴진다. 그레이트빅토리아를 횡단하던 중 캠핑 차량 위에 카약을 싣고 다니는 여행자를 만났다. 사막에서 카약이라니. 제정신이 아니거나 바다로 여행을 떠났다가 뭔가에 이끌려 그길로 사막에 들어왔을 수도 있다고 생각했다. 심지어 차량 뒤에는 자전거도 두 대 매달려 있었다. 이 요상한 커플은 호주를 여행 중이었다. 저녁 식사를 함께하며 나는 그들의 차량을 꼼꼼히 살펴보았는데, 지붕 위에 실린 루프탑 텐트가 그리 아늑해 보이진 않았다. 물론 편리해

롭알할리 사막, 오만, 2013년 3월

보이긴 하지만 그것이나 내 것이나 밤기운이 차게 느껴지기는 별 차이가 없어 보였다. 혹시 자동차의 전기나 엔진 열로 난방이 되느냐고 물으니 그런 건 전혀 없다고 했다. 그럼 한밤에 춥지 않느냐고 물었더니 자기는 특별한 난방장치가 있단다. 그게 뭐냐고 묻자 싱긋이 웃으며 여자 친구란다. 그 녀석의 대답이 어느 수위까지인지 짐작은 가지 않았지만 나는 또 한 가지 방법을 터득한 셈이었다. 이런저런 방법으로도 추위가 가시지 않는다면 마지막 방법은 하나뿐이다. 바로 사람의 체온이다. 그것은 사랑하는 남녀에게만 국한된 것이 아니다. 사막의 밤은 외로울수록 더 깊고 혹독하게 느껴진다. 그러나 누군가와 함께 있으면 사람의 체온으로 은근한 따듯함이 지속돼 텐트 안의 온도뿐 아니라 마음의 온도까지 따듯해지는 효과가 있다. 외롭고 추운 사막에서 밤을 보내는 가장 좋은 방법은 누군가와 함께하는 것이다.

잠시의 안락함을
떠나보내라

살랄라(Salalah), 이름도 아름다운 고대 항구 도시에서 출발해 세계
최대 모래사막인 룹알할리(Rub' al Khali)를 건너 저 멀리 대추야자수
가 가득한 리와 오아시스에서 끝나는 여정은 무척이나 흥미롭고 매
력적이었다. 이 길은 인류 역사상 오랜 교역로이며 사막을 배경으로
한 수많은 전설이 전해오는 곳이기도 하다. 낙타 등에 유향을 가득
실은 대상들은 목숨을 걸고 뜨거운 사막을 지나 이곳 살랄라까지 멀
고도 험난한 여행을 했다. 그들의 길을 따라 오아시스로 향하는 나의
여정은 아라비아 해에 아침 해가 뜨면서 시작됐다.

살랄라에서 사막의 시작점인 시스루까지는 도파 주에 속하는데,
이곳은 아주 다양한 자연을 가지고 있다. 내 경로를 따라 남에서 북
으로는 바다에서 시작해 산맥과 마른 협곡과 모래사막이 이어진다.

이번 원정에서 만날 수 있는 모든 자연환경을 이곳 도파 주에서 체험하게 되는 셈이다. 다양한 자연환경만큼 이곳 사람들을 부르는 말도 어디에 사느냐에 따라 다르다. 도시나 정착촌에 사는 사람은 하드하리(Hadhari), 산악지역에 살거나 산골 출신은 제발리(Jeballi), 그리고 사막에 살거나 사막 출신은 바다위(Badawi)라고 한다. 우리는 하드하리와 작별하고 제발리와 바다위를 만나게 될 것이다.

사막으로 가려면 도파 산맥을 넘어야 한다. 살랄라의 북쪽은 해발 700미터 넘는 숲으로 둘러싸여 있다. 사막과 푸르름의 경계는 산맥의 정상부에서 극명하게 나뉜다. 6월에서 9월 사이의 카리프(khareef, 남동풍을 동반한 우기의 아랍식 표현)는 이 산맥의 남부 일대를 짙은 녹색으로 바꿔놓고 살랄라를 비롯한 해안 마을에 풍족한 물을 선물한다. 그러나 경계 너머는 완전히 다르다. 간혹 산에서 흘러내린 물이 도파 산맥 북쪽의 와디를 흐르지만 사막을 적시기엔 부족하다. 깊은 골짜기만 만들어놓고 흔적도 없이 사라져버린다. 그것이 비와 사막의 오랜 관계다.

9시간 동안 21킬로미터를 걸어 산의 끝자락에 거의 닿았다. 정상 부근에 가까워질수록 길을 찾기가 어려웠다. 정상을 불과 200여 미터 앞두고 헤매는 사이 키를 훌쩍 넘는 잡목과 가시덩굴이 팔다리 여기저기에 시뻘건 자국들을 남겼다. 빽빽한 수풀 때문에 앞을 제대로 볼 수 없는 데다 급격히 가팔라지는 경사로 인해 방향을 잡기가 어려웠다. 우측 능선으로 붙어야 할 것을 반대편으로 한참 이동한 후에야 시야가 트인 곳에 올라서서 잘못 왔음을 알았다. 난공불락의 요새처럼 검은 바위벽이 눈앞에 버티고 있었고, 내가 선 반대 방향에 그것을 넘을 수 있는 길이 있었다. 되돌아서 반대편에 도착했을 땐 이미 해가 저물어가고 있었다. 산기슭에서 비바크(Biwak, 텐트를 사용하지 않고 자연에서 하룻밤을 보내는 행위)를 하기로 하고 비교적 평평한 자리를 찾았다.

야영지가 정해지면 제일 먼저 불을 피워야 한다. 낮에 열이 오른 몸도 산의 밤기운을 맞으면 금세 차가워지므로 몸을 데워야 하고, 이 산의 여러 동물들에게 우리가 있다는 것을 적극적으로 알려야 한다. 불필요한 만남을 피하기 위해서다. 나뭇가지를 모았지만 바짝 마른 것이 거의 없었다. 습기를 안고 있어 겨우 불을 붙여도 매운 연기가 따라왔다. 땅바닥엔 나뭇잎을 깔아 누울 자리를 만들고 땀에 젖은 옷을 벗어 몸을 말렸다. 잠시 한기가 느껴졌지만 땀을 닦아내자 모닥불 덕에 금세 다시 훈훈해졌다. 처음엔 그렇게 버틸 만했으나 밤 9시가 넘어 야영을 시작해 아침까지 8시간 이상을 이대로 버티는 것은 끔찍한 일이었다. 무엇보다 땔감이 충분치 않아 겨우 2시간 지나자 불이 꺼져버렸다. 암흑과 정적 그리고 추위, 이 세 가지 조건은 더 없이 그 시간을 버티기 힘들게 했다. 도리어 이 추위가 그리워질 뜨거운 사막에 잠시라도 있고 싶었다.

해가 뜨지도 않았는데 모두 부스럭거리며 자리에서 일어났다. 시계는 새벽 5시를 가리켰다. 꺼진 불의 잿더미를 헤쳐보니 불씨가 남아 있어 조금 남겨두었던 마른 가지로 다시 불을 피웠다. 밤새 얼어붙었던 몸을 녹이고 싶었다. 악몽 같은 밤을 보냈으니 어떻게든 빨리 이곳을 벗어나고 싶은 마음뿐이었다. 원정 첫날부터 예상치 못한 비바크를 하게 될 줄은 대원들 누구도 예상하지 못했을 것이다. 밤새 비라도 내렸다면 저체온증으로 벌벌 떨다가 출발 하루 만에 다시 출발 지점으로 실려가는 심각한 일이 일어날 수도 있었다. 운 좋게 하루를 넘겼지만 언제까지 운이 따라주기만을 바랄 수는 없었다. 우리는 단 하루도 앞일을 예측할 수 없지만 종종 긴 여정의 첫날 같은 짧은 시간을 대수롭지 않게 여기는 경우가 있다. 모든 순간에는 모든 가능성이 존재하는데 말이다.

도파 산맥의 끝에 오른 것은 오전 8시경이었다. 앞에는 깊은 와디와 황량한 레그가 뒤섞여 있었다. 세상에는 오직 황토색과 하늘색만 존재하는 듯 지평선까지의 풍경은 비현실적일 정도로 무의 공간이었다. 왜 이곳이 룹알할리, 즉 텅 빈 공간이라고 불리는지 더 깊이 들어가보지 않아도, 다른 설명 없이도 알 수 있었다. 원정대는 와디사프릿(wadisafryt)을 따라 이동했는데 무려 그 깊이가 100여 미터에 가까웠다. 비록 잠시 흐르다 멈춰버리는 사막의 물길이지만 오랜 시간 사막을 조각하는 바람과 달리 물은 아주 잠깐 동안 자신들이 왔다 간 흔적을 깊이 새겨놓았다. 하루 동안 검고 거친 돌밭을 걸은 후 비로소 도파 산맥에서 바라보았던 드넓은 텅 빈 땅에 들어섰다.

아무것도 없는 것 중에 그늘도 포함된다는 것이 문제였다. 하늘에선 태양이 작열하고 모랫바닥에선 그 빛과 열기가 뜨겁게 반사됐다. 불어오는 바람엔 그 모든 뜨거운 기운이 섞여 있었고, 달궈진 모래가

루가 바람에 날아들었다. 그러나 잠시 쉬어갈 그늘을 찾기는 쉽지 않았다. 와디의 끝에서 외롭게 서 있는 나무 한 그루를 우연히 만났다. 온 종일 걷는 동안 처음 만난 그늘이었다. 길게 뻗은 가는 나무 그림자의 끝에 세 명이 겨우 앉을 수 있었다. 걸을 땐 제각기 떨어져서 왔지만 누가 시키지 않아도 사이좋게 그늘을 공유했다. 인간의 생존 본능이란 누가 가르칠 필요도 없고 약속할 필요도 없는 것이다. 땀을 식히며 쉬다보니 그늘 밖으로 한 발짝도 움직이고 싶지 않았다. 마치 그늘을 벗어나면 그 즉시 타버릴 것 같은 기분이었다. 앞으로 또 얼마를 더 가야 이 작은 그늘이라도 만날 수 있을지 알 수 없는 노릇이었다. 시간이 지나면서 그림자가 가는 방향을 따라 조금씩 돌아앉다보니 어느덧 한 시간이 지났다. 우리가 앉았던 자국이 시간을 따라 모래 위에 남아 있었다. 이러다 한 바퀴 돌아가는 것은 시간문제일 것 같았다. 그 시간만큼 더 우리는 이 사막에서 보내야 한다. 그늘을 떠나지 않는다면 영원히 그 사막에 고립될 수도 있다.

　이제 시스루까지는 단 한 군데의 그늘도 없지만 아쉬워하지 않기로 했다. 여기는 사막이고 나는 이 사막을 건너야 한다. 뜨거운 낮이 지나면 모든 것을 덮어주는 밤이 오니 조금만 더 참기로 했다. 한낮의 짙은 나무 그림자가 어둠에 묻혀버리면 그조차 의미를 잃는다. 우리는 다음에 만나게 될 그늘을 향해 자리를 털고 일어섰다.

　쉬어갈 그늘이 반가운 것은 땀 흘려 왔기 때문이다.
　그러나 그늘 속에 주저앉아버리면 그늘 밖이 두려워진다.

룹알할리 사막, 오만, 2013년 2월

그것에 익숙해지면 다시 출발할 용기가 없어지기도 한다.
사막을 건너기 위해서는 과감히 그늘을 떠나야 한다.
그늘에 앉아 멈춰버리면 영원히 사막을 벗어날 수 없다.

룹알할리 사막, 오만, 2013년 3월

룹알할리 사막, 오만, 2013년 2월

사막에서는 모두
친구가 되어야 한다

"사막에서는 모두 친구가 되어야 합니다. 그렇지 않으면 사막을 건널 수 없어요."

한 베두인 노인이 내 손을 꼭 잡고 건넨 말이다. 이미 우리 팀이 겪은 소식이 바람을 타고 모래언덕을 넘어 그들의 귀에까지 전해진 모양이었다.

2013년 3월, 시스루를 출발해 5일째 사막을 걷고 있어 이젠 룹알할리의 풍경이 처음만큼 낯설지 않았다. 그동안 어느덧 170킬로미터 넘게 걸어왔으니, 이젠 어떤 일이 닥쳐도 다시 그 길을 돌아가는 것은 무의미했다. 사막에서는 원점으로 돌아간다는 것이 말처럼 쉽지 않다. 새로운 마음으로 다시 시작한다는 희망을 갖기 전에 지금까지의 모든 노력에 대해 어떠한 미련도 없을 수는 없다. 그리고 돌아가는 여

정도 앞으로 나아가는 것과 그 고됨이 결코 다르지 않다. 어쩌면 더 큰 모험이 필요할 수도 있다. 종종 무엇이 잘 되지 않을 때면 처음부터 시작하자는 마음으로 현재 상황을 없었던 일처럼 여기기도 하지만 새로운 출발이 반드시 성공을 보장하지는 않는다. 지금 이 순간 우리가 할 수 있는 최선을 다하려는 노력과 의지가 필요하다. 그것이 지금까지 힘들여 전진한 스스로에 대한 책임이다. 우리 원정대에게는 목표를 위해서나 살기 위해서나 앞으로 전진하는 것만이 유일한 희망이었다. 이 사막에 있는 유일한 마을인 만다르 알 다비안(Mandar al Dabyan)까지는 아직 60킬로미터가 더 남아 있었다. 최대 사구 밀집지대를 통과하고 있으니 꼬박 이틀은 더 걸어가야 했다.

그런데 물이 얼마 남아 있지 않다는 끔찍한 사실을 그제야 알았다. 한 사람에게 허락된 물의 양은 하루에 4리터였지만 가방 안엔 1.5리터 페트병 4개뿐이었다. 세 사람의 하루치도 되지 않는 양이었다. 사막에서는 사구를 넘는 두 다리의 고통도 외로움도 아닌 바로 지독한 목마름이 가장 고통스럽다. 일상에서는 절대로 느껴보지 못할 극한의 메마름, 그것이 사막을 건너는 자의 발목을 영원히 잡아둔다는 걸 아는 사람은 많지 않다. 용기만으로 사막에 몸을 던진 자들은 하나같이 이 메마름 앞에서 돌아오지 못했다. 그에 비하면 모래바람에 묻혀 사라진 이들은 많지 않았다.

함께 간 대원은 분명 양을 제대로 계산했다고 했지만 남은 가방을 아무리 뒤져도 더 이상의 물통은 없었다. 지난 시간 동안 누구도 주어진 양 이상을 마시지 않았으니 애초부터 모자라게 싣고 떠난 것이었다. 물론 일정 초반에 모하메드가 쓰러져 일정이 지체되긴 했지만 이만큼 차이가 날 것은 아니었다. 물 한 통에 목숨이 오갈 수 있는 사막에서 물을 챙겨오지 않았다는 건 죽겠다는 것이나 마찬가지였다. 이 상황에 대해 누구 한 사람을 비난할 수는 없었다. 모두가 스스로의 목숨을 챙기지 않은 것이나 다름없는 일이니.

원정대는 뜨거운 모래밭에 앉아 망연자실했다. 누구도 남은 물통을 챙기려 손을 뻗지 못했다. 물론이다. 모두의 시선이 남은 물통에 집중되어 있으니. 모두 배낭에 들어 있던 몇 모금의 물을 아쉬워하며 입을 굳게 닫고 고개를 떨궜다. 모하메드를 대신해서 투입된 압둘라는 뜨거운 열기를 피해 작은 나뭇가지에 옷을 걸어놓고 그 그늘 안으로 몸을 숨겼다. 바람이 거세게 불어오고 한동안 뜨거운 모래가 사방에서 날아왔다. '내가 왜 여기서 이러고 있지? 이 상황은 뭐지?' 부정하고 싶고 다시 돌아가고 싶은 마음이 굴뚝 같지만 그럴 수 없는 현실 자체가 힘들었다.

물 없이는 아무것도 할 수가 없다. 극한의 상황에서 나는 종종 인간에게 가장 소중한 것이 무엇인지 절감한다. 그중 하나가 바로 물이다. 너무 흔해서 그 가치에 대해 생각조차 하지 않고 살지만 사막에선 한 방울의 물이 간절하다. 어떤 대단한 스타 셰프의 요리도 필요없다. 시원한 물 한 모금이 어떤 값비싼 요리보다 더 감동적이다. 그리고 어떤 명약보다 위대한 힘을 발휘한다. 물 한 모금이 사람을 살릴 수도 있다. 세상 어디에 한 모금으로 목숨을 살릴 수 있는 위대한 약이 있을까.

그래도 길은 이어졌다. 사구는 갈수록 거대해져 그 높이가 100미터를 훌쩍 넘어섰다. 지금껏 별 탈 없이 동행했던 압둘라가 사구 앞에서 멈춰 섰다. 그는 사구의 높이를 보고 고개를 절레절레 흔들었다. 갈 수 없다는 뜻이었다. 그러나 원정대는 이 사구를 넘어야 했다. 북동쪽으로 우리의 동선과 같이 이어지던 사구의 진행 방향이 동남쪽으로 바뀌었다. 목적지 방향에서는 마치 산맥들이 연이어 앞을 가로막고 있는 꼴이었다. 그렇지만 얼마나 이어질지 모를 이 사구들을 돌아가려니 원정대로선 훨씬 많은 거리를 걸어야 한다는 부담감이 컸다. 하루 또는 이틀이 더 걸릴 수도 있는 일이었다. 그 시간을 버텨낼 물도 남아 있지 않았다. 결국 방법은 최단 경로를 선택하는 것뿐이었다.

압둘라는 우리보다 낙타를 염려했다. 사구가 너무 높아서 낙타들이 건너기 힘들다는 이유였다. 나는 지금처럼만 가면 문제 될 것이 없을 것 같았지만 압둘라는 그럴 수 없다고 했다. 사구를 앞에 두고 처음으로 그와 내 의견이 부딪쳤다. '사막을 건너는 배'라는 낙타도 사막의 거대한 파도 앞에서는 어쩔 도리가 없는 모양이었다. 낙타의 짐을 대원들이 대신 나눠 메고 가벼운 몸으로 건널 수 있도록 해보자고 제안했지만 그는 완강했다. 앞에 보이는 사구를 넘고 하나만 더 넘으면 만날 수 있을 거라고 말한 뒤 압둘라는 떠나버렸다. 그 말이 맞다는 확신이 서지는 않았지만 그의 뒷모습은 어느새 사구 사이로 완전히 사라져버렸다. 그것이 마지막 모습이 되지 않기만을 바랄 뿐이었다.

발목까지 푹푹 빠지는 모래언덕은 열 걸음을 걸으면 다섯 걸음을 걸은 것과 같았다. 흘러내리는 모래를 이겨낼 재간이 없었다. 사구의 끝에 올라보니 아무래도 언덕 두 개를 넘으면 만날 수 있을 거라던 압둘라의 장담은 희박한 바람 이상도 이하도 아니듯 보였다. 혹시나 하는 마음에 사구를 넘고 또 넘었지만 그가 저 앞에서 나타날 가망이 없다는 걸 재차 확인할 뿐이었다. 보는 것만으로도 다리에 힘이 풀려버리는 높은 사구들. 한낮의 태양이 내리쬐던 사막은 프라이팬 위를 걷는 것과 다름없었다. 손을 내딛기도 힘들 정도로 뜨거운 모래 위에서는 쉬어가는 것도 고역이었다. 엉덩이를 붙일 수도 없는 뜨거운 모래 위에 배낭을 깔고 앉아야 겨우 지친 다리를 쉴 수 있었다.

　모든 걸 태워버릴 듯한 햇볕 아래에서 수통을 집어든 순간 암담한 절망감을 느꼈다. 잠시 후 만날 거란 말에 앞으로 닥칠 일을 예상 못하고 낙타를 떠나보낸 것이 치명적인 실수였다. 우리의 모든 식량과 물이 들어 있는 짐을 낙타가 싣고 갔던 것이다. 이제 남은 물은 각자가 가진 한 컵 정도가 전부였다. 대원들은 말없이 몇 모금의 물밖에 남지 않은 수통을 손에 꼭 쥐고 있었다. 한참의 침묵을 깨뜨린 건 아구스틴의 기침 소리였다. 그는 무척 괴로워했다. 우리보다 체격이 큰 아구스틴은 혼자 많은 물을 마실 수 없다며 지금까지 나와 같은 양의 물로 버텨왔다. 그렇지만 일생에 처음 접하는 사막의 열기 속에서 그건 턱없이 부족한 양이었다. 마지막으로 남은 몇 모금을 입에 털어넣은 아구스틴은 그대로 뜨거운 모랫바닥에 드러누웠다. 더 이상 앞으로 나갈 힘이 없다는 그의 목소리는 겨우 들릴 만큼 힘이 없고 가

룹알할리 사막, 오만, 2013년 3월

늘었다. 지금껏 잘 참아왔지만 마실 물이 없다는 상황에 그나마 남아 있던 마지막 의지마저 꺾여버렸던 것이다.

그러나 사구의 규모가 너무 커 지원 팀을 부를 수도 없었다. 차량이 진입할 수 없는 이곳까지 지원 팀이 찾아오기란 거의 불가능한 일이었다. 이런 상황에선 늘 그렇듯 단 두 가지 선택밖에 없다. 다시 일어나서 가느냐 멈추느냐. 길을 계속 간다고 당장 고통에서 벗어날 수는 없지만 매 순간 목적지에 가까워진다는 건 분명 희망적이다. 그러나 그 자리에서 멈춘다면 그것으로 모든 것이 끝난다. 나는 내 물통에 남은 500밀리리터의 물을 한 모금 마신 뒤 남은 물을 모두 아구스틴의 입에 부었다. 이제 우리에겐 단 한 방울의 물도 남지 않았다. 아구스틴은 내가 마지막 물을 나눠준 것에 미안해했지만, 그가 일어나 함께 걸어야 우리가 살아남을 수 있으니 나는 내 목숨을 살리기 위해 물을 건넨 것이나 다름없었다. 다행히 그 누구도 여기 남겠다는 사람은 없었다.

7시간 동안 한 모금의 물도 마시지 못했지만 살기 위해 이를 악물고 사막을 건넜다. 유쾌했던 대원들의 농담도 더 이상 들리지 않았다. 농담이 없는 게 다행이었는지도 모른다. 이 상황에서 시시껄렁한 농담을 할 정신도 없을뿐더러 제아무리 웃긴 농담도 무척 슬프게 들릴 테니. GPS를 통해 목적지에 조금씩 다가가고 있다는 걸 확인하는 것만이 위안이었다. 그때마다 모두에게 점차 가까워지고 있다고 알렸다. 그사이 혹시나 하는 마음에 낙타의 흔적을 찾아봤지만 그 어떤 것도 보이지 않았다. 압둘라가 어느 길로 갔을지 예측도 할 수 없을 만큼 사막은 드넓었다. 그의 안전이 염려되기도 했지만 한편으로는 그렇게 떠나버린 것에 무척 화도 났다. 엄청난 위험에 모두가 맨몸으로 노출되었기 때문이다.

마을을 5킬로미터쯤 남겨두고 언덕 너머로 철탑이 삐죽 솟아 있었다. 그제야 우리가 위험에서 탈출했다는 안도감이 들었다. 마을 입구에서 베두인 팀의 리더인 오바디를 만날 수 있었다. 그는 신기하게도 어떤 일이 벌어졌는지 이미 알고 있었다. 잔뜩 화나 있는 나를 진정시키려고 그가 물을 건넸다. 우리는 그 자리에서 각자 1.5리터짜리 물통을 순식간에 비웠다. 바짝 말랐던 입안과 목과 모든 장기가 그제야 깨어나는 것 같았다. 한 시간이 지난 뒤 압둘라가 낙타들과 함께 모습을 드러냈다. 한바탕 싸움을 벌일 만큼 화가 나 있었지만 서로 무사히 돌아온 것을 다행으로 여겼다.

나는 마을로 들어서기 전에 이 문제에 대해 분명히 짚고 넘어가야겠다고 생각했다. 원정대의 모든 결과에 대한 책임은 리더에게 있고, 대원들은 리더의 뜻을 따라야 한다. 의견을 나눌 수는 있지만 누구도 리더를 대신해 상황을 판단하고 결정할 수는 없다. 이게 나의 기본적인 생각이었다. 베두인 친구들도 이 여정을 함께하는 동안은 한 팀이고 우리의 대원이다. 결과적으로 두 개의 언덕을 넘어 만나게 된다는 압둘라의 예견은 맞지 않았고, 우리는 길이 엇갈린 상대를 염려하며 지독한 고통과 두려움 속에서 길을 건너왔다. 다시는 이런 일이 반복되어서는 안 된다고 목소리를 높였다. 그러자 압둘라는 지난 며칠 동안 너무 힘들었다며 말문을 열었다. 돌아가도 좋을 곳을 애써 높은 사구를 넘는 바람에 낙타들이 너무 힘들어했고, 물이 떨어진 첫날은 그의 일생에서 가장 무서운 경험이었다고 했다. 공포를 떨칠 수 없어서 옷을 뒤집어쓰고 떨었다는 것이다. 그리고 다시 길을 나섰지만 막막한 사구를 또 넘어야 하는 게 본인에겐 너무 고통스러웠다고 고백했다. 그때 알았다. 베두인도 사막을 두려워하는, 나와 다름없는 사람이라는 것을. 내가 그의 마음을 조금 이해하고 함께 가주기를 바랐지만 원정대의 길을 막을 수도 없었다고 했다. 우리는 각자의 속마음을 털어놓긴 했지만 그것에 대해 더 이상 말을 잇지 않았다. 화해의 제스처나 말도 없이 그렇게 서로의 이야기를 듣는 것으로 대화는 끝이 났다.

만다르 알 다비안 마을 사람들이 모두 나와서 우리 일행을 맞이했다. 주민들은 우리 낙타들을 먹이는 것도 잊지 않았다. 깨끗한 물이 가득한 저수조에 데리고 가자 낙타들은 동네 우물을 말려버릴 듯 쉬지 않고 물을 쭉쭉 빨아들였다. 사람을 대접하기 전에 낙타를 먼저 돌보는 것이 이들의 전통이었다. 낙타가 이들에게 얼마나 소중한 존재인지 읽을 수 있었다. 하물며 낙타도 그런데 사막에서 함께하는 사람의 존재는 얼마나 소중할까.

저녁이 되자 마을에 큰 잔치가 열렸다. 마을 남자들은 모두 한자리에 모여 앉아 음식을 나눴다. 음악 소리가 사막에 울리고 흥에 겨운 젊은이들이 전통춤으로 분위기를 한껏 띄웠다. 그렇게 사막에서의 축제는 밤으로 이어졌다. 모든 행사가 끝나고 나는 마을 어른께 고맙다는 인사를 건넸다. 노인은 "나를 찾아온 손님을 쉬게 하고 배불리

먹이는 것"이 무슬림의 의무라며 손을 맞잡았다. 그러면서 그들이 이 척박한 사막 한복판에서도 살아갈 수 있었던 것은 모두가 서로 존중하고 의지하며 지냈기 때문이라고 했다. 그것이 사막에서 살아가는 데 가장 중요하다는 것이었다. 사막을 건너는 것은 엄청난 용기가 필요한 일이니 당신들이 자랑스럽다며 칭찬도 건넸다. 그러고는 앞으로의 길도 무사히 건너려면 그 용기와 더불어 서로 친구가 되어야 한다고 강조했다.

"친구가 되어야 한다."

나 혼자만의 용기로 사막을 건널 수 있다면 우리는 함께할 이유가 없다.

우리는 이미 마음속으로 서로를 의지해 이 길을 함께 나선 것이다.

그러나 사막의 한복판에 다다라 그 마음을 잊는다면 그 순간부터 홀로 된다.

홀로 된다는 것,

그것은 사막이 내릴 수 있는 가장 큰 형벌이다.

이것이 사막의 법칙이다.

룹알할리 사막, 오만, 2013년 2월

룹알할리 사막, 오만, 2013년 3월

한 모금의 물을
남겨두어야 한다

　사막을 건너는 모험가가 가장 많이 듣는 질문 중 하나는 바로 물에 관한 것이다. "물은 어떻게 하나요?" 간단한 질문 한마디에는 물을 어떻게 구하는지, 어떻게 운반하는지, 하루에 얼마나 마시는지 등 물에 관한 모든 궁금증이 함축되어 있다. 나 역시 갈증이 느껴지는 사막을 앞에 두고 가장 염려하는 것이 물이다. 그것은 사막을 처음 접했을 때나 지금이나 다르지 않다. 물은 곧 인간의 생명과 직결되고, 사막에서는 한 모금의 물을 구하는 것조차 어렵기 때문이다.

　물이 인간에게 얼마나 중요한지는 누구나 잘 알고 있다. 체내의 몇 퍼센트가 물이고 얼마가 줄었을 때 어떤 변화가 일어나는지까지는 자세히 몰라도 우리는 체험으로 갈증의 고통 정도는 충분히 알고 있다. 2013년 6월, 아라비아 사막의 룹알할리에서 끔찍한 소식이 들려왔다. 내가 그 사막을 건넌 지 불과 석 달 후에 한 카타르인 부부가 룹알할리를 여행하던 중 차량이 전복되는 바람에 고립되어 결국 숨진 채 발견됐다는 소식이었다. 그러나 사망 원인은 차량 전복에 의한 것이 아닌 탈수였다. 지독한 열기를 견디지 못한 채 아내를 차 안에 남겨두고 물을 구하러 떠난 남편은 결국 사막 위에 쓰러졌고, 그 남편을 기다리던 아내 역시 물을 마시지 못해 죽어간 것이었다. 죽기 직전까지 남편을 기다리던 아내, 그리고 아내를 위해 물을 찾아 나선 남편의 두려움과 초조함이 어땠을까 생각하면 더욱 끔찍하다. 사랑하는 이를 살리겠다는 의지도 사막의 메마름 앞에서 무릎을 꿇고 만 것이다. 어쩌면 목마름의 고통보다 더 큰 고통에 시달렸을 것이다. 배고픔으로 인한 아사도 무섭지만 물을 마시지 못해 사망할 수 있는 시기는 훨씬 더 빠르고 피할 수 없다. 사막에서라면 이 시기가 더욱 빨라질 수 있다는 것을 부인할 수 없다.

　이런 환경에서 물 없이 사막을 건너겠다는 것은 스스로를 죽음으로 내모는 것이나 다름없다. 어떻게든 살아남기 위해서는 물이 있어야 한다. 더운 사막에서 필요한 최소한의 물은 성인 기준 하루 약 4~5리터다. 거기에 노동이나 운동을 한다면 필요량은 거의 두 배 가까이 늘어난다. 하루에 그 많은 양이라니 믿기지 않겠지만 섭씨 40도를 오르내리는 드넓은 땅을 걷다보면 단숨에도 마셔버릴 것 같은 기분이 든다. 그렇다면 그 많은 물을 모두 싣고 다녀야 할까. 한 사람이 사막 1,000킬로미터를 도보로 건너기 위해서는 평균적으로 30일 이상 소요된다. 하루 4리터로 버틴다고 가정해도 120리터나 된다. 그 무게를 짊어지고 간다는 것은 불가능하다.

그러니 할 수 있는 가장 손쉬운 방법부터 찾아야 한다. 먼저 물의 소비를 줄이는 일이다. 물론 마음대로 되지 않지만 충분히 방법은 있다. 사람의 몸은 열에 많이 노출되면 체온을 유지하기 위해 땀을 흘린다. 땀을 흘리면 그만큼 체내에 수분이 보충되어야 하므로 물을 찾게 된다. 사막의 열기는 단지 쏟아지는 햇빛뿐이 아니다. 불어오는 바람에도 열기가 가득하고 눈에 보이지 않지만 대기 중에 흩날리는 모래 먼지에서도 햇빛이 반사된다. 게다가 모래는 선글라스를 벗으면 차마 눈을 뜨고 버틸 수 없을 정도로 눈부시다. 이 반사량은 설사 면에서 반사되는 정도와 크게 다르지 않다. 그러니 장시간 선글라스 없이 햇빛이 강한 설산에서 노출되었을 때 설맹에 걸리는 것처럼 사막에서도 시력을 잃을 수 있다. 그런 강력한 열기들이 모여 내 몸속의 물 한 방울까지 빼앗아간다. 그러니 열에 최대한 노출되지 않도록 해야 한다.

베두인들의 모습을 보면 충분히 이해가 간다. 그 더운 곳에 살면서도 온몸을 칭칭 감은 모습에 답이 있다. 사막의 기후는 우리의 여름과 달리 습도가 매우 낮아 그늘에 앉아 있으면 시원함을 느낄 수 있다. 오히려 사막 기후에서는 긴팔과 긴 바지로 몸을 가리고 머리가 받는 열을 줄이기 위해 케피에라고 하는 스카프를 두른다. 이 스카프는 모래바람이 거셀 때 얼굴을 감싸 호흡을 돕기도 한다. 온몸을 가려 외부로부터 들어오는 열기를 최대한 막는다면 몸이 배출하는 땀의 양도 줄어들고 더불어 보충해야 할 물의 양도 줄어들게 된다.

또한 이른 아침을 맞이해야 한다. 이 얘기를 할 때마다 아내는 아

고비 사막, 몽골, 2014년 9월 (사진_은재필)

침잠이나 줄이라고 핀잔을 줄 정도로 내가 가장 어려워하는 부분이지만, 분명 도움이 된다. 사막의 아침은 순식간에 지나간다. 해가 뜨는구나 싶으면 금세 대낮처럼 뜨거워진다. 선선한 새벽에 발걸음을 옮기면 같은 시간에 보다 먼 거리를 이동할 수 있다. 그리고 우물의 위치를 파악해야 한다. 사막엔 우리가 모르는 엄청난 비밀이 숨어 있다. 그것은 전 세계 담수량의 최대 보관지가 바로 이 사막이라는 아이러니한 사실이다. 그렇다고 무턱대고 땅을 팔 일은 아니다. 땅 파다 지쳐서 쓰러질 확률이 거의 100퍼센트다. 사막을 넘나들던 대상들은 이 사실을 몰랐겠지만 그들은 어디에 우물이 있는지 잘 알고 있었고, 여전히 사막 곳곳에 우물들이 남아 있다. 경험이 필요하지만 위성사진을 세밀히 관찰하면 우물의 위치나 물을 구할 만한 곳을 대략 확인할 수 있다. 이 모든 것을 빠뜨리지 않고 나만의 지도 위에 기록해두어야 한다. 그러나 모든 우물터에 물이 남아 있을 거라는 믿음을 가져서도 안 된다. 그러므로 다음 또 그다음까지 갈 수 있는 최소한의 물은 늘 준비되어 있어야 한다.

최악의 경우에는 영화 〈맨 vs 와일드(Man vs Wild)〉에서나 봤음 직한 일들을 실제로 해야 할 수도 있다. 그러나 이것은 말 그대로 최후의 방법일 뿐 사막을 다니는 내내 나를 목마름에서 해방시켜줄 수 있는 근본적인 대책은 되지 못한다. 예를 들어 식물의 뿌리를 잘근잘근 씹어 몇 방울 나오는 물기로 혀를 축인다든지 죽은 낙타의 내장을 갈라 피나 수분을 섭취하는 것 등이다. 이런 것을 감행할 지경이라면 이미 나는 최악의 상황을 맞이한 것이다. 게다가 갓 죽은 비교적 싱싱한 동물의 사체를 발견하기는 우물을 찾는 것보다 더 어려울 수도 있다. 때론 소변을 받아 마실 수도 있지만 마신 것이 없을 땐 나올 소변도 없다. 인간의 몸은 정직하다. 비교적 정신이 있을 땐 결로현상을 이용해 물을 얻는 등 나름 과학적인 방법을 구사해보기도 하지만 하룻밤 사이 200~300밀리리터의 물을 얻으면 성공이다.

사막에서 탐험가는 한 통의 물을 손에 쥐고 수많은 생각을 한다. 물 한 방울이 생명이기 때문이다. 그래서 내일을 위해 한 모금씩의 물을 남겨둔다. 그것이 모여 한 통이 되고 두 통이 되고 살아남을 수 있는 희망이 된다. 그러나 모든 것을 소진해버린 상태에선 아무런 희망도 가질 수 없다. 마지막 몇 킬로미터를 남기고도 한 모금의 물이 없어 쓰러질 수 있다는 것을 명심해야 한다.

탐험가의
식사

    사막에서 식사를 한다는 것이 무척 낭만적이고 멋진 경험처럼 상상될 수도 있다. 카펫이 깔리고 커다란 천막이 햇빛을 막고 테이블 위에 마실 거리가 넘치고 잘 익은 고기와 싱싱한 야채와 과일이 차려져 있다면 말이다. 그러나 호화스러운 여행 카탈로그에서나 볼 수 있는 그런 풍경은 안타깝게도 탐험가의 것과는 거리가 멀다. 강연 때 보여주는 내 식사 모습을 보고 사람들이 웃음을 참지 못하는 것은 애처로운 광경이 전하는 역설적인 모습 때문일 것이다. 몇 끼니를 굶은 부랑자 같은 몰골이 웃기기도 하고 초라해 보이기도 하겠지만 사막을 탐험하는 이들에게는 생존이 걸린 경건하면서도 무엇보다 감사한 시간이다. 얼마나 근사해 보이는가는 중요하지 않다. 굶지 않는 것만으로도 감지덕지할 일이다. 사막을 건널 힘을 얻을 수 있으니. 모든 욕심이 절제된 밥그릇에는 탐험가의 마음과 정신 그리고 감사함이 들어 있다. 그것은 수양에 매진하는 수도승의 모습과 다를 바 없다.

사막을 건너기 위해서는 많은 것을 비워야 한다. 필요 없는 모든 것을 비워내야 비로소 떠날 수 있다. 이미 사막을 건너겠다는 결단 자체가 일상의 안락함이나 편리함 따위를 벗어던질 준비가 되어야 가능한 일이지만 그것으로 끝이 아니다. 그럼에도 어쩔 수 없는 나약한 인간의 욕심이 어딘가에는 남아 있다. 그것마저 비워낼 수 있는 한 비워내야 한다.

탐험가의 밥 한 끼도 예외가 아니다. 한 끼의 밥을 해결하기 위해서는 많은 것이 필요하다. 휘발유나 가스 같은 연료와 버너는 물론 용도에 따른 코펠과 식기, 그것을 닦을 것들 그리고 물. 이것들을 다 챙기면 가방 한구석이 묵직하다. 재사용이 불가능한 연료와 물은 식사 때마다 소비된다. 다음 식사를 위해서는 또 같은 양이 반복적으로 필요하다. 식기를 세척할 물을 아무리 아껴 한 번에 0.5리터만 사용한다고 해도 하루 세 번씩 한 달이면 45리터의 물이 필요하고 우리는 몸도 씻지 못하는 사막에서 오로지 그릇을 닦기 위해 45킬로그램의 무게를 혹처럼 달고 다녀야 한다. 그런 계산을 하면서도 욕심과 우려를 덜어내지 못하고 몇 번이나 조리 장비를 넣었다 뺐다 하며 망설인다. 가득 찬 가방을 보면 그 무거움에 맥이 빠지고 다시 꺼내면 왠지 허전하다. 둘 중 무엇에도 만족은 없다. 그럴 바엔 무게라도 덜어내야 한다.

우리는 보통 동결건조식품을 사용하는데, 이건 군용식품에서 유

그레이트빅토리아 사막, 호주, 2012년 6월

래한 것이다. 장시간 이동해야 하는 상황에서 복잡한 조리과정 없이 물만 부으면 한 끼 식사가 완성된다. 간편하긴 하지만 맛과 영양 면에서는 조금 아쉬운 게 사실이다. 그럼에도 대량 식품을 운송하기에 이것만큼 훌륭한 대안은 없다. 그러나 그 간편한 것조차 원정대 눈에는 군더더기가 많이 붙어 있는 것 같아 식품 포장을 모두 벗겨냈다. 두꺼운 포장지 안엔 방부제와 플라스틱 숟가락이 들어 있었다. 숟가락을 모두 모아보니 그것도 한 짐이었다. 필요한 양보다 훨씬 많았다. 하나둘씩 필요 없는 욕심을 버리다보니 어디까지 할 수 있을지 궁금했다. 연료와 무거운 휘발유 버너, 코펠 세트를 가방에서 꺼냈다. 그랬더니 세제나 수세미 같은 것도 필요 없어졌다. 그것이 망가질 때를 염려할 필요도 없었다. 근심마저 덜어낼 수 있다는 게 새삼 놀라웠다. 그만큼의 물도, 이것들을 담을 파우치도 더 이상 의미가 없어졌다. 연료를 제외하고도 무려 3킬로그램의 미련이란 무게를 덜어냈다.

결국 가방 안에는 아주 작고 낡은 코펠 하나와 수저 한 개뿐이었다. 사막엔 나무가 있었다. 물이 희박한 그곳에서 살아남은 녀석들은 그만큼 생존 의지가 강한 것이다. 그러나 모든 것이 그렇지는 않다. 죽은 나무는 바삭거릴 정도로 메말라 있어 훌륭한 연료가 되었다. 밥을 하려면 이런 나뭇가지 한두 개면 충분했다. 코펠이 새까맣게 그을리는 건 문제 되지 않았다. 밥이 코펠 안에 눌어붙으면 물을 조금 넣어 끓이면 될 문제였다. 깨끗하게 비운 코펠에 남은 물기는 사막의 바람이 알아서 거둬갔다.

포장을 벗겨낸 건조된 쌀을 모두 한 군데 모았다. 애초에 그것이

새우 맛이었는지 김치 맛이었는지 모호해졌다. 그것이 무엇이든 나에
겐 소중한 한 끼일 뿐이었다. 너무나 단출해서 보고 있으면 더 허기
지는 기분이 들었다. 그러니 한 수저에서 얻는 느낌은 어느 때보다 각
별했다. 단 한 톨의 밥알도 버려지는 일이 없었다. 씹고 씹고 또 씹었
다. 너무 빨리 목구멍으로 넘어가는 게 아쉬울 뿐이었다. 밥 한 끼에
이렇게 진지하고 집중할 수 있다는 게 놀라웠다. 탐험가의 식사는 마
치 경건한 예배를 드리는 것과 다르지 않다. 절제되어 있으면서도 충
분하고 엄숙하면서도 즐거웠다.

그러나 식사시간이면 아내의 밥상과 아이의 재잘거림이 그리워지
는 건 어쩔 수 없었다. 정성껏 차려놓은 밥상에서 젓가락질 몇 번으
로 먹는 둥 마는 둥 해 차린 이의 마음을 서운하게 했던 철없는 남편
의 모습도 스쳐 지나갔다. 바람이 불어와 잽싸게 음식 봉투를 막았
지만 입안에선 모래가 서걱서걱 씹혔다. 우리는 이걸 모래밥이라고
부른다. 그러나 사실 내가 먹는 것은 그리움이다. 모래가 서걱거릴수
록…… 먹으면 먹을수록…… 더욱 그리워지는 그리움. 그것이 탐험
가의 한 끼에 담긴 잊을 수 없는 맛이다.

두려움을 가진 자는
홀로 갈 수 없다

2015년 5월, 앨리스스프링스를 떠난 나와 두 명의 대원, 미국인 제이슨과 호주인 라이언은 호주 대륙의 그레이트샌디와 깁슨이라는 거대한 사막의 한복판을 팻바이크를 타고 가로지르고 있었다. 시작점인 앨리스스프링스에서 1,000킬로미터 떨어진 쿠나와리지(루트 상 마지막 원주민 마을)까지는 예상보다 이틀 정도 더 걸렸다. 제이슨은 처음의 활기찬 모습과 달리 사막에 들어서자 하루가 다르게 지쳐갔고, 그의 컨디션에 맞추다보니 애초 계획보다 조금씩 모자란 거리를 달렸다. 어떤 날은 일정한 거리를 맞추기 위해 더 많은 시간 동안 달리기도 했다. 우리는 한 팀이니 누구 한 사람도 먼저 가거나 뒤처지는 일이 없어야 했기에 늘 선두주자보다는 뒤처지는 사람에게 맞춘 것이었다.

쿠나와리지를 떠나면 앞으로 목적지인 80마일비치까지 670킬로미터 거리엔 단 한 사람도 살지 않고, 그 길 위에선 누구로부터 어떤 도움도 기대할 수 없었다. 어쩌면 지금까지와는 비교도 할 수 없을 정도로 위험하고 힘든 구간이 될 터였다. 너군다나 이곳은 호주 사막을 관통하는 루트 중에서도 찾는 이가 가장 없는 외로운 곳이었다. 쿠나와리지에서의 마지막 밤에 나는 두 친구에게 "우리가 함께하는 것만이 모두가 사막을 건널 수 있는 방법"이라고 말했다. 그러나 이 말에 모두가 동의하는 것은 아니었다. 안타깝게도 그사이 제이슨의 컨디션이 점점 악화되어 탈수 증상과 오한까지 나타났다. 라이언은 그런 제이슨 때문에 늦어지는 게 불만이었고, 이젠 좀 더 먼 거리를 달려 목표점까지 가는 시간을 줄여야 한다고 했다. 남은 식량과 물을 가지고는 달리 희망이 없다는 거였다. 보름을 달려오며 쌓였던 불만과 불가능할 수도 있다는 두려움을 드러낸 것이었다. 그 희망은 온전히 그 자신만을 위한 것일 뿐 제이슨의 희망은 그의 마음 어디에도 없었다.

더 많은 거리를 달리기 위해선 더 많은 에너지가 필요했다. 지금 상황에서는 계획대로 이동하고 물을 철저히 계산해서 마시며 만약에 대비할 필요가 있었다. 그러나 속마음을 드러낸 라이언은 확고했고, 본인은 자신의 컨디션에 맞춰 먼저 가겠다고 했다. 팀을 떠나 홀로 끝까지 가겠다는 것은 정말 위험한 생각이었다. 지금까지는 늘 함께한다는 심리적 안정감이 무의식중에 있었지만 혼자가 되는 그 순간부터 두려움과 마주하게 될 것이다. 그러나 만류에도 불구하고 결국 라이언은 먼저 떠났다. 다만, 매일 저녁 반드시 함께 야영하기로 약속했다. 그것이 그에겐 유일한 희망이었지만 가장 큰 실수였다는 것을 확인하는 데는 며칠 걸리지 않았다.

그로부터 3일이 지나도록 라이언을 만날 수 없었다. 유일한 흔적은 앞서 간 그의 타이어 자국뿐이었다. 안타깝게도 나는 그가 절대로 사막을 무사히 빠져나가지 못했을 거라고 직감했다. 고백하건대 그 녀석이 얄밉기는 했지만 사막 어딘가를 헤매길 바란 것은 절대 아니다. 그가 약속을 지키려고 했다면 3일 동안이나 만나지 못했을 리 없는 상황이었다. 그가 조급한 마음에 멈추지 않고 달려갔다는 것은 두렵다는 증거였다. 두려움을 가지고는 절대로 사막을 건널 수 없다. 두려움 앞에 홀로 서 있을 때 준비되지 않은 자는 옳은 선택을 할 수가 없다. 적어도 내가 보기에 그는 사막에서의 두려움을 이길 만큼 준비가 되어 있지 않았다.

그사이 제이슨의 상태가 점점 더 악화되었다. 급기야 길가에 쓰러져 한동안 미동도 보이지 않았다. 괜찮아지길 바랐지만 눈동자가 초점을 잃고 허공에 머물렀다. 얼마나 남았느냐는 물음에 250킬로미터 남았고 최소한 3~4일은 걸릴 것 같다고 하자 제이슨은 고개를 떨궜다. 한동안 침묵이 이어진 뒤 느닷없이 제이슨이 자기를 버리지 말라며 흐느꼈다. 그도 두려움에 벌벌 떨고 있었다. 멀쩡한 사람은 나뿐이었지만, 이런 상황에선 나도 제정신을 차리기 힘들었다. 한 녀석은 도망쳤고 또 한 녀석은 울며불며 죽어도 같이 죽자니 어떻게 해야 할지 막막했다. 제이슨은 더 이상 갈 수 없다고 했다.

그러나 가야만 살아남을 수 있었다. 절체절명의 순간에 인간은 감쳐져 있던 초인적 능력을 발휘하게 된다. 적어도 자신이 생각하는 그 이상의 능력 말이다. 그러나 스스로 불가능하다고 판단해버리면 남아 있던 모든 가능성마저 불가능하게 되어버린다. 나에겐 제이슨이 이대로 멈추지 않고 어떻게든 나가려고 한 발짝이라도 움직이는 게 희망이었다.

그러나 상황은 더욱 좋지 않게 돌아갔다. 뭔가에 홀린 듯 제이슨이 정수기를 들고 웅덩이로 뛰어가더니 그 썩은 소금물에 정수기를 담그고 미친 듯이 펌프질을 했다. 소용없는 짓이었다. 정수기는 염분을 제거할 능력도 없는 데다 불순물이 너무 많아 결국 망가져버렸다. 미쳐버릴 노릇이었다. 제정신인 사람의 말을 따라주면 좋겠건만 그런 판단조차 할 수 없는 상태에 이르렀으니 더 이상 지체할 수가 없었다. 이대로 멍청하게 있다간 더 큰 위험에 처할 게 뻔했다.

결국 구조대에 지원 요청을 했다. 현재 위치의 좌표와 건강상태, 물과 식량의 양을 알리자 구조대로부터 곧 다시 연락하겠다는 메시지가 왔다. 그 시간부턴 스스로 할 수 있는 게 없음을 인정한 만큼 누군가의 도움을 기다려야 한다. 잠시 후 구조대로부터 육로를 통해서는 우리에게 접근할 수 없다는 소식이 전해졌다. 너무 위험한 길이라 그들 역시 만약의 상황에서 자유롭지 못하다는 이유였다. 제이슨은 모든 걸 잃은 듯한 표정이었다. 나 역시 일행을 두고 떠날 수 없기에 속이 바짝 탔다. 마땅한 해결책을 전해 듣지 못한 채 다시 연락을 기다렸다. 기다림의 시간은 무척 초조하고 길었다. 무엇이든 지금보다 나은 방법이 있기를 바랐다. 한 시간 정도 지난 뒤 위성전화기의 벨이 울렸다. 구조대가 마지막으로 제시한 방법은 필요한 최소한의 식량과 물을 항공편으로 투하해주겠다는 것이었다. 그러나 이후엔 결국 알아서 빠져나와야 한다는 조건이 붙었다. "싫어요"라고 대답할 수가 없었다. 떼를 쓴다고 될 일이 아니었다. 사막의 긴 밤은 어느 때보다 쓸쓸하고 어두웠다.

다음 날 아침, 일출 시간에 맞춰 구조대의 비행기가 나타났다. 우리가 피운 신호용 연기 주위로 몇 차례 선회 비행을 하던 비행기에서 낙하산이 떨어지기 시작했다. 우리는 비콘(Beacon, 위치를 알리는 장치)의 요란한 소리를 따라 낙하산이 떨어지는 방향으로 미친 듯이 뛰어갔다. 제이슨의 몸짓엔 살고자 하는 의지와 절박함이 가득했다. '다 죽어가던 녀석인데 도대체 어디서 저런 힘이 나오는 것일까.' 그는 낙하산을 쫓아가는 것이 아니라 희망을 잡으려고 간절하게 달려가는 것이었다. 우리가 확보한 물은 총 40리터 정도였다. 목적지까지 쓰기엔 충분했다. 다시 이런 일이 벌어지지 않는다면 말이다. 그 자리에서 1리터의 물을 단숨에 들이켜고 나서야 제이슨은 나를 보며 미소를 지었다. 갈 수 있겠냐는 물음에 제이슨은 고개를 끄덕였다. 잠시 후 구조대 수송기로부터 전화가 왔다. 우리와 헤어진 라이언을 발견했다는 소식이었다. 안타깝게도 그는 내 예상대로 홀로 사막에 갇혀 있었다. 스스로의 희망을 좇아 떠난 그가 아무런 희망도 없이 사막에서 죽어가고 있었다. 어쩌면 우리가 라이언에게 마지막 희망일 수도 있다는 생각이 들었다. 그러나 나는 그에게 희망이고 싶지 않았다. 믿음을 저버린 이에겐 그럴 이유가 없다고 생각했다. 그게 생과 사의 갈

림길이라도 그것은 자신이 선택한 결과였다.

라이언이 있을 거라고 예상되는 곳을 5킬로미터 정도 남겨두고 시뻘건 모래밭 위에 번쩍거리는 무언가가 눈에 띄었다. 빨갛고 파란 비닐봉지 위에 라이언이 남긴 편지가 놓여 있었다. 아무도 오가는 이 없는 이 사막에서 도대체 누구에게 쓴 편지일까. "농담이 아닙니다. 제발 긴급구조대나 카라반파크에 연락해 저를 도와주세요. 나는 호주인 라이언이라고 합니다. 자전거를 타고 80마일비치로 가고 있습니다. 거기까지 230킬로미터 남았습니다. 물이 다 떨어졌습니다. 그러나 밤에도 달려갈 겁니다. 가능한 한 빨리 도와주세요. 2014년 5월 7일 수요일."

편지대로라면 그는 이미 3일 동안이나 물을 마시지 못했다. 3일간 물을 못 마셨다면 죽음의 문턱에 거의 다다른 것이나 다름없었다. 추측건대 우리와 헤어진 직후부터 쉬지 않고 가면 이틀 만에 목적지에 닿을 수 있을 거라고 판단한 듯했다. 그러나 사막의 메마름은 그리 호락호락하지 않았던 것이다. 밤에도 달려갈 거란 얘기는 이미 우리와의 약속을 저버렸다는 증거이기도 했다. 그러나 목숨이 오가는 상황에서 그런 것을 따질 수는 없었다. 결과적으로 라이언은 우리를 버렸다기보다 스스로를 사막에 내팽개친 거였다. 사막을 건너는 법을 몰랐으니 말이다.

라이언의 텐트 주위로 물을 모으려고 애쓴 흔적이 보였다. 그리고 주변엔 구조대로부터 받은 물통과 비상식량이 널브러져 있었다. 그는 한눈에 봐도 창백한 얼굴에 죽다 살아난 표정이 역력했다. 그는 우리를 만나자 힘들었던 지난 며칠에 대해 쉴 새 없이 떠들어댔다. 3일 동안 물 한 모금 마시지 못했고 어떻게든 살아남으려 이슬을 마시고 소변까지 마셨다는 것이다. 그러다 썩은 물을 마시는 바람에 설사를 해서 탈수증이 왔다고 했다. 온갖 험한 경험을 하며 와이프에게 남기는 유언까지 비디오로 녹화했다는 얘기를 구구절절 읊어댔다. 그리고 본인은 절대로 우리를 떠난 적이 없다고 했다. 매일 우리를 기다렸지만 우리가 나타나지 않았다는 것이다. 그의 변명에서도 마지막 두려움이 느껴졌다. 이제 혼자 갈 수 없다는 것을 알았으니 다시 홀로 될 것이 두려운 것이었다.

네가 가든 말든 내가 상관할 일 아니라고 잘라 말했다. 단 한 마디 사과라도 했다면 그렇게 말하진 않았을 것이다. 내가 구조대에 라이언의 소식을 전한 이유도 마지막으로 그의 안전을 염려했기 때문이지만 그것조차 아까운 짓이었다는 생각이 들었다. 그래서 나는 스스로 초래한 결과에 대해 얼마나 힘들고 고통스럽고 슬프고 외롭고 절망적이었는지 설명할 필요 없다고 잘라 말했다. 누구나 모든 고통과 시련 중 최고는 자기 자신이 겪은 일일 뿐이다. 나는 오로지 앞으로 갈 길만 생각하고 싶었다. 우리는 아직 사막에 갇혀 있었다.

결국 녀석을 남겨둔 채 떠나진 않았다. 한 남자의 마지막을 목격한 불명예를 얻고 싶은 욕심은 없었기 때문이다. 식량과 물을 다시 나누고 우여곡절 끝에 사막의 끝에 도착했지만 애초에 기대했던 감동은 이미 저 사막 안에서 메말라버렸다. 그 끝에서 지나온 길을 뒤돌아봤다. 무슨 일이 있었는지 아무런 생각도 나지 않았다. 살아나온 것이 다행스러울 뿐이었다. 결국 우리는 사막의 끝에 다시 섰다. 출발 때와 마찬가지로 모두 함께.

　사막에서 살아온 사람들은 결코 혼자인 적이 없었다고 한다. 베두인이나 투아렉족이나 이곳의 애버리지나나. 그들은 사막에서 살아가는 방법을 알았기에 지금까지 살아남을 수 있었다. 사구를 넘고 해를 피하고 물을 구하는 것만이 방법은 아니다. 스스로 준비된 자는 두려움 앞에 당당하고 모두가 함께일 때 사막의 위기를 건널 수 있다. 우리가 건너는 인생이라는 사막도 그렇지 않을까. 우리는 왜 함께여야 하는지가 깁슨과 그레이트샌디의 붉은 모래 위에 새겨져 있다.

깁슨 사막, 호주, 2014년 4월

가장 소중한 것에 대한
그리움을 가져라

아내는 탐험가 남편을 둔 사람이라면 탐험에 대해 알아야 한다며 대열에 함께할 기회를 호시탐탐 노렸다. 그러나 나는 매번 이런저런 이유로 아내를 떼어두고 길을 떠났다. 오지 중의 오지에서 겪을 불편함 때문만은 아니었다. 그보다는 막막하고 거친 야생에서 내가 고군분투하는 모습을 아내가 본다면 얼마나 걱정이 많을까 싶어서였다. 탐험가란 늘 위험을 마주해야 한다는 걸 아내도 알겠지만 머릿속으로 그리는 것과 직접 목격했을 때의 느낌이 얼마나 다를지, 또 얼마나 가슴을 졸일지 그 기분을 가늠할 수 있기 때문이다.

게다가 그곳에서 나는 완전히 다른 사람이 되어버리기도 한다. 머리는 일주일 넘도록 감지 못해 기름기가 좔좔 흐르고, 얼굴은 시커멓게 그을려 있고, 수염은 볼품없이 자란다. 사진으로는 그럴듯해 보이지만 실물을 마주하면 충격을 받을 수도 있다. 과연 아내가 그런 압도적 비주얼을 감당할 수 있을지, 그 이후로도 나와 같이 살아줄지에 대한 확신이 필요했다. 그러나 집요한 아내의 설득을 끝까지 안 된다는 말로만 버텨낼 수는 없었다.

결국 아내는 대원 자격은 아니지만 베이스캠프까지 함께 가기로 했다. 한번쯤 내가 간다는 사막이 어떤 곳인지, 또 자연 앞에 선 남편의 모습이 어떤지 본다면 나의 세계를 조금이나마 더 이해할 수 있지 않을까 하는 기대에서였다.

그렇게 해서 2015년 몽골 알타이 산맥의 끝자락에서 시작되는 여정에 아내가 함께했다. 일행은 울란바토르를 출발해 3박 4일 동안 차로 초원을 가로질러 몽골 최서단인 타반보그드(Tavan Bogd)에 도착한 뒤 다음 날 후이뜽을 등반하기로 계획되어 있었다. 그러나 어처구니없게도 예약한 등반 가이드가 아무런 메모도 남기지 않고 다른 팀과 산에 올라가 있었다. 중요한 약속을 어긴 그를 기다릴 이유는 없었다. 나는 현장에서 다른 가이드를 섭외해 새벽 3시에 출발하기로 했다. 그가 베이스캠프에 남아 있던 유일한 가이드였다. 아내는 의자에 앉아 하얀 설산을 붉게 물들이는 저녁을 감상했다. 내가 다가가자 이렇게 멋진 장면을 맨날 혼자만 보고 다녔느냐며 앞으론 종종 함께 다녀야겠다고 못 박았다. 나는 대답 없이 산을 바라봤다. 내가 올라야 할 산이었다.

새벽 2시에 일어나 장비를 챙겼다. 밤공기는 차갑다 못해 눈물이 핑 돌 정도였다. 동계 복장을 착용하고 피켈과 안전벨트, 크램폰, 헤드랜턴 등을 챙겼다. 물과 식량은 아주 단출하게 두 끼분만 준비했다. 그나마도 에너지바나 초콜릿 같은 것으로 대체했다. 캠프를 설치하지 않으니 밥을 해먹을 일도 없고 배낭이 무거워지면 별 도움이 되지 않아서였다. 후이뚱 등반은 보통 2박 3일에서 길게는 3박 4일을 잡는다. 빙하지대를 올라가 하이캠프에서 하룻밤 묵고 정상에 갔다가 다시 하이캠프로 돌아와 1박을 하는 게 일반적이다. 그러나 나는 새벽 3시에 출발해 정상을 밟고 늦은 오후에 베이스캠프로 돌아오기로 계획을 세웠다. 등반 능력이 뛰어나서가 아니었다. 솔직히 말하자면 나는 등반에 큰 소질이 없다. 이후 며칠 간 일기예보가 불안정했고, 다행히 우리가 도착한 날은 날씨가 좋아 어느 정도 경험과 체력이 있으면 당일 등반도 가능하겠다고 여겼기 때문이다.

등반 예상 시간은 15시간이었다. 어둠을 뚫고 길을 나섰다. 너덜지대를 지나 빙하에 올라서자 발밑 저 아래에서 흐르는 물소리에 정신이 번쩍 들었다. 눈에 보이지 않는 크레바스들이 곳곳에 있으니 정신을 똑바로 차리지 않으면 허리까지 쑥 빠져버리거나 최악의 상황엔 몸 전체가 빠져버릴 수도 있었다. 빙하 트레킹을 마칠 즈음 어둠이 가셨고, 더디지만 쉼 없는 발걸음을 옮기다보니 우리는 해발 3,800미터 지점을 통과했다. 그곳부터 경사가 더욱 가팔라지는 구간이었다. 하이캠프로 가는 갈림길도 한참 전에 지나쳤다. 애초에 들를 계획이 없어 등반 가이드도 갈림길을 알려주지 않았던 모양이다. 예정에 없었지만 이미 지났다는 말을 들으니 왠지 섭섭한 느낌이었다.

눈바람이 거세게 불어오고 사면에 단단히 얼어 있던 눈이 얼굴을 후려쳤다. 매서웠다. 고개를 푹 숙이고 앞선 남자의 발자국을 따라 계속 올랐다. 눈이 많이 쌓여 발걸음을 옮기기가 쉽지 않았다. 푹 파인 눈구덩이에서 다리를 쭉 들어 올려야 겨우 한 걸음 옮길 수 있었다.

잠시 멈춰 서서 지나온 길을 돌아봤다. 저 멀리 산 너머로는 푸른 초원이 펼쳐져 있었다. 내가 서 있는 곳과 정반대 풍경과 색감이었다. 베이스캠프는 능선에 가려져 더 이상 보이지도 않았다. 아내도 이제 높은 산 위에 매달린 내 모습을 볼 수 없을 것이다. 나는 마음속으로 아내에게 곧 탈 없이 내려갈 테니 염려 말고 기다리라는 말을 되뇌었다. 뒤를 돌아본 것은 등반에 큰 도움이 되지 않았다. 이상하게도 얼마나 올라왔는지 확인하는 순간 올라온 높이만큼 기운이 빠지는 것 같았다. 남은 고도가 얼마든 그 이상으로 힘겹게 느껴지기도 했다.

갑자기 눈발이 흩날리고 시퍼렇던 하늘이 어두워지기 시작했다. 눈바람이 위에서부터 쏟아지듯 세차게 불어왔다. 고개를 들어 위를 바라보다가 나는 순간 휘청하며 미끄러졌다. 나도 모르게 "어억!" 하는 소리를 지르며 급히 피켈로 제동을 걸었다. 설사 면으로 떠내려가진 않았지만 온몸이 후들거릴 정도로 아찔했다. 그대로 내려갔다면 저 밑바닥 바윗덩어리에 힘껏 처박혀버렸을 것이다. 가이드와 나는 서로에게 묶은 자일을 확인하고 다시 길을 올랐다. 얼굴이 온통 마비되는 것 같았다. 바라클라바를 뒤집어썼지만 불어닥치는 눈이 그대로 얼굴에 붙어 얼어가고 있었다. 얼굴과 고글에 묻은 눈을 털어내며 오르고 또 올랐다. '이 길을 다시 내려가야 한다니…….' 멍하니 잠시 정상을 바라보며 그런 생각을 하고 있는데, 가이드가 어떻게 하겠느냐고 물었다. 정상엔 서서히 어두운 기운이 깔리고 있었다. 상황이 점점 나빠지고 있어 등반 여부를 재차 확인하는 것이었다. 나는 정상까지 가겠다고 했다. 가이드는 한마디 대꾸도 없이 다시 발걸음을 옮겼다. 다시 한 번 생각해보라는 말도 없이 그는 뒤도 돌아보지 않고 줄을 이끌고 위로 오르기 시작했다. 때론 누군가의 대답이 명확해도 다시 한 번 물어보는 것도 나쁘지 않을 것 같다.

해발 4,200미터에 닿았다. 남은 고도는 174미터. 그사이 바람이 더 거세졌고, 우리는 그 바람 앞에 멈춰 서는 시간이 점점 길어졌다. 거세게 불어치는 눈발로 인해 아무것도 보이는 게 없었다. 오로지 흐릿한 가운데 날리는 회색빛 눈발만 어지럽게 눈앞을 스쳤다. 내가 어디에 있는지조차 분간되지 않았다. 사방이 막혀 있는 듯하니 눈으로 마주하는 두려움은 없지만 확인할 수 없는 것에 대한 두려움을 느꼈다.

길도 보이지 않고 정상도 보이지 않았다. 결국 우리는 진행을 멈추고 즉각 하산하기 시작했다. 우리가 남긴 발자국을 찾아 긴 시간을 내려왔다. 눈보라를 벗어나 고개를 들자 저 멀리 베이스캠프가 보였다. 그제야 안도의 한숨이 나왔다. 정상을 밟고 내려오기로 예정한 시간은 오후 5시였지만 나는 정상을 오르지 못한 채 한 시간이나 더 지나서야 돌아왔다. 베이스캠프에 가까이 다가가니 아내가 길을 따라 마중 나와 있었다. 내 모습을 확인하고는 달려와 시뻘겋게 부어오른 얼굴을 두 손으로 감싸 쥐었다. 정상에 오르지 못했다고 하자 "그게 뭐라고. 멀쩡히 내려왔으면 됐지"라는 말로 위로해주었다.

곧장 베이스캠프를 철수하고 20킬로미터 떨어진 카작인 게르에 짐을 풀었다. 정상에 오르지 못한 아쉬움에 대해서는 생각하지 않으려고 애썼다. 그게 이번 여정의 중요한 목표는 아니었지만 마음먹고 등반을 시도했는데 중단하게 되어 아쉬운 게 사실이었다. 그러나 본격적인 출발을 앞두고 버려야 할 것은 버려야 한다. 산이 어디 도망가는가. 그렇게 오르고 싶으면 다시 오면 되는 것이다. 나는 휴식을 갖지 않고 바로 다음 날 알타이 산맥과 고비 사막 횡단을 시작하기로 했다. 떠나야 잡생각을 날려버릴 수 있을 것 같아서였다.

오전 8시에 간단한 식사를 마치고 짐을 챙겼다. 해발 3,000미터를 웃도는 날씨는 8월 초인데도 초겨울만큼이나 쌀쌀했다. 이번 원정에 함께할 팻바이크에 짐을 잔뜩 싣고 그 위에 올랐다. 이제 고비 사막이 끝나는, 예전에 내가 사막으로 첫발을 내디뎠던 사인샨드까지 2,400킬로미터에 이르는 길을 나서는 순간이었다. 어제까지 그렇게 유쾌하던 아내가 내 눈을 쳐다보지 않았다. 어색하게 고개를 돌리며 공항에서 작별 인사를 나누는 것과는 비교할 수 없는 기분이라고 했다. 이곳까지 올 때는 길이 아름답다고 생각했는데 그 길을 남편이 자전거로, 때론 두 다리로 건넌다고 생각하니 얼마나 고생스러울지 염려된다며 말을 잇지 못했다. 걱정하지 말라는 무뚝뚝한 한마디를 남기고 나는 페달을 밟았다.

돌아보지 않았다. 돌아볼 용기가 나지 않았다. 그 눈빛을 보고 그 표정을 보면 등을 돌릴 수 없을 것 같았다. 탐험가 남편에겐 긴 극한의 여정이 시작됐고, 그의 아내에겐 다시 길고 외로운 기다림이 시작됐다. 그러나 우리는 곧 다시 만날 것을 서로 확신했다. 그리고 그래

야만 한다고 다짐했다. 누군가가 나를 기다린다는 것, 사랑하는 누군
가가 있다는 것, 그것은 거대한 사막을 건널 수 있는 용기를 갖게 한
다. 그것이야말로 탐험가가 가질 수 있는 가장 큰 힘이고 다시 돌아
와야 할 분명한 이유가 된다.

알타이 산맥, 몽골, 2014년 8월

나의 길을
놓치지 마라

    거대한 알타이 산맥의 끝이 사막으로 스멀스멀 사라져가고 있었다. 나는 한 여정에서 알타이와 고비라는 두 거대한 풍경의 경계에 서 있었다. 오닌누루 산맥의 작은 마을 신진스트였다. 2011년에 처음 고비를 찾았을 당시 머물렀던 마을이었다. 기억을 더듬어 당시 묵었던 숙소를 찾아갔다. 주인아주머니는 나를 기억하고 무척 반가워하셨는데, 다시 이 먼 곳을 찾았다는 것에 또 한 번 놀라셨다. 이곳 사람들은 차로 달리기도 힘든 곳을 걷고 자전거로 여행하는 것을 이해 못할 기이한 행동으로 여겼다. 타반보그드로 가기 전 울기라는 마을에선 몽골 국영방송과 인터뷰 녹화를 하기도 했는데, 그것은 몽골에 있는 기이한 사람들을 담는 프로그램이었다. 나를 바라보는 사람들의 반응은 그때나 지금이나 변함이 없었다. 고비 역시 변함이 없었다.

마음속에 담아두었던 고비를 다시 만났지만 그 시작점은 고비에서도 가장 외로운 곳이었다. 구르반 사이한 지역은 극도로 외로운 고비 사막에서도 사람이 가장 귀한 곳이다. 마을을 둘러싼 몇 개의 산을 지나자 드넓은 사막이 펼쳐졌다. 입에 단내가 나도록 페달을 밟아야 하는 오르막이나 좁은 산길의 그늘을 더 이상 마주할 수 없었다. 산자락이 낮아지면서 점차 평지로 이어졌다. 언덕 너머로 이어진 뚜렷한 흙길을 따라 내달렸다. 시원하게 내리꽂는 흙길은 아스팔트보다 부드러웠지만 결코 무르지 않았다. 뿌연 먼지를 꼬리에 달고 이 시간을 즐겼다. 바람을 가르며 대지로 향하는 기분이 엄청나 멈추고 싶지 않았다. 이대로라면 며칠 안에 고비의 끝에 닿을 수 있을 것 같았다.

그런데 달리는 기분에 푹 빠져 그만 이 길을 떠나야 할 때를 놓치고 말았다. 차간 할긴 사히르 울(Tsagaan Haalgyn Tsahir Uul)을 넘어야 했는데 내리막이 주는 짜릿함과 힘들이지 않고 달려 나가 묘한 쾌감에 정신없이 앞만 보고 달리다 그만 가야 할 곳을 지나쳐버렸던 것이다. 큰 실수를 알아차린 건 40킬로미터나 더 지난 뒤였다. 뒤를 돌아보니 신나게 달려왔던 내리막이 끔찍한 오르막으로 바뀌어 있었다. 놓쳐버린 그 길로 가려면 다시 40킬로미터를 기어올라야 했다. 내가 달려온 길도 어느새 방향이 바뀌어 더 이상 쫓아갈 수 없는 상황이었다. 지도를 들여다봐도 이렇다 할 방법이 없었다. 다시 돌아가거나 눈앞에 보이는 산을 넘어야 했다. 그 산에는 골짜기가 있으니 그 골짜기를 따라가면 내가 놓쳤던 길과 만날 것이었다. 험난한 길조차 없을 수도 있지만 먼 거리를 돌아 이 산 너머에 닿으려면 이틀이나 걸릴 터이니 예정에 없던 산을 통과하는 모험을 하기로 했다. 달콤한 유혹을 뿌리치지 못한 결과는 이렇게 난감한 상황을 연출했다.

양옆으로 높은 벼랑이 둘러싼 마른 계곡의 입구에 도착했다. 그러나 길이 없었다. 단지 흘러내린 흙더미와 굴러떨어진 돌덩이들이 내가 갈 방향을 알려줄 뿐이었다. 무수히 돌아가는 골짜기지만 이것만 넘으면 된다는 생각에 용기를 냈다. 페달을 굴릴 수도 없었다. 끌고 밀고 심지어 가파른 벼랑에선 자전거를 아래로 미끄러트리며 길을 헤쳐가야 했다. 과연 잘하고 있는가 하는 의문이 들기 시작했다. GPS로 이동하는 위치를 확인하며 방향을 잃지 않으려고 신경을 곤두세웠다. 신나게 넋을 놓고 달린 대가치곤 너무 잔혹했다. 한 시간에 2킬로미터씩 가면서도 이곳을 벗어나고 있다는 데 희망을 걸었다.

8시간의 사투 끝에 결국 산을 넘어 드넓은 풍경을 다시 마주했다. 그러나 눈앞에 펼쳐진 고비의 풍경은 내가 보았던 그 어떤 때보다 극도로 황량하고 광활해 숨이 막힐 지경이었다. 앞으로 내가 지나갈 곳들이 한눈에 와 닿았다. 올 테면 와보라는 듯 네메틴누루 산(Nemegtiyn Nuruu)이 정면에 길게 뻗어 있었다. 여전히 산 능선 아래에 있었기 때문에 일단 저 아래로 내려가야 했다. 힘들게 산을 넘도록 아무 탈 없던 타이어가 연달아 열 번이나 터지면서 또 발목을 붙잡았다. 가시 박힌 튜브를 손에 들고 내려다보니 점점 더 멀게 느껴졌다.

홀로 이 고비를 헤매고 있다는 게 순간 두려웠다. 이미 지원 팀과 헤어진 지도 오래였고, 나는 이 드넓은 광야에서 그들의 모습을 발견조차 할 수 없었다. 애초에 계획했던 루트에 올라섰지만 내가 예상했

홍고린 엘스, 몽골, 2011년 8월

홍고린 엘스, 몽골, 2011년 8월

던 상태가 아니었다. 바닥은 너무나 거칠고 일부 구간은 흔적도 없이 사라졌다. 바람이 쓸어간 것이 아니라 한여름 물이 휩쓸고 간 모습이었다. 다시 길을 찾아야 했지만 어디를 둘러봐도 매한가지였다. 여기저기를 들쑤셔보며 그나마 접근이 가능한 곳을 찾으려고 애쓰는 사이 네메틴누루로 가는 길을 발견했다. 내가 알지 못했던 길이었다. 물론 지도에도 나와 있지 않은 길. 신기루가 아니길 바랐다.

나는 동쪽으로 가는 적당한 곳을 찾았지만 다시 길의 유혹을 이기지 못했다. 길은 남쪽으로 이어졌지만 그 앞에 산이 버티고 있으니 분명 그즈음에서 동쪽으로 꺾일 거라고 예상하며 다시 달리기 시작했다. 저 앞에 분명 갈림길이 있을 거라는 확신을 가지고 있었다. 그러나 길은 신기루였던 것처럼 내가 눈치도 채지 못한 사이 어디론가 사라졌다. 일대는 더 이상 갈 수 없는 산사태 지역이었다. 나무 한 그루 없는 이 쓸모없는 산이 빗물을 이기지 못하고 온통 아래로 흙과 바윗덩어리를 쏟아낸 후였다. 깊은 고랑이 산맥을 따라 줄지어 나타났고, 나는 더할 수 없는 패배감을 안고 그곳에서 돌아나왔다. 누군가가 지났던 흔적은 그렇게 자취도 없이 사라졌고, 나는 남의 길 위에서 내 길을 찾지 못한 채 다시 사막의 언저리를 배회해야 했다.

내 길을 놓치고 나니 사막이란 곳이 나를 이렇게 힘들게 한다. 다시 그 길을 찾아가려니 너무나 힘겹다. 그렇지만 이곳을 빠져나가려면 내 길을 찾는 수밖에 없다. 남의 길을 따라가다보면 내 길을 잃게 된다. 사막에서나 사막 밖에서나.

실패를 두려워하는 것이
가장 큰 실패다

　실패할 수 있는 용기도 필요하다. 그러나 나는 실패라는 단어를 정말 두려워한다. 실패라는 것은 결과적으로 목표한 바를 이루지 못했을 때 쓰는 단어다. 나는 결과로 모든 노력과 과정이 점수 매겨지는 것이 두려웠다. 처음에는 실패하면 다시 떠날 수 없을 것 같아 두려웠고, 시간이 흘러서는 열 번의 원정을 경험한 모험가로서 사람들에게 실패했다는 인상을 주는 것이 두려웠다. 실패하면 마치 큰 죄를 지은 것 같은 느낌마저 들었고 수치스럽게 여겨지기도 했다. 그래서 언제나 성공이라는 단어에 집착하기 시작했다. 도대체 무엇이 나에게 성공인지 고민할 여유도 없었다. 그 성공이란 게 또 어떤 의미인지도 말이다. 분명 두려움은 도전에 있어 가장 큰 약점이다. 그렇지만 원정 때마다 나는 실패하면 안 된다는 압박감을 안고 떠났다. 실패하지 말아야 한다는 구속감에서 자유롭고 싶었지만 그것을 쉽게 극복하지 못했다.

칼라하리는 나의 '세계 10대 사막 횡단' 프로젝트에서 일곱 번째 무대였다. 북에서 남으로 1,200킬로미터에 달하는 칼라하리 사막을 외부의 도움 없이 두 다리로 건너는 게 이번 목표였다. 그러면서 이 세상 어느 사막보다 야생성을 간직한 이곳의 모습을 기록하고자 했다. 그 주인공들은 사자와 하이에나, 자칼, 스프링복, 코끼리, 가젤 같은 동물들과 오랫동안 이곳에 살아온 산족(부시맨으로도 불림)이었다.

사막을 걷는 일이라면 누구보다 자신 있었지만 칼라하리는 달랐다. 단지 두 다리만 멀쩡하다고 되는 것은 아무것도 없었다. 사막이 다 거기서 거기 아니냐고 생각할 수도 있지만, 분명 사막은 각기 개성 강한 제 모습들을 가지고 있다. 칼라하리는 야생이라는 말과 가장 밀접한 사막 중 하나다. 인적이 전혀 없는 텅 빈 공간이 최소 수백 킬로미터 이상 되고, 위에 열거한 사나운 야생동물들이 살아가고 있다. 거기다 시뻘건 모래밭과 40도를 육박하는 지독한 뜨거움이 가득하다. 야생동물의 천국이 나에겐 지옥이나 다름없다.

한 달여 간의 답사를 마치고 나와 아구스틴은 칼라하리 도보 종단에 올랐다. 특별히 제작한 트레일러에 모든 장비와 식량을 싣고 나니 그 무게가 80킬로그램에 달했다. 여기엔 일주일 치 이상의 물도 포함되었다. 시작점인 보츠와나의 마운에서 최소 300킬로미터를 이동해야 물을 구할 수 있는 차우 게이트가 있기 때문에 그곳까지는 필요한 물을 직접 끌고 가야 했다. 극한의 자연은 그 시작이나 끝이나 또 그

사이 어느 곳이나 험난하긴 마찬가지다. 시작이기에 좀 더 수월하고 중심이기에 더욱 고된 것이 아니다. 그렇기에 어디서든 사고의 위험은 늘 존재하기 마련이다.

칼라하리는 시작부터 애를 태웠다. 마을을 벗어나자 곧장 사막이 시작되었고 무거운 트레일러는 좀처럼 움직이지 않았다. 무려 4인치에 육박하는 타이어를 장착했지만 모래를 짓누르는 무게를 감당할 수 없었다. 해가 질 무렵 겨우 나무줄기를 엮어 만든 원주민의 집 앞에 도착한 우리는 거의 탈진한 상태로 쓰러졌다. 이 사람들은 우리가 왜 이러고 왔는지 모른 채 그저 웬 불쌍한 외국인 남자 둘이 나타나 지쳐 있다고 생각했을 것이다. 설명하기엔 서로 말도 통하지 않아 텐트를 꺼내 보이고 앞마당에서 하룻밤 자고 가겠다는 시늉을 했다.

이미 여러 차례 가시에 찔려 타이어의 튜브는 만신창이 상태였다. 이를 악물고 끌어도 한 시간에 2킬로미터를 겨우 갈 뿐이었다. 애초의 목적은 하루에 35킬로미터 이상 가는 것이었지만 아무리 애써도 25킬로미터를 넘기기 어려웠다. 게다가 겨울이 지나 서서히 더워지는 대륙의 열기가 예상보다 일찍 찾아오기 시작했다. 1인당 하루 3리터의 물을 준비했지만 더위와 체력 소모로 2리터의 물이 더 필요했다. 이대로라면 첫 번째 목적지의 절반까지밖에 갈 수 없었다. 이제 겨우 30여 킬로미터를 들어온 것이었다.

다음 날 우리는 첫발을 들인 지 이틀 만에 도망치듯 빠져나왔고, 그곳에 들어갈 준비를 다시 했다. 그대로 진행하다간 어떤 처참한 상황에 처하게 될지 뻔했다. 무게를 줄이려고 옷은 한 벌씩만 남기고 그 밖의 태양열 충전기와 기타 장비들을 모두 한국으로 돌려보냈다. 줄어든 무게는 10킬로그램이 넘었다. 무엇이든 줄일 수 있으면 줄여야 했다. 원정 경험이 여러 차례 있는데도 여전히 버릴 물건이 있다는 게 새삼 놀라웠다. 밤 새워 이동 가능한 거리를 다시 계산하고 거기에 필요한 식량과 물을 준비했다. 그리고 수없이 터졌던 타이어를 이틀 만에 수리하고 보강했다. 가능한 한 모든 것을 시도해야 했다. 마운으로 돌아온 지 이틀 만에 우리는 다시 사막으로 향했다.

짐을 줄이길 잘했다고 생각했지만 사실 조금도 나아진 게 없었다. 줄어든 만큼 물을 더 실었기 때문이다. 돌아왔던 길을 되짚어가며 빨리 저 사막 깊은 곳으로 가 있으면 좋겠다고 생각했다. 너무 많이 들어와버려 이젠 돌아가는 것조차 의미 없어지면 살기 위해서라도 죽을힘을 다해 걸어갈 수 있지 않을까. 그러나 그 지점까지 가는 데도 살기 위해 이를 바득바득 가는 절박함만큼의 의지와 노력이 필요했다. 그렇지 않으면 한 걸음도 전진할 수 없었다. 우리가 도착했던 그 집 앞에 다시 돌아왔을 때는 집이 비어 있었다. 드문드문 보이던 주변의 집들에서도 인기척이 느껴지지 않았다.

트레일러를 끌고 더 깊은 곳으로 무거운 발걸음을 옮겼다. 모래를 피해 온몸을 할퀴는 가시덤불을 지나고 빽빽한 잡목을 피해갔다. 피하고 싶었지만 걸을수록 자신 없다는 생각이 들었다. 이제 겨우 두 번째 도전이고 이틀 동안 진행했을 뿐인데 막연히 자신이 없었다.

마지막 마을을 지나고 숨 막히는 오르막을 넘어서자 강이 흘렀다. 이 강을 넘는 순간 그동안 경험해보지 못한 야생의 세계가 펼쳐지는 것이다. 단숨에 그곳을 넘을 엄두가 나지 않았다. 강을 넘기에는 이곳에 오기까지와 또 다른 큰 결단이 필요했다. 그 앞에 한동안 멈춰 서 있었다. 그러고 나서 다시 강줄기를 따라 서쪽으로 이동했다. 남으로 내려가야 했지만 발길이 쉽사리 강물에 닿지 않았다. 기온은 40도를 육박했다. 지난번보다 더 깊이 들어왔지만 여전히 우리 앞엔 1,000킬로미터 넘는 길이 남아 있었다.

어느 나무 그늘 아래에서 우리는 멈춰 섰다. 함께 아라비아 룹알할리를 걸었던 나와 아구스틴은 서로 마주 보는 것만으로도 상대의 마음을 읽을 수 있었다. 우리는 그 어느 때보다 빨리 지쳐갔고 앞길에 대해 낙관적이지 않았다. 물이 얼마나 남았는지는 문제가 되지 않았다. 다만 이 사막을 계속해서 걸어갈 수 있겠느냐는 처음의 물음 앞에서 대답을 하지 못한 채 멈춰 서 있었다. 한 달여 간에 걸쳐 답사를 하며 목격했던 포악한 야생의 이빨도 두려웠지만 그보다 칼라하리라는 땅에서 느껴지는 절대적인 낯섦과 배척, 그리고 감당할 수 없는 무게를 끌고 이곳에서 살아남을 자신이 없었다. 그게 솔직한 마음이었다. 용기만으로는 절대로 건널 수 없는 곳이기도 했다. '무엇이 문제일까. 무엇이 나를 이토록 힘들게 하는가.' 움직일 용기가 나지 않자 이런 생각들로 괴로웠다. 무작정 갈 때까지 가볼까 싶다가도 그런 무모함조차 이 순간 가지고 있지 않음을 알았다. 어쩌면 그것이 다행인지도 모른다. 심한 탈수증과 열사병을 참아내며 그 길을 걸어갔더라면 나는 지금 이 글을 쓰고 있지 못할 수도 있으니. 끔찍한 생각이지만 비실비실 걸어가는 힘없는 나를 노리는 야수의 이빨에 사라져버렸을

지도 모른다.

이미 마음속에선 그만 돌아가자고 말하고 있지만 쉽사리 발걸음이 떨어지지 않았다. 그러자 아구스틴이 말을 건넸다. "우리가 계속 가는 건 죽으러 가는 것이나 다름없어. 그건 아무 의미 없는 노력이야." 그의 말에 동의했지만 여전히 나는 사막을 바라보며 주저앉아 있었다. 벌떡 일어나 "그래, 우리는 실패했어. 돌아가자고"라는 말을 할 수가 없었다. 이런 상황에서조차 내 입에서 실패라는 말이 나오는 것이 싫었다. 그렇다면 성공을 위해 뛰어들어야 할까. 지금껏 이런 경험은 없었다. 마치 1라운드 종이 치자마자 강력한 한 방을 얻어맞고 쓰러진 기분이었다. 풀카운트가 되기 직전에 정신을 차리고 일어났지만 이미 눈동자는 풀려 있고 한 라운드도 버틸 수 없을 만큼 넋이 나간 복서처럼. 과연 그가 일어나 다시 싸우는 것이 옳을까. 지금 내 모습이 그것과 다를 것이 없었다. 누구나 이기고 싶어 하지만 늘 이길 수만은 없다는 걸 인정해야 한다.

우리는 결국 돌아가기로 결정했다. 그렇다. 나는 원정에 실패했다. 그동안 무슨 사막을 어떻게 넘어왔는지는 말할 필요가 없다. 칼라하리에서 나의 원정은 이렇게 끝났다. 사막을 뒤로하고 돌아 나오며 말할 수 없는 아쉬움이 남았다. 그러나 한편 내가 넘을 수 없는 하나의 장벽을 마주한 것도 싫지만은 않았다. 이것 역시 마치 짜인 각본처럼 나에게 허락되었다면 나는 사막을 건너는 것에 흥미를 잃었을지도 모른다. 그뿐 아니라 지난 노력들과 성과가 너무 식상한 일들의 반복처럼 느껴졌을지도 모른다. 어쩌면 성공이라는 달콤함에 질려버리려던 순간 씁쓸한 실패가 오히려 새 입맛을 돋우는 기회가 되었다는 건 그동안의 원정 중 가장 의미 있는 전환점이 되기도 한다. 더 이상 아쉬워하지 않기로 했다. 실패를 두려워했지만 정작 두려워해야 할 것은 성공에 대한 집착이었다.

노력 없는 포기가 아닌 이상 실패는 훌륭한 경험이다. 실패라는 것이 없는 세상이라면 성공이라는 결과도 빛을 발할 수 없다. 칼라하리를 등지고 나는 내게 꼭 필요했던 말을 그제야 되새겨보았다. "실패가 두려운가? 그렇다면 실패해라. 그리고 다시 일어나라." 모두에게 영원한 실패도 영원한 성공도 없다. 실패를 두려워하는 것이야말로 가장 큰 실패다.

나는 또다시 사막으로 향한다. 실패를 두려워하는 실패를 하지 않겠다고 다짐하며.

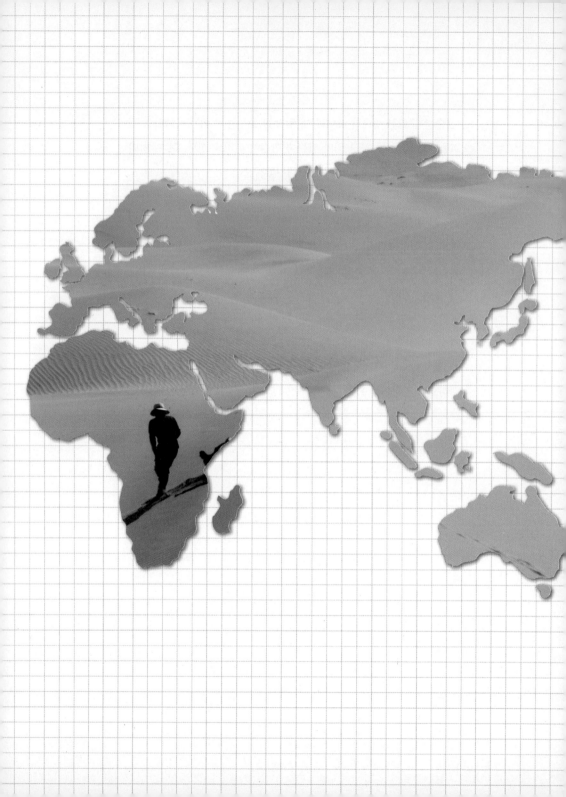

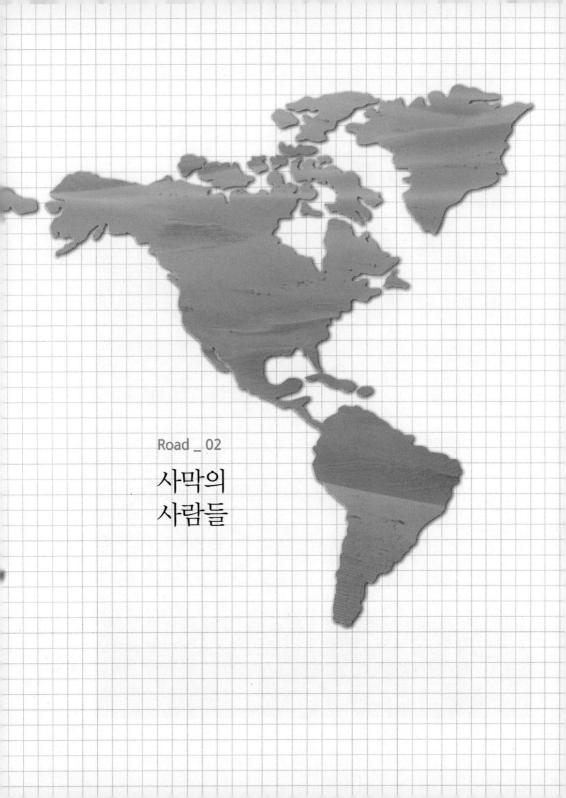

Road _ 02

사막의
사람들

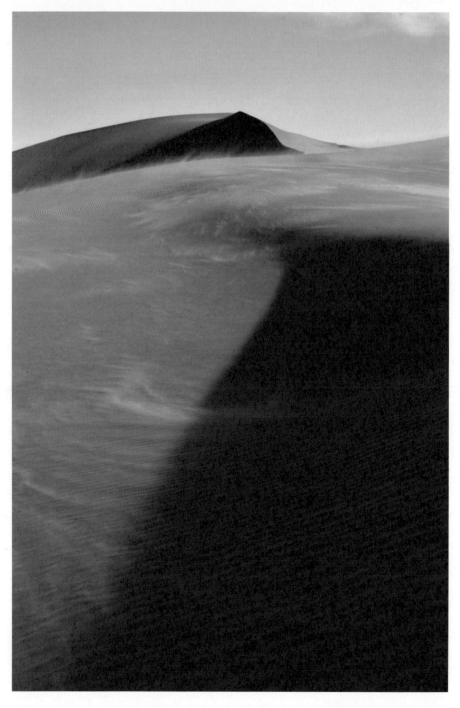

룹알할리 사막, 오만, 2013년 3월

스벤 헤딘

타클라마칸을 건넌 사람들이 과연 몇이나 될까. 그곳을 건너기로
계획하고 보니 그들의 이야기를 발굴하는 것이 쉽지 않았다. 마자르
타그는 알고 있겠지만 역사의 목격자일 뿐 이 길을 지난 자들에 대
해선 침묵하고 있었다. 3,800년 전에 잠든 누란 왕국의 미라에게 물
어볼 수도 없는 노릇이었다. 앞서 이 길을 다녀간 자들의 기록을 찾
아 114년 전으로 거슬러 올라갔다. 스웨덴의 탐험가 스벤 헤딘(Sven
Anders Hedin, 1865~1952). 그는 1895년 4월 10일 중국령 투르키스탄
의 카슈가르를 떠났다. 타클라마칸 사막을 횡단해 호탄 강의 상류까
지 탐사할 목적이었다. 사막의 서쪽 마을 메르케트(Merket, 현재 신장
웨이우얼 자치구의 슐레)에서 세 명의 현지인과 낙타 몇 마리, 그리고
말을 데리고 그 길을 떠났다. 그것이 타클라마칸 횡단에 대해 내가

알고 있는 첫 공식적인 기록이었다.

결론적으로 그는 사막을 건넜지만 타클라마칸에서 죽음의 고비를 수차례 맞이했다. 고비가 없는 사막은 진정한 사막이 아닐 수도 있다. 사막에서 죽음을 맞이하는 가장 결정적인 이유는 역시 목마름이다. 마치 목구멍에 뜨거운 헤어드라이어를 켜놓은 것처럼 고통스럽다. 입 안에 물기가 전혀 없고 침을 삼키려고 해도 혀까지 사막처럼 바짝 말라 있다. 목이 완전히 말라버리면 숨을 쉬는 것조차 고통스럽다. 스벤 헤딘 역시 뜨거운 사막의 횡포 앞에 온몸이 말라가는 고통을 겪었던 것이다.

스벤 헤딘 일행의 위기는 어처구니없는 실수에서 비롯됐다. 출발 전 낙타에 실을 수 있는 물을 반밖에 싣지 않았던 것이다. 그 사실도 모른 채 그들은 사막 깊숙한 곳에 이르렀다. 물이 바닥났을 땐 이미 늦은 뒤였다. 일곱 마리의 낙타와 두 명의 현지인을 사막에 묻어야 했다. 그런 상황에서 스벤 헤딘은 남은 한 명의 현지인과 말을 데리고 더 깊은 곳으로 들어갔다. 내가 그 상황이었더라도 그 방법을 택했을 것 같다. 이미 그곳까지 오는 데 필요한 낙타와 물이 모두 없어진 상황이니 다시 돌아가는 것은 죽음이 확정된 길일 뿐이다. 그러니 그 길로 갈 이유가 없다. 희박한 희망이라도 걸어볼 수 있는 다른 길을 선택할 수밖에.

그러나 그는 불지옥 같은 이 땅에서 또 한 번 생사의 기로에 놓였다. 모든 물자가 바닥나고 현지인도 쓰러졌다. 또 한 번 스벤 헤딘은 죽어가는 일행을 남겨두고 홀로 떠났다. 그 역시 사람이니 죽음에 대

타클라마칸 사막, 중국, 2009년 10월

한 공포가 왜 없었을까. 모두가 떠나는 모습을 목격한 최후의 1인은 더없이 고통스러웠을 테지만 아직 살아 있음에 또 기대를 걸었을 것이다. 그 절망적인 순간에 그는 기적과도 같이 물을 찾았고 돌아와서 죽어가던 현지인을 살렸다.

이 일을 두고 스벤 헤딘은 무자비한 사람이라는 엄청난 비난을 들었다. 사막에 묻힌 사람들은 말이 없고 목숨을 부지한 사람은 자신이 겪은 두려움만 기억하고 있었다. 과연 스벤 헤딘은 무자비한 짓을 한 것일까. 그 상황에서 무엇을 어떻게 하는 것이 자비로운 것이었을까. 그 자리에 주저앉는 것이야말로 순순히 목숨을 내놓는 일이니 실낱같은 희망 아니면 광기로라도 살 방법을 찾아야 하지 않았을까. 만약 그 자리에서 멈췄다면 그 역시 사막의 모래에 묻혔을 테니까.

스벤 헤딘이 물을 찾았다는 곳을 가봤지만 우물도 샘물도, 하물며 썩어버린 웅덩이조차 없었다. 그것은 절박했던 그에게만 허락된 기적이었을 수도 있다. 100여 년이 지난 후 나는 그가 걸었던 길을 찾았다. 시간은 흘렀지만 사막은 그때나 지금이나, 스벤 헤딘이나 나에게나 똑같은 모습으로 그 자리에 머물러 있었다. 그러나 나는 나만의 우물을 찾아 이 타클라마칸을 건너야 한다. 변한 것은 그뿐이었다.

타클라마칸의
위구르인

　호탄의 외곽을 벗어나 사막에 들어섰다고 생각했지만 몇 시간 걷
도록 모래언덕을 밟아보지도 못했다. 도대체 사구는 언제 나타나는
건지 생기 없이 겨우 목숨을 부지한 잡풀들만 가득한 길을 걷고 또
걸었다. 호탄 강도 맥없이 처져 있기는 매한가지니 옥을 찾는 사람들
의 괭이질 소리도 더 이상 들리지 않았다. 여전히 뜨거운 10월의 타
클라마칸에는 메마른 바람 소리만 들려올 뿐이었다.

　강수량이 많지 않은 때라지만 호탄 강은 절대 강이라고 볼 수 없는
모습이었다. 웅덩이처럼 군데군데 고인 물을 피해 걷다보니 어느덧
눈앞에 첫 사구가 나타났다. 돌아가도 될 일이었지만 꼭 한 번 넘어
보고 싶었다. 막상 오르자면 푹푹 빠지는 발걸음에 힘만 들 것을 알
면서도 애써 오르겠다고 내달렸다. 처음 마주한 사구가 그저 반가운

이유였다. 누명을 벗은 스파이의 자유를 향한 몸짓이라고 해도 좋다.

역시 사구를 오르는 건 쉽지 않았다. 고운 모래 위에 한 발을 내딛고 다시 걸음을 옮기려니 그대로 미끄러져 제자리로 돌아왔다. 사막을 제대로 걸어본 적이 없으니 어떻게 올라가야 하는지도 잘 몰랐다. 경사면을 비스듬히 걷자 한결 나았다. 그러나 아래로 조금씩 미끄러지기는 마찬가지였다. 트레킹폴(등산용 지팡이)로 쿡쿡 찍어가며 대단한 등반이라도 하는 것처럼 어렵사리 사구의 끝에 오르자 맨살을 드러낸 아이들이 나를 보고 낄낄대며 웃었다. 녀석들은 양 떼를 몰고 나와 풀어놓은 채 이곳에서 놀고 있었다. 아이들은 보란 듯이 사구를 마구 뛰어 내려갔다가 다시 쏜살같이 올라와서는 내 옆에 섰다. 보고 배우라는 것이었다. 내가 트레킹폴을 들고 헉헉대며 오르는 모습을 흉내 내기도 했다. 아이들 눈에는 내가 그렇게 웃긴 아저씨처럼 보이는 모양이었다.

사막은 이곳에서 태어나 자란 이 아이들에게 놀이터나 다름없는 곳이다. 어떻게 놀아야 하는지 누가 가르쳐주지 않아도 자연스레 그 방법을 터득한다. 돌이켜보면 어린 시절의 나 역시 나만의 놀이터가 있었다. 그리고 누구보다 그곳을 잘 알았다. 영월을 흐르는 동강이 나에겐 놀이터였는데, 그 강에는 어떤 물고기가 사는지, 다슬기는 언제 잡아야 하는지, 물길은 어떻게 흐르는지, 어디가 깊은지 등 속속들이 알고 있었다. 지금은 그 놀이터를 떠난 지 오래되어 어린 시절만큼 모르지만 그곳도 예전에 비해 모습이 많이 바뀌었다. 사막 공로로 더 많은 사람이 호탄을 오가게 될 훗날의 어느 즈음엔 이 아이들의

카슈가르, 중국, 2006년 7월

놀이터도 그렇게 바뀌어 있지 않을까.

백양나무가 가지런히 심어진 흙길을 따라 사구를 곁에 두고 걸었다. 나무 그늘 아래에서 노인이 양털을 깎고 있었다. 바닥에 털썩 주저앉은 노인의 뻗은 다리 아래에 양 한 마리가 두 다리를 결박당한 채 깔려 있었다. 양은 버둥거리지도 않고 가만히 작업이 끝나기를 기다렸다. 일생을 양털을 깎으며 살아왔을 노인의 수십 년 내공 앞에 양이 고분고분한 건 당연해 보였다. 근처에는 넓은 나무 울타리가 쳐져 있었는데, 얼핏 세어도 100여 마리 훌쩍 넘는 양들이 빼곡했다.

양을 키우는 이곳 사람들을 외지인들은 종종 유목민이라 부르지만, 사실 이들은 유목을 하지 않는다. 위구르인들의 조상은 유목생활을 했지만 사회가 변화하면서 오아시스를 중심으로 농경을 하고 정착하기 시작했다. 방목을 하는 위구르인들이 아직 남아 있긴 하지만 때에 따라 거주지를 옮겨 다니며 가축을 키우는 진짜 유목민은 거의 사라졌다. 이들은 사막 언저리에서 양을 키울 뿐 유목민은 아니다. 물론 유목민의 후예일 수는 있다. 이곳에서도 역시 나이 지긋한 노인이 양 떼 사이에서 분주하게 일하고 있었다. 수태한 암컷을 골라내는 작업이었다. 흰털을 뒤집어쓴 양이 내 눈엔 다 똑같아 보이는데 노인은 한번 스치는 눈길로도 척척 판별해냈다. 그런 능력도 신기했지만 무엇보다 여든 살은 족히 넘었을 노인들이 힘들어하지 않고 육체노동을 하는 모습이 더 인상적이었다.

나는 이곳 신장웨이우얼 자치구의 카슈가르가 세계 4대 장수촌 안에 들어간다는 얘기를 듣고 깜짝 놀랐다. 그런데 코카서스 지역이나 훈자 같은 산골 오지도 아닌 이곳의 위구르인들이 장수하는 비결은 무엇일지 궁금했다. 답은 그들의 모습에 있었다. 그 땅에서 재배된 자연의 먹거리와 꾸준한 노동이 비결이었다.

일을 마친 노인이 양을 오토바이에 실어 보내고 잠시 쉬고 있었다. 가까이 다가가자 반갑게 인사를 건네셨다. 얼굴엔 사막의 모래결 같은 주름이 가득했지만 악수를 하는 노인의 손엔 젊은이 못지않은 힘이 넘쳤다. 이들에게 "오래 사세요. 건강하세요"라는 인사는 굳이 필요 없을 것 같았다. 노인은 내게 어디로 가느냐고 물었다. 타클라마칸을 넘어 타림 강까지 간다고 하자 허허허 하고 웃었다. 그는 이 사막에서 평생을 살았지만 단 한 번도 그 안으로 들어가볼 생각을 해보지 않았다고 했다.

그러면서 지금 살고 있는 이곳이 가장 좋아 어디든 다른 곳으로는 가고 싶지 않다고 했다. 호탄 강이 깨끗한 물도 주고 귀한 옥도 주고 마을엔 나무가 가득해 과일도 열리고 밖으로 나오면 이렇게 양을 키울 수도 있는 이곳이 제일이라고 했다. 그러면서 도시로 나가는 젊은 위구르인들을 염려했다. 도시에선 돈을 벌 수 있지만 살기가 너무 힘들고 위구르인들이 할 수 있는 일이 많지 않다는 것이었다.

그리고 이곳을 지킬 사람이 없으면 안 된다고도 했다. 노인은 그의 마을을, 사막을, 위구르의 후예들을 염려했다. 사구를 뛰어다니는 저 아이들이 노인 나이가 될 즈음엔 이곳에 누가 남아 있을까.

갠지스의
여인

출발 예정 시간보다 두어 시간 일찍 뉴델리 기차역 플랫폼 한 귀퉁이에 자리를 잡았다. 기차가 제시간에 올 거란 기대로 부지런을 떤 것은 아니었다. 이곳은 인도다. 하리드와르행 야간열차는 출발시간이 지났지만 나타날 기미조차 보이지 않았다. 지루하게 기다리는 동안 성대를 쥐어짜는 듯한 목소리로 "짜이~"(인도인들이 즐겨 마시는 차)를 외쳐대는 짜이왈라가 열 번도 넘게 왔다 갔다. 또한 세 명의 부랑자가 나에게 구걸을 했고, 알지 못하는 두 남자가 고개를 까딱거리며 악수를 청했다. 또 한 남자는 표를 보여달라고 하고는 거기에 왜 가느냐, 직업은 뭐냐는 등의 질문을 퍼부었다. 그는 궁금증이 풀리자 잘 가란 말을 남기고 사라졌다. 알고 보니 그는 동네 계란 장수였다.

서서히 기다림에 지쳐가던 중 아기를 안은 한 여자가 불쑥 손을 내밀었다. 마르고 창백하고 더러운 손엔 꽃이 들려 있었다. 여자는 한 발짝 더 다가와 내 어깨를 툭툭 치며 애절한 눈빛을 보내왔다. 여자의 손이 내 몸에 닿는 게 끔찍했다. 나는 한 푼도 주지 않겠다는 좀팽이 같은 맘으로 휙 돌아앉았다. 그러고는 그 여자가 아직도 서 있는지 신경을 곤두세웠다. 잠시 후 그녀의 그림자가 내 어깨 너머로 멀어져갔다. 플랫폼을 가득 메웠던 사람들과 그들의 무거운 체취와 요란스러움이 낡은 열차에 실려 어디론가 사라졌다. 힘없는 누런 전등불빛 아래 남은 건 배낭에 기대앉은 나와 몇 사람, 그리고 사람들이 남긴 흔적을 뒤적이는 삐쩍 마른 개 몇 마리뿐이었다.

이것이 인도 기차역의 일상적인 풍경이었다.

몇 번씩 시계를 들여다보는 사이 저 구석에 앉아 구걸하던 여자의 모습이 보였다. 아이를 안고 있는 그녀 옆에 세 아이가 얽혀 곤히 자고 있었다. 여자의 힘없는 눈동자를 따라 품에 안긴 아기에게 시선이 머물렀다. 새까만 파리 떼가 붙어 있는 아이의 얼굴에선 표정조차 읽을 수 없었다. 여자는 맨손을 휘휘 저으며 파리를 쫓아봤지만 역부족이었다. 몇 번 더 휘젓다가 포기했는지 손짓을 멈추곤 물끄러미 아기를 내려다보았다. 아기는 온몸이 축 처져 있고 숨을 쉴 때마다 손발이 아주 힘겹게 파르르 떨렸다. 잠깐 기침을 할 때나 제 의지와 상관없이 몸이 들썩일 뿐이었다. 그때마다 입 주위에 붙어 있던 파리들이 일제히 날아올랐다가 다시 제자리에 내려앉았다. 고요한 긴장감이 맴돌았다. 나는 그 아기의 아주 작은 떨림과 너무나도 힘없는 숨소리마저 느낄 수 있었다. 아기는 식어가고 있었다. 몇 차례 힘겹게

갠지스 강, 인도, 2010년 5월

갠지스 강, 인도, 2010년 5월

기침을 하던 아기는 그대로 엄마의 가슴에 머리를 파묻었다. 순간 온몸에 붙었던 시커먼 파리 떼가 일제히 아기의 몸에서 떨어졌다. 마치 저항할 수 없을 정도로 미약하게 남은 에너지마저 남김없이 빨아먹고 날아가는 듯했다. 아기의 이마 위로 여자의 굵은 눈물 한 방울이 떨어졌다. 눈물은 아이의 뺨을 적시고 다시 입술을 적셨다.

기적 소리가 울리자 사람들이 일제히 뛰기 시작했다. 한 남자의 가방이 넋을 놓고 있던 내 어깨를 후려치고 나서야 나도 대열에 합류해야 한다는 걸 알아차렸다. 열차는 북인도의 깊은 밤으로 빨려 들어갔고 여자의 흐느낌은 흔들리는 전등 불빛 아래서 힘없이 떨리고 있었다. 차창 끝으로 그녀의 모습이 감춰진 뒤에야 나는 그녀가 들고 있던 꽃 한 송이가 내 가방에 꽂혀 있는 걸 알았다.

긴 밤이 지나 하리드와르에 도착한 뒤 곧장 릭샤를 타고 리시케시로 향했다. 내 가방엔 여전히 그 꽃이 꽂혀 있었다. 락슈만줄라 다리엔 옴짝달싹할 수 없을 만큼 사람들로 꽉 차 있었다. 한 걸음도 움직일 수 없는데 뒤에 서 있던 남자는 빨리 가라며 "짤로 짤로"를 입에 달고 밀쳐댔다. 결국 나는 행렬에서 점점 밀려나 다리의 가장자리로 몰렸다. 상황이 나아지기만을 기다렸다. 그때 갑자기 남자들이 휘파람을 불고 소리를 지르면서 우르르 몰려들었다. 그들은 비집고 들어올 틈도 없는 곳을 밀며 들어왔다.

무슨 큰일이라도 벌어진 걸까. 흔들리는 다리 위에서 영문도 모른 채 나는 불안한 마음뿐이었다. 사람들이 모두 강물을 내려다봤다. 무언가를 기다리는 듯했지만 강물엔 아무것도 없었다. 잠시 후 사람들이 다시 수군거리기 시작했고, 곧이어 어떤 사람은 휘파람을 불며 소리를 지르고 또 어떤 사람은 미친 것처럼 요상하게 웃었다. 그들이 요란을 떤 것은 다름아닌 강물 위를 떠내려가는 물체 때문이었다. 희고 매끈하고 윤기가 났지만 난생처음 보는 것이었다. 자세히 보니 그것은 실오라기 하나 걸치지 않은 여자의 시신이었다. 그래서 보고도 믿지 못했던 것이다. 이 광경을 어떻게 이해해야 할지 머릿속이 복잡했다. 죽은 사람이 떠내려가는 것을 보고 깔깔거리며 웃고 야유를 보내는 이 정신 나간 사람들과 함께 있다는 것이 더욱 불안했다. 여자의 시신이 다리에서 점차 멀어지자 사람들은 더 이상 흥미를 잃었는지 다시 우르르 몰려 나갔다. 나는 그 시신에서 눈을 떼지 못했다. 강물의 물결에 따라 온몸이 출렁였다. 내가 노를 저어 갈 갠지스로 저 여자는 영혼의 여행을 시작한 것이다. 나는 길을 떠나는 그녀에게 야유와 웃음이 아닌 위로를 전하고 싶었다. 힌두교인들이 그들의 성스러운 이 강가(갠지스의 힌두어 표현)에 꽃을 띄워 보내듯 나는 그녀를 위해 꽃을 띄웠다.

나에게 꽃을 전한 기차역의 그 여자가 떠올랐다. 그녀의 아기에게 이 꽃 한 송이 같은 위로조차 하지 못한 것이 몹시 후회되었다. 꽃은 떠내려가는 벌거벗은 여자를 따라 강물을 흘러갔다.

나의 위로가 그녀에게 전해지기를 바랐다.

갠지스 강, 인도, 2010년 5월

갠지스 강, 인도, 2010년 4월

히말라야의
사두

　인도를 여행하며 가장 만나고 싶은 사람을 꼽으라면 나는 단연 사두라고 말할 것이다. 무려 500만이나 되는, 그중에서도 대자연에 은둔하는 사두를 만나고 싶었다. 단지 그들의 기이한 모습이나 행동을 보고 싶어서가 아니다. 벌거벗은 몸으로 온몸에 흰 잿가루를 바르고 머리를 또아 올린 모습을 보려고 굳이 그들의 땅으로 향할 필요는 없다. 이미 숱한 여행자들의 기록만으로도 충분하다.

　나는 고행하며 일생을 살아가는 그들의 이야기를 듣고 싶었다. 무엇이 자신을 그토록 혹독한 삶으로 인도했는지, 고행의 끝엔 무엇이 있는지, 무엇으로 그 고통을 인내하는지. 나 자신에게도 그런 질문들을 던지곤 했다. 어디론가 떠나는 비행기 안에서, 사막의 모래밭 위에서. '나는 왜 이곳에 있는 걸까?'

바기라티 강(갠지스 강의 원류)이 흐르는 어느 산길에서 나는 우연인 듯 필연처럼 느껴지는 한 사두와 마주했다. 차가운 히말라야에서 불어온 바람이 그의 긴 옷자락을 휘날렸다. 그는 나를 위아래로 훑어보고는 불쑥 손을 내밀었다. 사두는 내 옷과 가방을 만져보더니 소리 없이 미소를 지었다.

나는 그에게 사두냐고 물었다. 그제야 그는 고개를 끄덕였지만 역시 말은 없었다.

그는 곧 휙 돌아서서 나에게 같이 가자는 손짓을 했다. 그의 손에 이끌려 들어간 곳은 어두운 움막이었다. 천장에 뚫린 구멍에선 강한 한 줄기 빛이 어둠을 가르고 내려왔다. 극명한 어둠과 빛의 대비는 신비로운 분위기를 연출했다. 사두는 여전히 말이 없었다. 말을 할 줄 모르는지 아니면 묵언수행을 하는지 알 수 없었다. 그는 몇 가지 차 종류를 꺼내놓고는 맘에 드는 것을 고르라고 손짓했다. 내 손이 가기 무섭게 그는 차를 끓여주고는 간자(인도 대마초)를 꺼내 들었다. 그는 마른기침을 몇 번 하더니 간자를 힘껏 빨았다. 양손을 가지런히 모으고 그 사이에 흙으로 만든 파이프를 끼워 엄지와 엄지 사이의 틈으로 연기를 빨아들였다. 어두운 사두의 얼굴에 붉은 담배 불빛이 맴돌고 퀭하게 충혈된 눈은 더욱 시뻘겋게 달아올랐다. 그러더니 그는 깊은 한숨을 내쉬었다. 연기는 천장에서 쏟아지는 빛에 닿아 하얗게 빛을 발하며 잠시 허공에 머물렀다. 그러곤 금세 빛줄기를 따라 어디론가 사라졌다. 내 시선도 사두의 손에서 가슴으로, 눈으로, 그리고 입에서 뿜어져나온 연기를 따라 하늘로 향했다. 몇 분 동

바기라티 강, 인도, 2010년 4월

안 마치 최면에 걸린 것 같았다. 사두는 멍하니 쳐다보는 내 표정이 우스웠는지 시커먼 이를 드러낸 채 껄껄거리며 웃더니 알 수 없는 표정으로 다시 나를 쳐다봤다. 그리고 마침내 입을 열었다.

"욕심내지 마. 두려워하지도 마. 모든 것은 잠시 머물다가 허공으로 사라지네. 이 연기처럼."

갠지스 강, 인도, 2010년 5월

강가
패밀리

강고트리를 떠난 지 11일. 나는 우타르칸트 주와 우타르프라데시 주의 경계를 지나고 있었다. 이곳까지 300킬로미터를 이동했다. 위도는 북위 31도에서 29도로 낮아졌고, 해발은 3,000미터에서 230미터로 무려 2,770미터나 낮아졌다. 물길은 폭이 불과 몇 미터에서 100미터가 넘을 정도로 넓어졌지만 서늘하던 히말라야의 바람은 뜨거운 평원의 바람으로 차디차던 빙하수를 뜨뜻미지근한 강물로 바꾸어놓았다. 연일 섭씨 35도를 웃도는 습한 더위에 습관적으로 하던 노 젓기도 지긋지긋해지고 모든 의지가 꺾여갔다. 장기간 여행의 가장 큰 부작용이기도 했다. 바라던 일들이 일상이 되어 더 이상 흥미조차 느끼지 못하고 지쳐갔던 것이다.

문득 가족이 보고 싶었다. 갠지스에서는 늘 혼자라는 생각이 들었다. 언제부터인지 알 수 없지만 원래 아무런 관계도 없이 이곳에서 혼자 살아온 것 같은 느낌이랄까, 그런 기분이 들었다. 그래서 나에게도 가족이 있다는 걸 의식적으로 생각하다보니 문득 그 얼굴들이 보고 싶어졌다. 함께할 땐 종종 혼자였으면 좋겠다고 생각했는데, 떠나보니 내게 가장 그리운 것은 결국 가족이었다.

하루도 빠짐없이 수십 킬로미터씩 노를 젓는 건 말 못할 고된 육체노동이면서 그에 못지않은 정신적 인내를 필요로 했다. 흘러가길 포기한 듯한 이 갠지스에서는 노를 젓지 않으면 그 자리에 며칠이고 떠 있을 것 같았다. 배 위에 드러누운 채 물이 흐르는 대로 떠내려가길 바랐지만 낮잠을 자던 30분 동안 고작 100미터도 가지 못했다. 수고도 없이 이만큼 간 것에는 할 말이 없지만 그 속도가 절망적이었다. 강은 흘러야 하는데 이 강은 어디서부턴가 흐르지 않고 있었다. 걸쭉한 강물의 비린내로 속이 울렁거리고 뜨거운 햇빛에 몸은 시뻘겋게 달아올랐다.

카약은 다시 강 한복판에서 멈췄다. 강물이 메말라 카약의 밑바닥과 강바닥이 닿았다. 이런 것이야말로 만나지 말아야 할 만남이다. 끔찍하지만 강물에 들어가 카약을 끌 수밖에. 묵직하고 미지근한, 그러면서도 미끌미끌한 강바닥의 촉감이 맨발을 자극하고 온몸으로 전해졌다. 정말 낯설고 견디기 힘들었다. 인도의 커리가 그렇듯 온갖 것을 넣고 뜨거운 열에 푹 끓여 형체조차 알아볼 수 없는 그런 느낌이 강바닥에 깔려 있었다. 갠지스가 버텨낸 모든 세월이 녹아 담겨 있겠지. 또 무엇이 있다면 가고자 하는 의지를 꺾어버리는 힘일 것이다.

이미 수도 없이 카약에서 내려 강바닥을 걸어본 터라 반복되는 상황에 지칠 대로 지쳐 있었다.

낑낑거리며 강변으로 기어가는 모습을 한 남자가 지켜보고 있었다. 밥이라도 얻어먹을 수 있겠다는 기대에 그 남자가 매우 반가웠다. "가까운 건물까지만 데려다줘요, 여기 마을이 있죠?"

급한 마음에 한국말로 물었는데 그는 기다렸다는 듯 힌디어로 대답했다. 서로 알아들을 수 없기는 마찬가지였지만 까딱거리는 고갯짓을 보니 우리는 분명 통하고 있었다. 남자가 언덕 너머로 소리를 지르자 한 청년이 흘러내린 바지를 추스르며 뛰어왔다. 두 남자는 묻지도 않고 내 짐을 모조리 물소 수레에 싣고 나에게도 올라타라고 했다. 실룩거리는 소의 넓적한 엉덩이를 사정없이 후려치자 꿈쩍도 않던 녀석은 엄청난 무게를 지고도 잽싸게 언덕을 넘어갔다.

나를 태운 남자는 뭐가 그리 좋은지 싱글벙글 웃으며 한참을 떠들었지만 미안하게도 그의 힌디어를 한마디도 알아들을 수 없었다. 다만 자신을 가리키며 '윌슨'이라고 한 걸로 봐서 이름을 알려준 것 정도는 이해가 됐다. 나는 대화를 나눌 기운도 없어 그의 말에 그저 고개만 끄덕였다. 시원한 콜라와 편안한 잠자리, 푸짐한 밥상이 머릿속에서 맴돌았다. 훈련병 시절에도 먹고 싶은 음식들이 머릿속을 맴돌 정도는 아니었는데 갠지스에선 늘 허기졌다. 얼마 가지 않아 마을이 나왔지만 그는 멈추지 않고 논밭 사이로 계속 수레를 몰고 갔다. 꽤 먼 거리를 간다는 생각이 들었지만 묻지 않았다. 그곳이 어디가 되었든 저 강물 위보다는 훨씬 나을 테니까.

그늘 아래 모여 앉았던 주민들이 물소 수레를 타고 가는 우리에게 박수를 치고 휘파람을 불어댔다. 수레를 끄는 남자는 어깨에 힘이 잔뜩 들어가 으쓱거리며 손을 흔들고 우리를 소개했다. 나는 그때마다 머쓱해하며 인사를 건넸다. 아이들이 뒤를 따라 맨발로 뛰어왔고 몇몇은 내 옆으로 뛰어 올라탔다. 만나는 사람들마다 손을 흔들며 반갑게 맞이했다. 환영해주는 건 고마웠지만 이 인도판 수레 퍼레이드는 무려 한 시간이나 계속됐다. 정말 한참 만에 그의 집에 도착했다. 우리가 온다는 소문이 이미 마을을 휩쓴 모양이었다. 도착하니 집 마당은 사람들로 가득했다. 남자는 도착하자마자 짐을 내려 큰 방에 옮기곤 주변 사람들에게 무언가 당부 사항을 말한 뒤 방문을 걸어 잠갔다. "오케이? 돈 워리~"

낯선 방문자에게 걱정 말라는 말은 그 어떤 말보다 고마웠다.

남자는 가족을 소개하겠다며 아내와 아들딸을 불러 모았다. 가장인 그의 이름은 비르싱(Veer Singh)이었다. 처음엔 그가 발음을 너무 굴려 윌슨이라고 들렸는데 수첩에 써주는 걸 보고서야 그의 정확한 이름을 알았다. 아내와 딸이 저녁 식사를 마련할 동안 기다리던 마을 어른들께 인사를 했다. 소개받은 사람들은 의사, 공무원, 교사 등이었는데, 이들의 패션코드는 콧수염과 흰 쿠르타, 그리고 검은색 가죽 샌들로 통일되었다. 그리고 또 한 가지 공통점은 웃지 않겠다고 다짐한 듯한 표정과 한 손에 쥔 두툼한 검은색 핸드폰이었다. 아마도 이것이 성공한 인도 남자의 보편적인 스타일인 듯했다. 간단한 소개를 마치고 한 남자가 느닷없이 내 전화번호를 물었다. 지금은 전화기가 없다고 하자 남자는 어깨에 걸린 GPS를 가리키며 여기 전화기를 가지고 있으면서 왜 없다고 하느냐고 물었다. 그건 전화기가 아니고 길을 찾거나 지난 길들을 기록하는 장비라고 설명했지만 믿지 않는 표정이었다. 머리를 모으고 앉은 다른 남자들의 표정도 다르지 않았다. 한 아이가 "꺄(뭐야?)~~" 하며 어른들 틈에 머리를 들이밀자 남자는 쩍 소리가 날 정도로 아이의 머리를 후려치며 "짤로(저리 가)"라고 하고는 다시 고개를 들이밀었다. 본인의 무지함이 들통난 것에 대한 화풀이였다. 남자는 한참을 만져보고 살펴보더니 그럼 내가 지나온 길들을 보여달라고 했다. GPS를 켜서 내가 지나온 궤적과 도시들의 이름을 보여줬다.

"강고트리~ 우타르카시~ 리시케시~ 하리드와르~" 남자들은 지도를 따라 내려오며 익숙한 도시 이름이 나올 때마다 신나게 박수를 치며 좋아했지만, 의심 많은 남자는 보고 있으면서도 여전히 믿지 않는 눈치였다. 그는 괜히 옆에 놓인 내 가방을 쿡쿡 찔러보고 흔들어보았다. 그리고 크게 헛기침을 몇 번 하더니 주변 사람들에게 무언가 장황하게 설명했다. 그렇지만 사람들은 별 관심 없어 보였다. 사람들의 반응이 시원치 않자 남자는 심술 난 표정으로 자리에서 벌떡 일어났다.

"난 이만 가야겠소. 내가 먼저 집에 가 있을 테니 혼자서 우리 집으로 한번 찾아와보시오. 정말로 이게 길을 안내한다면 말이오." 남자는 머리를 후려맞았던 아이의 손을 잡아끌고 집 밖으로 나섰다.

동네 남자들과 어울리는 동안 비르싱의 아들이 금방 구운 차파티

와 달을 가지고 왔다. 소박하지만 정이 듬뿍 담긴 식사였다. 준비하느라 애쓴 부인과 딸에게 함께 식사를 하자고 했지만 극구 사양했다. 마을 노인분들도 내가 먼저 먹어야 다른 사람들도 편히 먹을 수 있다며 음식을 손에 쥐어줬다. 사람들은 모두 자기 집인 것처럼 한데 모여 밥을 나눠 먹었다. 함께 밥을 나누고 웃고 이야기하고. 언제 돌아왔는지 자기 집에 찾아오라던 남자도 뒤통수를 맞았던 아이도 다시 자리를 함께했다.

"집을 떠난 지는 얼마나 됐수?" 한 노인이 물었다. 한 달이 다 되어가고 앞으로 얼마나 더 걸릴지 모르겠다고 하자 노인이 내 머리와 뺨을 쓰다듬었다. "가족이 그리울 거야. 가족들도 자네가 그리울 거야." 노인의 한마디에 잠시 수저를 내려놓았다. 뭔가 울컥한 것이 목에 걸려 밥이 넘어가지 않았다. 그런 나 때문인지 사람들도 잠시 식사를 멈췄다. 짧은 정적이 흘렀다. 머리를 얻어맞았던 아이의 "끄억~"하는 트림 소리에 꼬마들이 웃음을 터뜨리자 모두가 깔깔거리고 웃었다. 노인이 다시 말했다. "오늘은 우리가 모두 가족이야. 한 집에서 함께 밥을 먹는다는 것이 가족이지. 영어로 하자면……. 갱가 패밀리." 위트와 위로 섞인 노인의 한마디에 마음이 푸근해지고, 정이 담긴 따듯한 식사에 기분 좋게 배가 불러왔다.

밤이 되어 나는 인도 식구들과 함께 평상에 누워 하늘을 바라봤다. 호롱불이 바람에 꺼지고 밤은 점점 더 깊어졌다. 풀벌레 소리가 멀어지면서 오랜만에 가족들과 깊고 달콤한 잠에 빠졌다. 가족과 함께한 갠지스의 밤은 아름다웠다.

갠지스 강, 인도, 2010년 5월

파드마 강, 방글라데시, 2010년 6월

한 소년의
마지막 모습

    물이 뚝뚝 흐르는 옷을 입고 길가로 나갔다. 도시로 가는 차를 얻어 타기 위해서였다. 발이 찢어질 듯이 아프고 수포들이 생기고 피부가 벗겨지기 시작했다. 걷는 것조차 고통스러웠다. 강물은 메말라 군데군데 썩은 물만 고여 있고 한 귀퉁이엔 오갈 곳 없는 부패한 시체가 역한 악취를 풍기고 있었다. 더 이상 노를 저을 방법이 없었다. 살기 위해서는 이곳을 빠져나가야 했다. 나에겐 무엇보다 치료와 휴식이 필요했다. 그러나 검게 그을린 피부와 속살이 비치는 젖은 옷을 입은 남루한 걸인 행색으로 히치하이크에 성공하기란 쉽지 않았다. 한 시간 동안이나 애처로운 눈빛으로 손을 흔들고 나서야 겨우 트럭을 얻어 타고 10킬로미터 떨어진 비즈노르로 향했다. 내 행색이 얼마나 안돼 보였으면 돈을 내라는 따위의 요구도 아예 없었다. 때론 이런 몰골도 긍정적인 부분이 있음을 깨달았다. 물길이 다시 이어지는 칸푸르까지 이동한 뒤 몸을 추스르고 나서 다시 강물로 돌아갈 예정이었다. 지금 상태로라면 내 발이 썩어 없어지거나 남아난다고 해도 제구실을 못할 것 같았다.

비즈노르에 도착하자마자 호텔로 향했다. 주인은 내 모습을 의심이라도 하듯 한숨을 길게 내쉬며 빤히 쳐다봤다. 아무래도 이곳에 묵기엔 돈이 없어 보였던 모양이다. 거울을 보고서야 그 모습에 나 역시 공감했다. 의심을 잠재워줄 방법은 지갑을 열어 보이는 것뿐이었다. 그리고 에어컨이 딸린 제일 비싼 방을 고르는 호기를 부렸다. 오랜만에 누워보는 침대의 푹신함에 지친 몸이 노곤해졌지만 벽에 걸린 에어컨은 천식 걸린 노인네 기침처럼 맥없이 털털거렸다. 내 몸에 깊숙이 배어 있는 갠지스의 퀴퀴한 냄새가 방 안을 가득 채웠다.

이튿날 곧장 모라다바드행 버스에 올라탔다. 버스 안은 빈자리 하나 없이 승객들로 가득 찼다. 남자 차장은 한 손엔 버스표를 다른 한 손엔 돈다발을 쥔 채 덜컹거리는 버스 안에서도 기가 막히게 균형을 유지하며 표를 끊어주었다. 일일이 승객들의 목적지를 물어보고 요금과 표를 교환하는 식이었다. 다만 거스름돈은 표에 액수를 써놓은 뒤 모두 걷고 나서 내릴 때 주는 방식이었다. 정신없이 내리는 승객들 중 누군가는 이 또한 놓칠 것이다. 그의 입장에선 합리적인 방법이었다.

버스는 호젓한 시골길을 필요 이상으로 빠르게 달렸다. 인도 사람들의 운전은 대체로 납득할 수 없을 정도로 과격하고 위험했다. 그들의 운전을 보고 있노라면 트랙 위의 레이서 같아 왜 헬멧도 안 쓰고 저러는지 염려될 정도였다. 그들이 운전을 잘한다고 생각한 적은 단 한 번도 없었다. 잘하는 것과 막 하는 것은 분명 차이가 있다. 어쨌든 인도 사람들이 운전을 곡예하듯 하는 것은 사실이었다. 그러나 신기하게도 용케 서로 비켜갔다. 그러나 차에 탄 사람들은 인질이 된 듯한 살벌한 기분을 떨쳐내기 어려웠다.

내가 탄 버스의 운전사는 20대 후반의 청년이었는데, 자신의 혈기왕성함을 운전으로 표현했다. 그동안 겪은 운전 중에서 가장 불안했다. 연신 피워대는 담배 연기가 입으로 코로 쉴 틈 없이 나오고, 그것도 모자라 귀와 눈에서도 뿜어져나올 것 같았다. 도무지 영혼 없이 요란하기만 한 댄스 음악에 몸을 이리저리 흔들기까지 했다. 차장이란 사람도 운전사의 몸짓에 맞춰 별짓을 다하며 서로 흥을 돋우었다. 그들로서는 지루한 장거리 운행에 최고의 파트너를 만난 셈이었다. 승객들은 그 요란한 와중에도 꿀잠을 자거나 멍하니 창밖을 내다보았다. 광란의 버스는 너무도 조용한 시골길을 가로질러 갔다.

잠시 버스가 멈춘 사이 이 촌구석에서도 어김없이 잡상인이 올라탔다. 그는 승객들과 일일이 눈을 맞추며 뒷자리로 걸어왔다. 이미 표적을 정한 듯했다. 그의 표정이 어찌나 비장한지 남루한 차림새만 아니라면 마치 탈영병을 색출하는 헌병처럼 보일 정도였다. 남자의 손에 들려 있는 것은 신문과 조악하게 인쇄된 성인 잡지였다. 이 친구의 표적은 하필 나였다. 그는 내 눈앞에 성인 잡지를 바싹 들이밀었다. 교태스러운 포즈로 한껏 모아 올린 인도 여성의 가슴이 내 코에 와 닿았다. "피프티 루피~ 섹시." 남자는 이 말만 던지고 내 눈을 멀뚱

멀뚱 쳐다봤다. 그의 손을 걷어내며 관심 없다고 하자 다른 한 권을 뽑아 다시 들이밀었다. "식스티 루피~ 베리 섹시." 10루피의 차이가 무엇이든 그다지 궁금하지 않았다. 섹시한 여자의 모습을 탐하며 집중할 힘이 조금도 남아 있지 않다는 게 안타깝지만 나의 솔직한 상태였다. 그렇다고 그 녀석에게 내가 그런 상태라고 설명하는 것도 웃긴 노릇이었다. 안 산다고 말하고 창밖을 내다보고 있는데도 녀석은 여전히 내 옆에 서 있었다. 고개를 돌려 쳐다보자 씨익 웃더니 내게 윙크를 하곤 버스에서 내렸다. 추행을 당해본 적은 없지만, 이런 기분이 아닐까 싶었다. 원치 않는 호감 표현에 매우 찝찝하고 유쾌하지 않은 그런 느낌이었다. 버스는 다시 출발했고, 잠시 조용하던 차 안에 다시 그 요란한 음악이 울렸다.

인도의 시골길을 좀 더 잘 보기 위해 운전사 뒷자리로 옮겼다. 운전석 유리창은 온갖 장식들로 정신없이 둘러쳐져 있고 그 가운데 힌두교 하누만 상이 놓여 있었다. 그가 믿는 하누만이 어떤 여정에서도 지켜주리라는 믿음을 가졌는지 모르겠지만, 버스가 덜컹거릴 때마다 하누만의 커다란 눈동자도 어지럽게 흔들렸다. 길은 한산했지만 간혹 난폭하게 달리는 트럭이 차선을 넘어오다 아슬아슬하게 비켜가곤 했다. 그럴 때마다 내 의지와 상관없이 반사적으로 발가락 끝에 잔뜩 힘이 들어가고 지나간 후엔 한숨이 나왔다. 운전사들은 반쯤 미친 것 같았다. 브레이크를 밟아야 할 상황에서도 액셀러레이터를 힘껏 밟아대고, 길가로 걷던 노인과 아이들은 고막 브레이커라 명명해도 좋을 만한 경적 소리에 놀라 자빠지기도 했다. 그러면 운전사는 뭐가 그리 좋은지 낄낄거리고 손뼉까지 쳐가며 한바탕 웃었다. 차에 타고 있는 나 역시 한 패거리가 된 듯한 찜찜한 기분이었지만, 그의 운전 습관에 대해 뭐라 할 마음은 없었다. 나는 지쳐 있었다.

운전사는 또다시 담배를 입에 물었다. 바람에 담뱃불이 자꾸 꺼지자 창문을 닫고 다시 불을 붙였다. 마침 맞은편에서 트럭 한 대가 앞차를 추월하려고 차선을 넘어 달려왔다. 운전사는 화를 참지 못하고 핸들을 내리치며 경적을 울렸다. 누군가는 피해야 할 상황이었지만 양쪽 모두 그럴 마음이 없어 보였다. 버스 기사는 바짝 독이 올라 욕을 퍼부으며 내달렸다. 추월하려던 트럭은 그제야 급히 속도를 줄여 가까스로 버스와 충돌을 피했다. 버스 기사는 휘파람을 불고 옆에 앉은 차장과 손뼉을 부딪치며 승리를 자축했다. 참으로 어이없는 상황이었다. 두 녀석에게 우리는 그저 숨 쉬는 짐짝이나 다름없었다.

운전사는 다시 담배를 입에 물고 불을 댕겼다. 그 와중에도 또 한 번 앞 차를 추월하려 차선을 바꾸고 중앙선을 넘은 채 담뱃불을 붙이려고 고개를 숙였다. 그 순간 나는 운전사가 알지 못했던 그리고 보지 못했던 장면을 고스란히 보고 말았다. 짧은 몇 초 동안 곧 벌어질 끔찍한 일을 예견했고 결말은 틀리지 않았다. 이미 피할 수 없을 만큼 가까이에 맞닿아 있었다. 앞 차에 가려졌던 옆 차선에서 한 소년이 자전거를 타고 달려오고 있었다. 나는 그 순간 천진한 소년의 즐거움이 공포로 변해가는 것을 목격했다. 운전사가 고개를 들었을 땐 이미 늦은 뒤였다. 버스는 무시무시한 속력으로 아이를 그대로 들이받았다. 그제야 놀란 운전사는 영문을 모른 채 급브레이크를 밟았고 한참을 지나서야 멈춰 섰다. 무언가 큰일이 일어난 것을 직감한 운전사는 잔뜩 겁에 질린 표정이었고 승객들은 웅성거리기 시작했다. 차장은 밖을 내다보곤 운전사에게 빨리 달리라고 소리쳤다. 잠시 주춤하는가 싶더니 버스는 그대로 아이의 몸을 짓밟고 내달렸다. 끔찍한 느낌이 온몸으로 전해졌다. 이성을 잃은 기사는 미친 듯이 10여 분을 내달리다 갑자기 길가에 차를 세웠다. 차장은 주머니에서 돈뭉치를 꺼내 기사에게 전했고 기사는 그길로 줄행랑을 쳤다. 그러고 나서 차장도 어디론가 사라졌다. 주인 없는 버스에는 승객들만 남았다. 누구도 이 상황에 항의하는 사람이 없었다. 나 역시 침묵으로 이 모든 일을 목격할 뿐이었다.

　텅 빈 버스 안에서는 여전히 경박한 댄스 음악이 흘러나왔다. 기사가 태우던 담배꽁초가 버스 바닥에 떨어져 연기를 피우고 그들의 하누만은 구석에 거꾸로 처박혀 있었다. 혼란스러웠다. 누군가 단 한 번이라도 침묵을 깼더라면 그 아이는 그렇게 죽지 않았을 텐데. 단지 그 아이의 운명이라고 하기엔 너무나 무책임하다고밖에 생각되지 않았다. 내가 다시 강물로 향할 즈음 아이도 그 강물에 뿌려지겠지. 아이의 떨리던 마지막 눈빛이 아른거렸다.

로히드의
기도

"왓츠 유어 네임~" 빤을 우물거리던 남자는 입안에 고인 침을 겨우 참아내며 내 이름을 물었다. 그 모습이 너무 웃겨 대답하는 것도 잊고 언제까지 저 침을 참고 있을지 지켜봤다. 더 이상 침샘의 분비를 감당할 수 없을 정도로 입안에 가득 차자 '푸~' 하고 땅바닥에 시뻘건 침을 뱉어냈다.

그리고 뻘겋게 물든 이를 드러내고 웃으며 악수를 청했다. 얼핏 보면 훨씬 두드려 맞은 녀석이 이제 그만 하자고 화해를 청하는 것 같은 모습이었다. 그의 이름은 로히드라고 했다. 그는 나를 보자마자 본인을 나의 친구라고 알려줬다. 인도에선 흔히 있는 일이었다. 어떤 날엔 나도 모르는 사이 열댓 명의 친구가 생기기도 했다. 로히드는 내 강변에 있는 짐을 어깨에 턱 짊어지더니 함께 온 남자들에게 나머지

갠지스 강, 인도, 2010년 4월

짐을 옮기라고 한 뒤 앞장섰다. 하룻밤 쉬어갈 곳이 필요하다고 하자 가트 위의 작은 단층 건물 옥상으로 안내했다. 동네 꼬마들과 남자 몇 명이 구경을 왔고, 어떤 녀석은 우리 옆에서 잘 거라며 이불까지 들고 왔다. 로히드는 나에게 보인 친절한 모습과 달리 그 녀석들에겐 매우 거칠었다. 눈썹을 삐딱하게 올리고 인상을 쓰자 따라온 남자들이 이불을 들고 쏜살같이 계단을 내려갔다. 그는 사람들에게 이곳에 절대로 얼씬거리지 말라고 경고했다. 이쯤 되면 대단한 경호원을 둔 거나 다름없었다. 나의 임시 숙소가 된 이 옥상은 2층 높이밖에 안 되지만 동네 골목길을 훤히 내려다볼 수 있는 자리에 있었다. 건물 바로 앞은 상점과 음식점이 몰려 있는 마을 중앙이고, 그 오른편에 힌두교 사원이 있었다.

로히드는 거친 모습과 달리 이 마을의 템플워커였다. 가톨릭의 신부, 불교의 스님, 이슬람의 이맘처럼 종교 지도자는 아니지만 사원에서 푸자 의식을 진행하는 일을 한다고 했다. 그의 집안은 선조 때부터 힌두 의식을 집행하고 사원의 대소사를 챙기는 일을 해왔다고 했다. 힌두는 그에게 모태 신앙이자 모태 직업인 셈이었다. 인도에서 태어난 것은 힌두교인의 삶을 살기 시작하는 것이고, 한 부모의 아이로 태어난 것은 그 부모의 삶을 고스란히 이어받는 것이다.

로히드도 마찬가지였다. 그런데 그는 그런 삶이 너무 지루하다고 푸념했다. 하고 싶은 일이 있어도 이 사원을 벗어날 수 없는 게 때론 미칠 정도로 답답하다고 했다. 한국에 가면 돈을 벌 수 있다는데 자기도 한국에 가고 싶다며 어떻게 갈 수 있느냐고 물었다. 나는 한국에 있는 게 답답해서 인도로 왔다고 하자 어떻게 그럴 수 있느냐며 내 말을 못 믿는 눈치였다. 그는 어떻게 해서든 이곳을 떠날 거라고 했다.

저녁 의식을 위해 몸단장을 하고 나선 로히드는 낮에 봤던 모습과 너무 달랐다. 찢어진 청바지에 담배를 입에 물고 오토바이에 걸터앉은 채 여자 얘기를 하며 침을 찍찍 뱉던 동네 건달 로히드는 없었다. 잘 다려진 오렌지색 천을 몸에 두르고 팔과 얼굴엔 시바를 상징하는 하얀 줄이 그어져 있었다. 사람들은 로히드에게 인사를 건넸고, 그는 당당한 걸음으로 사원으로 들어갔다.

그기 종을 울리며 사원 안으로 들어가자 수많은 사람이 일세히 수백 개의 종을 울려댔다. 신께 우리가 왔음을 알리고 인사를 건네는 것이었다. 검은 쇠사슬로 둘러쳐진 작은 공간으로 로히드가 들어간 뒤 곧 의식이 시작되었다. 그곳에서는 시바의 시커먼 남근상인 링감을 모셨다. 로히드는 이 거대하고 빤질빤질한 남근석에 우유를 부은 뒤 다시 기름을 붓고 어루만지며 닦아내기를 반복했다. 신자들이 각자 준비해온 우유와 기름을 로히드에게 건네면 이를 발기한 시바의 남근에 뿌리고 닦아내는 것이었다. 신자들은 이 의식에 취해 다른 영혼의 세계를 경험하는 듯했다. 이때만큼은 그들도 내 행동이나 표정 따위엔 관심이 없어 보여 다행이었다. 링감을 어루만지는 행위가 수차례 반복되면서 사람들의 반응도 절정에 달했다. 인간의 정성스러운 손길로 극에 달하는 시바의 오르가슴을 함께하는 것일까. 사람들의 눈은 벌겋게 충혈되고 얼굴은 상기되어 있었다.

한참 동안 이어진 시바를 위한 의식은 금잔화 꽃다발로 링감을 둘러싸는 것으로 일단락되었다. 사람들은 향을 흔들며 종을 울려대는 로히드를 향해 두 손을 모으고 주문을 외웠다. 그런 모습을 보니 그가 실로 엄청난 능력을 지닌 것 같았다. 태어나서 지금껏 힌두 신에게 치성을 드린 로히드라면 누구보다 많은 복을 받아야 할 사람이란 생각이 들었다. 그렇지만 로히드는 그런 삶이 싫다고 하니 시바 신이 알면 노할 노릇이었다. 하지만 시바가 이 사실을 안다면 그동안 신을 위해 노력한 그의 소원을 한번쯤 들어주어도 좋겠다는 생각이 들었다.

모든 걸 조용히 덮으려는 듯 진한 연기가 사원을 그득하게 감싸 안았다. 사원의 종소리가 점차 작아지더니 곧 정적이 맴돌았다. 텐트로 돌아왔으나 좀처럼 잠이 오지 않았다. 소란함 뒤 갑작스러운 정적이 낯설었다.

"영호." 그때 로히드가 부르는 소리가 들렸다. 밖을 내다보니 그는 성스러워 보이는 템플워커에서 다시 동네 건달 로히드로 변해 있었다. 그는 오늘 할 일이 끝났으니 이제 자유라며 씩 웃었다. 그러고는 인근의 큰 마을에 가서 놀자며 나를 오토바이에 태웠다. 시골길을 달리며 로히드는 이대로 한국까지 갔으면 좋겠다고 했다. 성스러운 의복을 벗어 던진 로히드는 진정한 자유를 꿈꾸고 있었다. 어쩌면 그의 시바가 이뤄주지 않을지도 모를 소원을 가지고 그는 내일도 기도를 할 것이다.

가난한
남자

가난은 어디서부터 시작될까. 가난이란 무엇일까.

가난이라는 의미에 대해 다시 생각하게 된 건 방글라데시에 도착하면서부터다. 갠지스 강의 하류가 이 빈곤의 땅으로 흘러드는 것에 나는 불만이 여간 아니었다. 나에게 이곳은 무엇 하나 제대로 갖춰진 것 없는 불편하고 가난에 찌든 가망 없는 땅으로만 생각되었다. 그럼에도 "가장 가난하지만 가장 행복한 사람들이 살고 있다"는 이 역설적인 표현에 그들의 가난과 행복 사이를 탐험해보기로 했다.

방글라데시에서는 인도에서부터 이어져온 갠지스를 더 이상 강가나 갠지스라 부르지 않고 파드마(Padma)라 불렀다. 산스크리트어로 파드마는 연꽃을 뜻한다. 파드마는 120킬로미터를 흘러 메그나 강과 만나 벵골 만까지 이어진다. 파드마에 오른 지 이틀 만에 도착한 곳은 주니아다라는 시골 마을이었다. 라즈샤히를 떠난 이후 계속 시골 풍경이었는데 메그나 강과 만나는 찬드푸르까지는 변함없을 듯했다. 카약이 닿자 한 청년이 내리는 것을 도왔다. 모한이라는 그 청년은 아주 살갑게 대하며 말을 걸어왔다. 그의 안내를 받아 강이 훤히 내려다보이는 오솔길을 따라 작은 상점에 들렀다. 간식거리를 사 들고 다시 배가 있는 곳으로 돌아오자 그사이 외국인이 왔다는 소문을 듣고 수십 명의 사람이 모여들어 선착장 언덕이 꽉 차 있었다. 앞으로 방글라데시에서 수없이 마주치게 될 자연스러운 장면이지만 이런 일이 처음인 나로선 놀랍고 당혹스러웠다. 사람들이 주위에 둘러앉아 나를 뚫어지게 쳐다봤다. 마치 놀라운 발견을 하고 있는 것처럼. 그 눈빛에 내가 분해될 것 같은 기분마저 들었다. 어른과 아이가 따로 없었다.

시선을 이기지 못해 다시 출발하려는데 문제가 생겼다. 배에 두었던 가방이 열려 있고 중요한 물건이 없어진 걸 알았다. 섣불리 사람들을 의심할 일은 아니었다. 지난 30분간 있었던 일들을 다시 떠올려 봤다. 없어진 것은 지갑과 스마트폰뿐이었다. 잃어버린 물건으로 보아 꼬마들의 철없는 장난은 아니었다. 불특정 다수가 함께 있을 땐 심리적으로 남의 물건에 손을 대기가 어렵다. 분명 사람들의 관심이 다른 곳에 쏠렸을 때 일어난 일일 것이다. 나는 직감적으로 모한을 찾아야겠다고 생각했다. 옆에 있던 한 어른에게 조심스럽게 이야기를 꺼냈다. 없어진 물건이 있는데 모한이 알고 있을 것 같다고 하자, 그는 잠시도 참지 못하고 주변 사람들에게 전했고, 나를 바라보는 사람들의 눈빛이 좀 전과 달라졌다. 안타까움, 황당함, 또는 그들을 의심하는 데 대한 실망감 등이었다.

나는 확신을 저버릴 수 없어 모한이 있는 강 건너로 갔다. 그의 행방을 물어보니 사람들은 어디론가 가는 걸 보긴 했지만 모르겠다는 대답뿐이었다. 그때 어디선가 모한이 나타나 배에 올라타고는 쏜살같이 마을로 노를 저었다. 큰 소리로 불렀지만 그는 나를 힐끗 쳐다보곤 대꾸도 없이 노를 저어 갔다. 녀석을 놓칠세라 나도 급히 뒤쫓았다. 닿을 듯 거리가 좁혀지자 모한은 더 힘차게 노를 저었고 배가 닿자마자 녀석은 내달리기 시작했다.

다시 마을에 도착하자 한 어른이 내 앞을 막아서며 무슨 일이냐고 물었다. 내 얘기를 듣고는 가서 알아볼 테니 조금만 기다려달라고 했다. 10여 분이 지난 뒤 그 어른이 다가오더니 내 옆에 앉아 조용히 얘기했다. 그러고는 모한으로부터 받아왔다며 휴대폰과 지갑을 건네줬으나 돈은 절반뿐이었다. 이 상황에서도 돈을 챙기는 그가 정말 한심스러워 가서 한 대 후려치고 싶을 정도였다. 이제 와서 생각하면 그냥 조용히 떠날걸, 나는 모한의 얼굴을 보고 사과라도 받아야겠다는 생각에 그의 집으로 달려갔다. 모한의 집에 도착해보니 집 마당엔 발디딜 틈도 없이 주민들로 꽉 차 있고 모한의 어머니는 통곡을 하고 있었다. 나한테 미안하니 제발 아들을 용서해달라며 내 손을 붙잡고 눈물을 펑펑 쏟았다. "모한은 어머니랑 단둘이 살아요. 아버지가 돌아가시고 모한이 돈을 벌어오죠. 그런데 어머니 약값을 대기도 모자라 힘들어했어요. 조금만 이해해주세요." 옆에 있던 한 여자가 그들의 속사정을 일러줬다.

그 이야기를 듣는 순간 그 집에 찾아온 것이 너무 후회됐다. 오히려 내가 여러 사람에게 상처를 주는 것 같아 마음이 무거웠다. 이 상황에서 무슨 말을 한들 그 어머니에게 위로가 될까. 그렇지만 어떻게든 안심시켜주고 싶었다. 영어를 할 줄 아는 남자에게 통역을 부탁해 오해가 있었을 뿐이지 절대로 걱정할 일이 아니니 염려하지 말라고 전했다. 그렇지만 모한의 어머니는 울음을 쉽게 그치지 않았다. 이 상황을 지켜보던 여자 몇 사람이 함께 울며 모한의 엄마를 부둥켜안았다. 내가 알지 못했던 서러운 인생살이가 있었던 것 같았다. 나는 지갑에 들어 있던 돈을 모한 어머니의 손에 꼭 쥐여주고 조용히 밖으로 나왔다. 사람들은 마을을 떠나는 나에게 손을 흔들었지만 모두 슬픈 표정이었다.

무거운 마음에 잠시 이 강물을 벗어나고 싶었다. 라롱샤 다리 아래에 멈춰 무턱대고 올라가보니 왕복 4차선 도로가 뚫려 있었다. 마침 지나가던 경찰을 만나 나는 강물을 여행 중인데, 오늘은 마을에서 쉬어가고 싶다고 하자, 경찰은 가까운 마을에 친척이 운영하는 리조트가 있다며 그곳으로 안내해주겠다고 했다. 잠시 후 경찰 트럭이 나를 팍시라는 마을로 데려다줬다. 높은 담으로 둘러쳐진 아담한 2층 집엔 정원이 있고 공사 중인 수영장과 야외 식당도 있었다. 그럴듯해 보였지만 시설 완성도는 그다지 훌륭하지 않았다. 짐을 풀자마자 관리인이 체크인 서류를 들고 왔다. 시골 민박집 요금이 얼마나 나오겠냐 싶었는데 하룻밤 숙박비가 무려 80달러였다. 욕실 딸린 좁은 방에 침대 하나와 2인용 소파뿐인, 여유 공간이라곤 전혀 없는 이 방이 80달러라니. 완전 사기나 마찬가지였다. 그러나 당장 오갈 데 없는 나로선 어쩔 도리가 없었다. 이제 막 짓고 있는 것 같은데 할인을 좀 해달라고 하자 남자는 벽에 비스듬히 기댄 채 짧게 "노!"라고 한마디 뱉었다. 그 오만한 표정은 조금의 양보나 이해 따위도 기대하지 말라는 듯했다.

체크인을 하고 쓰린 마음을 달래려고 마을로 나와보니 불이 켜진 곳이라곤 담배 파는 구멍가게뿐이고 어둠침침한 처마 아래에선 역시나 수십 개의 눈동자가 나를 향하고 있었다. 다시 숙소로 들어가 야외 식당으로 자리를 옮겼다. 그때 말끔하게 차려입은 한 남자가 다가왔다. 그는 자신이 이곳 주인인데 한국과도 사업을 하고 있어 몇 차례 가본 적이 있다고 했다. 그러고는 불편한 게 있으면 언제든지 얘기하라면서 내 어깨를 툭툭 쳤다. 손님이 아니라 자기 집에 놀러 온 조카를 대하는 듯한 행동이었다. 남자는 겉보기에도 돈깨나 있는 지역 유지 같았고, 말투와 표정은 자신감을 넘어 거만해 보일 정도였다. 그의 옆에는 두 남자가 언제 떨어질지 모를 명령을 기다리는 듯 허리를 구부리고 졸졸 쫓아다녔다.

식사를 마치고 샤워를 하고 나니 피로가 몰려왔다. 침대는 눅눅했지만 불평하고 싶지 않았다. 그런데 이불을 걷는 순간 뭔가 후다닥 천장으로 날아갔다. 거짓말 보태지 않고 정말 손바닥만 한 바퀴벌레였다. 그리고 매트리스를 걷어내자 그만한 녀석 네 마리가 침대 위로 기어 나왔다. 기절할 노릇이었다. 바퀴벌레가 우글거리는 10만 원짜리 방이라니. 이것들이 밤새 내 몸을 타고 넘을 것을 생각하니 끔찍했다. 일하는 사람을 불러 바퀴벌레 때문에 방을 바꿔야겠다고 하자 독한 소독약을 가져와서 온통 뿌려놓곤 "노프로블럼"이란다. 나에겐 굉장한 프로블럼이라고 참다못해 언성을 높이자 그제야 옆방으로 안내했다. 침대 구석구석 들쳐보니 다행히 바퀴벌레는 없었다. 그래도 찜찜함은 약간 남아 있었다. 그사이 갑자기 전기가 나가고 암흑천지가 되었다. 잠을 잘 시간이니 어두운 것은 문제가 되지 않았지만 후텁지근한 날씨에 에어컨과 선풍기까지 멈춰버려 미칠 노릇이었다. 그때 직원이 짜리몽땅한 양초를 들고 와서는 정전이 자주 되니 걱정 말고 자라며 자기 할 말만 하고 돌아섰다. 그는 내가 무슨 걱정을 하는지, 무엇이 불편한지 알고 싶지도 않은 모양이었다. 발전기를 돌리지 않느냐고 하자 그런 건 없다고 했다. 이 짧은 양초는 10분도 안 갈 것 같다고 했더니 그것밖에 없으니 꺼지면 그냥 자라고 했다. 어이없는 대답에 할 말을 잃었다.

집 밖으로 나오자 사장은 여전히 심복 같은 두 남자를 거느리고 정원을 산책 중이었다. 나는 사장에게 분명 제값을 치르고 묵는데 여긴 전혀 준비가 되어 있지 않은 것 같다고 했다. 남자는 무슨 말 같지 않은 소리를 하냐는 듯 인상을 찌푸리며 뭐가 문제냐고 물었다. 방에는 바퀴벌레가 득실거리고, 전기도 들어오지 않아 누워 있으면 땀이 줄줄 흐르고, 불을 밝히라고 가져다준 양초는 손가락 한 마디밖에 되지 않아 곧 꺼질 판이라고 쉴 새 없이 공격을 퍼부었다. 그는 마치 아무것도 아닌 일로 불평한다는 듯 아주 불쾌한 표정으로 나를 위아래로 훑어봤다. 불편한 것이 있으면 말하라고 했으니 거기에 대한 대답을 듣고 싶다고 하자, 남자는 그건 불편한 일이 아니라고 잘라 말하고는 옆에 서 있는 두 남자를 쳐다봤다. 그러자 그들도 고개를 끄덕이면서 사장과 똑같은 표정으로 나를 쳐다봤다. 말도 통하지 않으니 그냥 시골 가난한 리조트에서 겪은 안 좋은 기억으로 생각해야겠다고 말한 뒤 돌아섰다.

콧방귀 소리가 들리더니 돌아선 내 뒤통수에 대고 사장이 소리를 질렀다.

"여기서 더 재워줄 마음 없으니 오늘 밤만 지나면 바로 나가!"

돈 많은 남자의 가난한 마음이 그 어떤 가난함보다 더 처량하게 느껴졌다.

파드마 강, 방글라데시, 2010년 6월

고비의
사과 농부

　고비 사막의 찬드마니에서 나는 다시 혼자가 되었다. 함께하던 선배는 겨울이 다가온 고비를 더 이상 걷고 싶지 않다고 했다. 우리는 이미 몇 차례나 이런저런 이유로 차를 탔으니 애초의 계획인 도보 횡단 완주는 이룰 수 없게 되었지만, 어렵게 떠나온 여정을 망쳤다는 생각에 끝내고 싶진 않았다. 나는 남은 거리를 홀로 걷기로 했다. 한 걸음이라도 더 걷고 한 번이라도 더 고비의 풍광을 마주하고 싶었다. 모든 시도와 노력이 성공적인 결과를 낳는다면 그것은 시도 가치가 없는 일일 것이다. 고비에 첫발을 들여 숱한 사건들을 만나면서도 지금까지 전진했다는 것에 아쉬움보단 고마움이 컸다. 하루하루가 걷는 일의 반복이고 저 끝에 무사히 안착하는 것만이 목표였다면 나는 무엇을 보았을까. 또 무엇을 배웠을까. 길을 걷는 것은 그 길 위에서 무언가를 배우고 발견할 때 비로소 의미가 있는 것이다.

홀로 걸은 지 이틀 만에 무루이후렌울이라는 바위산을 지나 비게르로 가는 길에 올랐다. 모퉁이를 돌자 그간 산 능선에 가려져 있던 광활한 고비의 풍경이 다시 시원하게 펼쳐졌다. 북쪽으로는 타이시린 산맥이 뻗어 있고 그 앞으로 비게르 호수와 모래언덕이 보였다. 타이시린 산맥까지의 거리는 무려 40킬로미터나 되지만 무척 깨끗하고 선명하게 눈앞에 와 닿았다. 하루 안에 비게르까지 걸어간다면 늦은 밤에야 도착할 수 있었다. 차라리 하루를 더 야영하고 이른 아침에 마을에 들어가기로 했다. 그러잖아도 이곳에 작은 사과 농장이 있다고 해서 꼭 들러보고 싶었다.

두어 시간을 걸어 농장 인근에 도착했지만 인기척이 없었다. 덩그러니 놓인 두 집의 문도 잠겨 있었다. 해가 잘 드는 양지에 앉아 집주인을 기다렸지만 한 시간 넘도록 아무도 나타나지 않았다. 기다리다 못해 농장을 향했다. 농장 주위엔 울타리가 쳐져 있고 농장 문을 열고 들어서자 자두만 한 크기의 작은 사과가 주렁주렁 열린 나무들이 가득했다. 마치 겨울의 비밀문을 열고 들어선 새로운 세상 같았다. 사막에서 퍼지는 짙은 사과향이 모처럼 기분 좋게 느껴졌다. 안으로 들어가니 사람들이 모여 앉아 수확한 과일을 선별하고, 어린아이들은 부모를 도와 나무에 올라가서 가지를 흔들고 있었다. 잠시 일손을 돕고 해가 지기 전에 그들과 함께 농장을 나섰다.

내가 묵어가려고 했던 집에는 덩치 좋은 남자와 그보다 더 덩치가 좋은 부인, 그리고 열한 살 된 아들이 함께 살고 있었다. 남자는 무뚝

뚝해 보였고 말수도 많지 않았다. 사람을 쳐다보는 눈빛이 부드럽지는 않았지만 그는 내게 하룻밤 재워주겠다고 했다. 아들 녀석을 주방이 딸린 벽돌 건물로 보내고 게르 안에 부부와 나만 남았다. 내 자리는 그들의 침대 옆 바닥이었다. 매트리스와 침낭이 있으니 바람을 막아주고 따듯한 게르 안이면 충분했다. 잠자리가 불편하진 않았지만 고비를 지나며 본 양의 숫자를 다 세도록 잠이 올 것 같지 않았다.

어렵게 눈을 붙였을 즈음 침대가 삐그덕거리는 요란한 소리에 머릿속에 그리던 양 떼들과 함께 오던 잠이 달아났다. 침대는 갈수록 거칠게 요동쳤고 곧 부서질 것처럼 흔들렸다. 바람이 세차게 부는 줄 알았는데 게르는 전혀 흔들리지 않았다. 침대가 끼익끼익 소리를 낼 때마다 여자의 거친 신음 소리도 뒤섞였다. 무슨 상황인지는 눈으로 확인하지 않아도 충분히 알 수 있었다. 하필 이런 순간에 소변이 마려웠지만 랜턴을 켤 수도 일어나서 나갈 수도 없었다. 잠시의 요란함은 게르 안의 온도를 최소한 2도 이상 올리는 데 큰 공을 세운 것 같았다. 남자의 허무한 외마디 신음을 끝으로 게르엔 다시 고요함이 찾아왔다.

평소답지 않게 누구보다 일찍 잠에서 깬 나는 짐을 챙겨 게르 밖으로 나섰다. 제대로 잠을 못 자 퉁퉁 부은 눈으로 주인 부부에게 인사를 건넸다. 부부의 표정을 보니 간밤에 있었던 일을 내가 모르는 줄 아는 것 같았다. 서로에게 다행이었다. 비게르에 볼 일이 있으니 함께 가자며 남자는 내 가방을 트럭에 던져 넣었다. 걸어가겠다고 했지만 막무가내였다. 가방을 실은 채 시동을 걸고는 안 타면 그대로 가버리겠다고 했다. 8시간은 걸어야 할 거리를 채 한 시간도 안 걸려 도착했다. 빨리 와서 좋은 것보단 허망한 기분이 더 컸다.

마을은 너무나 한산했다. 하기야 시골 외딴 마을이 시끄러울 이유도 없지만 너무 한산했다. 숙소를 찾고 당장 한 푼도 없는 몽골 돈으로 환전해야 했지만 은행은 문이 닫혀 있었다. 다행히 식료품점에서 만난 사룰이란 아가씨가 대신 환전을 해주겠다고 했다. 나는 며칠 간 쓸 200달러를 몽골 투그릭으로 환전했다. 그리고 남자와 함께 숙소로 왔다. 하룻밤을 재워준 것과 이곳까지 데려다준 호의에 대접하고 싶었지만 음식점도 모두 문이 닫혀 있었다. 하는 수 없이 음료수와 라면을 사와서 함께 먹자고 하자 그는 말없이 고개만 끄덕였다. 그러나 그는 음식을 차려도 먹지 않고 살짝 고개를 숙인 채 나를 뚫어지게 응시했다. 그의 눈빛에 뭔가 편치 않은 기운을 담겨 있었다. 눈에는 숨길 수 없는 그 사람의 마음이 들어 있었다.

대충 식사를 마치고 그를 내보낼 생각이었는데, 밖으로 나가자는 말에도 그는 아무 대답 없이 자리를 지켰다. 어색한 침묵이 흐른 뒤 그가 드디어 입을 열었다. "머니, 머니, 투그릭."

돈을 달라는 갑작스러운 말에 다시 한 번 그를 쳐다봤다. 좀 전보다 더 차가운 눈빛이었다.

문밖으로 나가자 그가 뛰쳐나왔다. 그는 자신의 트럭 앞에 나를 붙잡아두고는 다시 돈을 달라고 했다. 남자의 행동이 너무 거칠어 돈을 내놓지 않으면 무슨 일이라도 벌일 것 같았다. 주머니에서 1만 투그릭(한국 돈 약 6천 원)을 꺼내 주자 그는 어이없다는 듯이 웃다가 내 어깨

고비 사막, 몽골, 2011년 9월

를 잡아 흔들었다. 더 이상 그와 함께 있으면 위험할 것 같아 옆방에 묵고 있는 중년 남성들에게 달려갔다. 그들은 광산 엔지니어들이었고 영어를 할 줄 아는 점잖은 남성들이었다. 다급한 내 얘기를 듣고 그들이 함께 나왔다.

농장 남자는 그때까지 트럭 앞에 버티고 있었다. 중년 남성들은 그를 조용히 타일렀다. 내게 편이 생긴 것에 살짝 당황한 눈치였지만 그는 내가 돈을 내야 한다고 소리를 높였다. 내가 돈이 없어 보여 하룻밤 재워주고 이곳까지 데려다줬는데, 알고 보니 돈이 없는 사람이 아니었다는 게 이유였다. 내 몰골이 어찌 그 지경에까지 이르렀는지는 모르겠지만 남자의 억측에 사람들도 할 말을 잃었다. 중년의 두 남성은 먹고 살기 힘든 사람인 것 같으니 좀 더 줘서 보내는 게 좋겠다고 했다. 2만 투그릭을 건네자 그는 그것도 모자란다는 듯 비웃는 표정으로 나를 쳐다봤다. 중년 남성들은 그를 다독이고 나서 숙소로 들어갔다.

사람들이 돌아가자 남자는 나를 밀쳐 트럭 안으로 강제로 태우려고 했다. 내가 필사적으로 문을 부여잡고 버티자 남자는 잔뜩 화가 나 씩씩거리며 내 등을 밀어붙였다. 이대로 어디론가 끌려가면 큰일 날 것 같았다. 나는 더 이상 참을 수 없어 남자의 가슴을 밀치고 소리를 질러댔다. 숙소로 들어갔던 남성들이 내 소리에 놀라 뛰쳐나오자 사과 농장 남자는 아무 일 없었다는 듯 트럭에 기대어섰다. 상황을 얘기하고 도움을 청하자 사과 농장 남자는 나를 근처의 온천에 데려가서 쉬게 해주고 싶었다는 말도 안 되는 말을 늘어놓았다. 남성들은 이 사내가 위험한 짓을 꾸미려 하는 것 같다며 나를 숙소 안으로 들어가게 했다. 그리고 사과 농장 남자에겐 이곳에 다시 오면 경찰을 부를 테니 얼씬거리지 말라고 경고했다.

방에 들어와서도 마음이 진정되지 않았다. 그를 뿌리치지 못하고 끌려갔다면 무슨 일이 벌어졌을까. 그는 떠났지만 다시 돌아올 수도 있다는 불안감에 밤에도 잠을 잘 수가 없었다. 그는 나의 밤을 이틀이나 빼앗아갔다.

혹시 모를 일에 대비해 그 남자의 사진을 따로 빼두기로 했다. 카메라를 켜 그동안 찍은 사진들을 돌려봤다. 내 카메라엔 땅에 앉아 떨어진 사과를 주워 담고 있는 두 남자의 모습이 담겨 있었다. 그중 한 사람이 바로 그 남자였다. 우리가 처음 만난 순간이었다. 그의 모습을 확대해서 보자 내가 알지 못했던 장면이 나타났고, 순간 소름이 돋았다. 사진 속 남자는 처음 마주한 나를 향해 가운뎃손가락을 치켜세우고 있었다. 그와 있었던 짧은 시간의 일들이 다시 머릿속에서 스치고 지나갔다. 첫 만남의 모습이 그에 대한 변치 않을 기억으로 남았다.

아웃백의
오래된 방랑자

　　모든 것이 오래되었다는 한 남자를 만났다. 호주의 그레이트빅토리아에서다. 그는 우리와 반대 방향으로 가고 있었다. 지나칠 줄 알았던 차가 뒤에 멈춰 서더니 수염이 덥수룩한 남자가 내렸다. 그는 양손에 귤을 하나씩 들고 다가와서는 한 달 전에 산 건데 아주 맛있다며 건넸다. 한 달 전에 샀다는 말에 농담을 잘하는 사람이라는 느낌이 들었다. 그는 여기를 자전거로 가는 사람은 처음 본다며 무척 반가워했다. 그리고 오랜만에 친구를 만난 양 아예 자리를 깔고 이야기보따리를 풀어놓기 시작했다.

　　나이는 중요하지 않지만 본인은 대략 일흔 살쯤 된 것 같다고 했다. 일흔 살쯤이라니. 하긴 그 나이쯤 되면 뒷자리 숫자는 그리 중요하지 않을 것도 같았다. 남자는 자기소개를 무척 재밌게 했다. 일단

본인은 앤티크와 오래된 물건을 사랑하는 남자라고 운을 뗐다. 이렇게 여행을 다닌 지 5년째고, 지금 쓰고 있는 지도책은 그보다 더 오랫동안 사용해왔다고 했다. 그리고 수염을 기른 지는 20년이 넘었으며, 가장 아끼는 자동차는 1970년대에 생산된 것이고 지금 타고 온 차도 20년이 다 되어간다고 했다. 끝난 줄 알았는데 몇 가지 물건을 더 늘어놓다가 마지막으로 한마디 덧붙였다. 집에서 제일 오래된 것은 70년쯤 된 마누라라고.

왜 같이 여행하지 않느냐고 묻자 그동안 같이 지낼 만큼 지냈으니 잠시 혼자 여행을 하고 싶다고 했다. 그러면서 골동품을 너무 오랫동안 들여다보면 귀한 줄 모르는 게 이유라고 했다. 외롭지 않느냐고 하자 때론 그리움이 있긴 하지만 외로움은 없다고 했다. 이 아저씨와 대화하는 게 점점 재밌어졌다. 계속 질문을 던지게 만드는 묘한 매력이 있었다. 혹시 집을 떠나 있으면서 염려되는 건 없느냐고 묻자 잠시 뜸을 들였다. 그러고 나서 집 안에 귀한 보물이 하나 있는데 열쇠를 제대로 채우지 않고 온 것 같아 걱정이라고 했다. 오래된 것이라 눈독 들이는 사람이 많다고 했다. 그럼 빨리 가봐야 하지 않느냐고 하자 "더 좋은 놈이 있으면 가지 말래도 가겠지"라며 피식 웃었다. 그의 아내에 대한 농담이었다.

시간 가는 줄 모르고 이야기를 나누다보니 한 시간이 후딱 지나갔다. 이제 떠나야 할 것 같다고 하자 남자는 왜 벌써 가느냐며 아쉬워했다. 시간이 너무 많이 지나서 서둘러야 한다고 했더니 시간은 제 속도대로만 가지 갑자기 너무 많이 가지는 않는다고 했다. 그러면서

그레이트빅토리아 사막, 호주, 2012년 6월

줄 것이 있다며 잠시 기다리라고 하고는 트렁크로 향했다. 남자는 가다보면 단것이 그리울 때가 많을 테니 그때 먹으라며 떠먹는 요구르트를 하나씩 건네주셨다.

그가 좋아하는 오랜 인연은 아니지만 잠시 스치는 인연에도 남자는 헤어지는 게 아쉬워 보였다. 헤어지는 인사를 나누고 남자는 마지막으로 한마디 했다.

"오래됐다고 좋은 앤티크가 되는 게 아니야. 그 시간을 어떻게 보냈느냐에 따라 오래된 쓰레기가 되기도 하고 오래된 골동품이 되기도 하는 거지. 잘 가라구~"

남자가 준 1년 묵은 요구르트를 손에 들고 우리는 떠나가는 차를 향해 손을 흔들었다.

오아시스가
되어준 사람

인간의 생존에 가장 기본적인 것은 물과 공기다. 공기는 전 세계 어느 대륙에나 존재한다. 심지어 남극점과 북극점에서도 숨을 못 쉬어 죽었다는 얘기는 들어본 적이 없다. 그러나 물은 좀 다르다. 물론 물도 모든 대륙에 존재하지만 인간이 마실 수 있는 물은 제한적이다. 더군다나 그곳이 사막이라면 상황은 더 심각해진다.

그레이트빅토리아에는 마을이 없다. 고비 사막처럼 위기의 순간에 어디선가 천막에서 새어나오는 불빛이 있을 거란 기대는 애초에 하지 않는 게 좋다. 그러나 다행히도 서쪽 끝인 레버턴으로부터 동쪽으로 550킬로미터 지점에 일쿠를카 로드하우스가 있다. 마을은 아니지만 이 길을 횡단하는 오프로더들과 애버리지니들이 간단한 식료품과 연료를 구할 수 있는 유일한 곳이다. 그러니 일단 이곳까지 필요한 물을

신고 가면 해결된다. 이 사막에서 벗어날 수 없을 것 같다는 불안감
이 든 건 일주일이면 충분할 것 같았던 로드하우스에 열흘 걸려서야
겨우 도착하고 나서였다.

사막의 동쪽 끝인 쿠버페디까지 무려 800킬로미터 구간엔 우물이
하나도 없었다. 서울에서 부산까지의 왕복 거리를 물을 짊어지고 달
려야 하는 것이었다. 이곳까지 온 것처럼 간다면 최소한 보름은 걸릴
거리였다. 빠듯하게 계산해도 두 사람에겐 90리터의 물이 필요했다.
결론은 최대한 많이 싣고 최소한으로 마시는 것뿐이었다. 그조차 소
용없어질 정도로 험한 일들이 벌어지지 않기만을 바랄 수밖에 없었
다. 사막에선 모든 게 궁핍하다. 물뿐 아니라 희망조차 그렇다. 로드
하우스에서 만난 어떤 사람은 앞으로가 더 힘들 거라고 했고, 어떤
사람은 별반 차이 없다고 했다. 위안이 될 만한 정보는 없었다.

로드하우스에서 160킬로미터 정도 지난 지점에 기적처럼 빗물 탱
크가 있었지만 속이 텅 비어 있었다. 기적은 그렇게 쉽게 찾아오지
않는다는 걸 깨달았다. 기적은 절체절명의 위기 순간에 찾아오는 것
이니까. 그러나 우리는 그 위기에 점차 다가가고 있음을 알았다. 예정
보다 넉넉히 할애한 보름이란 시간이 점차 빨리 다가오고 있었지만
우리는 그 속도를 따라가지 못했다. 하루에 겨우 40킬로미터씩 왔고
남은 640킬로미터를 떠올려보니 다시 보름은 더 가야 할 것 같았다.
그러나 남은 물은 30리터뿐이었다. 하루 2리터로 견뎌야 했다. 이 정
도면 죽지는 않겠지만 그건 고통을 참아냈을 때의 얘기였다. 여기서
그만두겠다고 모든 걸 내팽개쳐버리고 싶었지만 그런들 무얼 할 수

있나. 가야 살지 멈추면 죽는다. 죽어가는 동료를 남겨두고라도 걸음을 멈추지 않았던 스벤 헤딘의 마음이 이랬을까.

서호주와 남호주의 경계에 도착했지만 대단한 기쁨 따윈 없었다. 여전히 수백 킬로미터가 남아 있었다. 그때 우리 뒤로 차 한 대가 달려왔다. 라디오에서 우리 소식을 듣고 이곳을 지나던 중에 만나러 온 거라고 했다. 그들은 단지 우리를 구경하러 온 것이 아니었다. 방송국에서 부탁한 인터뷰 질문을 가지고 왔다. 사막 한복판에서 인터뷰라니. 나는 인터뷰라는 소리에 손톱깎이를 빌려 길게 자란 손톱을 자르고 차에 비친 모습을 보며 옷매무새를 정리했다. 그런데 이 사람들은 사진 찍을 생각을 하지 않았다. 아쉽게도 인터뷰는 글과 녹음으로 기록돼 전달하는 거였다. 이게 실시간 생방송으로 전해진다면 그레이트빅토리아에 질려버린 한 남자의 처절한 생존 현장을 보여줄 수 있었을 텐데.

언제 시작했고 지금까지 어떻게 왔는지, 앞으로의 계획은 뭔지 등 수없이 들어와 이젠 대답하기도 싫증나는 질문들이 이어졌다. 그런 뒤 마지막으로 한 가지 질문이 남았다고 했다. "물은 어떻게 구하나요? 충분한가요?" 지금껏 어떤 인터뷰에서도 느껴보지 못한 감동적인 질문이었다. 우리의 물을 걱정하고 있다면 그것을 해결해줄 방법도 가지고 오지 않았을까 하는 기대에서였다. "물론 물을 구하는 건 거의 불가능했습니다. 지금 우리가 함께 대화를 나누는 게 기적처럼 느껴지죠." 그들은 남은 물이 얼마나 되느냐고 물었고, 대략 세보니 그사이 2리터가 더 줄어들어 있었다. "인터뷰하는 동안 2리터가 줄

었네요. 이제 제게 남은 물은 28리터뿐입니다. 남은 거리가 600킬로미턴데 말이죠." 인터뷰는 성공적이었다. 내 말이 끝나자 그들은 웃으며 그것이 자신들이 이곳까지 온 이유 중 하나라고 했다. 그들은 우리가 가는 방향으로 약 200킬로미터 앞에 10리터짜리 물을 한 통 놓아두겠다고 했다. 어떻게든 200킬로미터가 더 가까워질 이유가 생겼다.

며칠 만에 약속한 곳에 도착했을 때, 거리는 400킬로미터가 물은 15리터가 남아 있었다. 일대를 샅샅이 뒤져 나무 아래 놓여 있는 하얀 물통을 발견했다. 물통에는 목적지인 쿠버페디까지 갈 수밖에 없는 글귀가 적혀 있었다. "남영호와 남준오에게. 2012년 5월 30일 서호주 국경에서 만난 이 두 사이클리스트에게 전하는 물입니다. 건드리지 말 것. 이들은 래버턴에서 쿠버페디를 향하고 있음."

그들은 우리에게 오아시스였다.

단 한 번 나타났다 사라진 '10리터의 기적'이라는 오아시스.

베두인
모하메드

　새벽 무렵 메하리(사람이 타도록 길들여진 단봉낙타)가 울부짖는 소리가 시스루의 아침을 깨웠다. 이제 진정한 룹알할리로 들어가기로 약속한 시간이 되었다. 낙타들은 마치 눈앞에 놓인 이 엄청난 사막에 들어가게 될 것을 알고 있는 듯 절규하며 울어댔다. 낙타에게도 이 사막은 두려움의 대상일 것이다. 그러나 인간의 발걸음을 따라 뜨거운 사막을 넘나드는 것은 아라비아 낙타의 오랜 운명이다. 와히바 사막에서 온 네 명의 베두인은 낙타 등에 원정대의 짐을 싣고 있었다. 낙타 다루는 솜씨로는 세계에서 으뜸인 베두인들도 사막을 앞에 두고 버텨대는 녀석들의 고집에 진땀을 흘렸다. "크르 크르" 하는 소리를 내며 고삐를 아래로 당기면 낙타는 맥없이 모랫바닥에 무릎을 철퍽 굽혔다가 잠시 틈이 보이면 다시 벌떡 일어섰다. 그럴 때면 제대

룹알할리 사막, 아랍에미리트, 2013년 3월

로 묶이지 않은 가방들이 죄다 바닥에 내동댕이쳐져 다시 짐을 싸야 하는 일들이 반복됐다. 베두인과 낙타의 기 싸움이 이어졌지만 베두인의 승리로 낙타의 등엔 검은 카고백이 주렁주렁 매달렸다.

고대 유향 교역로에서 베두인들은 룹알할리를 넘어와 이곳 시스루에서 목을 적시고 무사히 건너온 것에 감사하며 "알함두릴라!(신께 감사드린다)"를 외쳤을 것이다. 가도 가도 끝없을 것만 같은 사막을 목숨을 잃지 않고 건넜으니 그보다 더 감사한 일이 있을까. 우리 일행도 여정의 끝에 "알함두릴라!"를 외칠 수 있기를 간절히 기원하며 사막으로 발을 옮겼다. 베두인 중 가장 어린 모하메드가 낙타를 타고 우리와 함께했다.

시스루와 만다르 알 디비안 사이에는 오로지 모래언덕만 가득한데, 이곳은 람라트 알 하슈만(Ramlat al Hashman)이라 불렸다. 람라트는 아랍어로 거대한 사구를 뜻하는데 그 뒤에 특정 이름이 붙는 경우 거대한 사구가 밀집된 지역을 일컫기도 한다. 폭 1~4킬로미터의 높은 사구가 줄 맞춰 북동쪽으로 길게 뻗어 있었다. 사구와 사구 사이에는 폭이 몇 킬로미터나 되는 평지가 드러났는데, 사구의 정점에 올라보니 마치 다도해의 풍경과 닮아 있었다. 사막이라는 바다 위에 떠 있는 모래섬들인 셈이었다. 레그 지대는 잠시였다. 와디 말히트를 따라 한두 시간 더 걷자 곧 눈앞에 거대한 룹알할리가 모습을 드러냈다. 오전 10시에 기온은 이미 섭씨 30도를 웃돌고 있었다.

기세등등한 모습으로 베두인은 사막을 두려워하지 않는다던 모하메드도 말수가 급격히 줄었다. 흥얼거리던 노래자락도 멈췄다. 작은 나무 그늘이 나타나자 낙타를 멈추고 그 큰 몸집으로 잽싸게 뛰어 들어가 품 안에서 파이프를 꺼내 한 모금 빨고는 한숨을 푹 내쉬었다. 담뱃불이 꺼지자 그는 물을 한 모금 마신 뒤 사막을 바라보고는 물을 또 한 모금 마시고 사막을 바라봤다. 이제 일행이 자리에서 일어나자 그는 원망스러운 눈빛으로 마지못해 낙타에 올랐다. 사구의 능선이 북동 방향으로 이어져 우리는 그 사이의 평지를 따라 비교적 순탄하게 이동할 수 있었지만, 간혹 사구를 넘어야 할 경우엔 산을 넘는 듯 급한 경사면을 헤쳐나가야 했다. 사막을 건너겠다는 의지로 들어온 원정대에게도 물론 힘겨운 길이었다. 모하메드에게는 더할 나위 없이 고통스러운 순간인 듯 점차 생기를 잃어가는 그의 표정이 이 사막을 버거워하고 있음을 말해주었다.

10시간 동안 직선거리로 28킬로미터를 걸어왔지만 앞으로 6킬로미터를 더 가야 했다. 언제 쉬어가야 할지는 누군가가 말하지 않아도 자연스럽게 정해졌지만 다시 일어나야 할 시간은 그렇지 않았다. 누구라도 먼저 일어나면 나머지 일행은 아직 준비가 되지 않은 듯 그제야 꼼지락거리며 짐을 챙겼다. 나 역시 잠시의 휴식이 조금 더 길었으면 했다. 그런데 모래밭에 누운 모하메드는 여전히 일어날 기미가 보이지 않았다. 모두 일어서서 그가 일어나길 기다리자 그제야 빠끔히 고개를 들었다. 퀭한 눈동자엔 생기가 없었다. 조금만 더 쉬어가자고 말하는가 싶었는데 가슴을 부여잡고 그대로 털썩 주저앉았다. 낙타의 울음소리보다 더 고통스럽게 기침을 하던 그의 입에서 시뻘건 피가 흘러나왔다. 피 섞인 마른침이 바닥에 떨어지자 그가 나를 애처로운 눈빛으로 바라봤다. 더는 못 가겠다는 한마디를 겨우 하고 그는 다시 바닥에 드러누웠다.

　물을 먹이고 잠시 진정시켰지만 그늘이 없는 이 사막에서 그가 회복되기를 기대하는 우리도 불안했다. 이제 두어 시간만 지나면 해가 질 터였다. 아직 시스루에 남아 있을 베두인들에게 급히 전화를 했다. 동료가 쓰러졌다는 말에 놀란 그들은 우리가 있는 위치를 추적해 오겠다고 했다. 초조한 기다림이 시작됐다. 다행히 모래바람은 불지 않았지만 횅한 모래바다에서 우리는 그대로 노출된 채 멈춰 있었다. 만약 지원 팀이 이곳까지 오지 못할 경우, 시스루로 되돌아가야 할 상황도 염두에 두었다. 그 결정은 두 시간 안에 그들이 도착하느냐 못하느냐에 달려 있었다. 차로 사막을 넘는다는 게 때론 인간의 발로 건너는 것보다 더 고된 일이다. 우리가 제 맘대로 넘었던 높은 사구를 피할 길을 찾아야 하기 때문이다. 해가 사구능선 너머로 기울자 지원 팀에 대한 기대도 희박해져 갔다.

　모하메드는 여전히 고통스럽게 숨을 헉헉댔다. 그를 낙타에 태워 우리가 온 길을 다시 돌아가야 했다. 첫날부터 찾아온 불운한 상황에 대원들의 패기가 꺾이지 않을까 염려됐지만, 아직은 이곳을 빠져나가기에 그리 먼 거리가 아니고 어떻게든 방법을 찾을 수 있어 오히려 다행스러웠다. 절대 고립 지점에서는 무엇을 할 수 있다는 희망을 찾기도 힘든 일이니 말이다.

　짐을 추스르는 사이 어디선가 자동차 엔진 소리가 들려왔다. 그러나 언덕 위에 올라 사방을 살펴도 사구에 가려 그 소리의 방향을 좀처럼 알 수가 없었다. 보이는 것은 없었지만 분명 우리를 향해 달려오고 있었다. 한참 동안 그 소리를 잃어버리지 않으려고 귀를 기울였다. 그러나 희미한 그 소리는 모래바람에 날려 사라졌다. 허탈함에 뒤를 돌아 내려오는 순간 뒤에서 경적이 울렸고 어두워진 사구 틈 사이로 전조등이 비쳤다. 우리는 일제히 헤드랜턴을 켜서 우리가 있는 곳을 알렸다.

모두가 사막에서 함께 밤을 보내고 모하메드는 아침 일찍 시스루로 돌아가기로 했다. 차에 웅크리고 앉은 그는 여전히 침울한 표정이었다. 누구도 모하메드를 나무라거나 불편한 눈으로 보지 않았다. 지금 가장 불편한 사람은 그이기 때문이었다. 모하메드가 떠난 자리는 압둘라가 맡았다. 베두인들은 하룻밤 만에 사막을 견디지 못하고 되돌아가게 된 것에 자존심이 상한 눈치였다. 평생을 사막에서 살아온 그들이 외지인의 눈앞에서 무기력하게 후퇴해야 하니 그럴 법도 했다. 그러나 사막은 원래 그런 곳이다.

사막은 지금껏 오직 모래와 바람과 뜨거운 태양에만 자리를 내주었다. 그러니 낙심할 것도 부끄러워할 것도 없었다. 우리와 함께하는 베두인이 와히바 출신이기 때문에 룹알할리를 모른다고 폄하할 일도 아니었다. 베두인들은 그 누구보다 이 사막에 대해 잘 알고 있다. 그들은 아버지의 아버지의 아버지 때부터 오랫동안 이 일대 사막을 터전으로 살아왔다. 다만 사막은 그때나 지금이나 여전히 혹독할 뿐이다. 우리는 다시 사막의 전사들, 베두인과 함께 룹알할리의 깊숙한 곳으로 발길을 옮겼다.

룹알할리 사막, 오만, 2013년 3월

말타

　카작인 마을인 후후툴엔 낮은 집들 사이로 이슬람 예배당의 미나
레트(minaret)가 높이 솟아 있었다. 몽골 속 무슬림들의 마을이었다.
그곳엔 직원이 세 명뿐인 작은 은행이 있었지만 환전은 되지 않았다.
그 흔한 ATM도 없었다. 실시간으로 변동하는 환전을 확인할 만큼
바쁜 일이 없어 보이는 이 마을은 지나가는 여행자조차 돈 쓸 곳이
없는 그저 작은 농촌에 불과했다. 그래도 나에겐 어쩌다 만나는 오아
시스나 다름없는 곳이었다. 늘 그렇듯 마을에 들르면 제일 먼저 상점
을 찾는다. 마을에 도착할 때면 허기진 배를 채우고 나야 뭘 할지 생
각날 정도다.

　마을로 들어가니 작은 주유소 앞에 상점이 있었다. 상점은 문이 닫
혀 있고 주인은 어디 있는지 보이지 않았다. 창문 틈으로 안을 들여다

192

보고 있는데 두 아이가 소리를 지르며 뛰어왔다. 며칠 새 시커멓게 그을린 모습이 영락없는 거지 아니면 도둑놈처럼 보였을 법도 했다. 나는 돈을 내보이면서 음식 먹는 시늉을 했다. 그제야 아이들은 내가 이상한 사람이 아니란 걸 알았는지 키득거리며 가게 문을 열었다.

어딜 가든 몽골의 상점엔 내가 찾는 것이 거의 구비되어 있다. 예를 들면 초코파이나 탄산음료 그리고 라면이다. 언제부턴가 몽골에 우리나라 음식이 많이 들어오기 시작해 어디서나 국산 라면과 과자를 쉽게 구할 수 있다. 몽골 음식이 입에 맞지 않을 땐 라면 하나면 한 끼를 때울 수 있다. 그러나 문제는 웬만해선 전 세계 어떤 음식도 가리지 않는 내가 몽골 음식은 잘 먹지 못해 라면을 달고 산다는 것이다. 육식을 즐겨하는 몽골 사람들이 주로 먹는 야마 특유의 냄새가 식욕을 꺾어버리는 건 노력으로 되지 않는다. 나는 12개들이 초코파이 한 박스와 콜라 1.5리터 한 통을 샀다. 계산을 마치고 그 자리에서 초코파이 10개와 콜라 한 통을 해치웠다. 달랑 초코파이 두 개 남은 걸 보고 아이들은 똥그란 눈으로 박수를 쳤다. 세상에 이보다 신기한 장면을 본 적이 없는 것 같았다. 배가 부르니 그제야 마을의 경치가 눈에 제대로 들어왔다.

오후 3시밖에 되지 않았지만 나는 이곳에서 하루를 보내고 싶었다. 아이에게 이곳에 잘 곳이 있느냐고 물었다. 멀뚱멀뚱 바라보기만 할 뿐 대답이 없더니 잠자는 시늉을 하고서야 내 말뜻을 알아들었는지 옆에 있던 흰 건물을 가리키며 저기서 잘 수 있다고 했다. 아무리 봐도 여관처럼 보이지 않는 그곳이 과연 맞는지 의심스러웠다. 하긴

홍고린 엘스, 몽골, 2014년 9월

간판 내걸고 장사하는 몽골 시골 여관이 얼마나 될까. 아이를 따라갔다. 창문에 카페라는 글자가 선명하게 써 있었다. 기대를 안고 들어가 보니 빈 술병 몇 개와 테이블 위로 엎어진 의자만 나뒹굴었다. 아이는 지금은 카페 영업을 하지 않는다고 했다. 밖에서 차가 경적을 울리자 아이는 주유기로 뛰어가 능숙하게 호스를 빼 기름을 넣어줬다. 이쯤 되니 아이의 정체가 궁금했다. 영어와 몽골어 그리고 손짓과 발짓까지 섞어 노력한 끝에 아이의 이름이 말타(Malta)이고 나이는 열한 살, 주유소와 상점 그리고 카페를 하는 집의 딸이라는 걸 알아냈다.

아이는 잘 곳이 있다며 나를 집 안으로 데리고 들어갔다. 주방 겸 거실을 지나자 문이 없는 침실이 나왔다. 침대가 두 개 놓여 있어 침실이라고 했지만, 그 위에 짐들이 수북하게 쌓여 있어서 사실상 창고나 다름없었다. 쌓인 물건들을 가리키자 말타는 순식간에 치워줬다. 이제 흥정을 할 차례였다. 얼마냐고 묻자 말타는 공책에 15,000이라고 적었다. 우리 돈으로 9,000원쯤 되었다. 아까 간식을 사먹어 주머니에는 2만 투그릭밖에 남아 있지 않았다. 돈을 가지고 있는 게 불안해 팀에 전부 맡겨버렸기 때문이다. 나는 그 공책에 15,000을 지우고 10,000이라고 썼다. 그러자 말타는 생글생글 웃으면서도 안 된다며 숫자를 연필로 지웠다. 그러고는 12,000이라고 써서 내 앞에 들이밀었다. 흥정하는 솜씨가 어린애답지 않았지만 밉지 않았다. 나는 돈을 주고 방 안에 짐을 들여놓았다.

그사이 또 밖에서 경적 소리가 들리자 말타는 엄마, 아빠가 오셨다며 신나서 밖으로 뛰어나갔다. 경적 소리만 듣고 어떻게 알까 싶었는데 잠시 후 정말로 아이의 부모가 들어왔다. 집으로 들어오면서 말타가 신나게 떠드는 걸 보니 아마도 내 얘기를 하는 것 같았다. 말타의 부모님은 바얀올기(Bayan Olgii)에 다녀오는 길이라고 했다.

말타는 막내딸인데 어쩌나 애교가 많은지 아빠 옆에 찰싹 달라붙어서 떨어지질 않았다. 아빠는 피곤한 내색 없이 아이의 응석을 흐뭇하게 바라보았다. 그 모습에 며칠 전 헤어진 아내와 이제 첫돌이 다 되어가는 딸이 너무 보고 싶어졌다. 하루가 다르게 커가는 딸의 모습을 한 달 넘도록 볼 수 없다는 게 가장 아쉽고 미안했다. 말타의 엄마가 1회용 주사기와 주사약을 한가득 들고 왔다. 걸핏하면 코피가 나고 멈추지 않아 오늘도 약을 사러 다녀왔다고 했다. 약 봉지를 열자 말타가 능숙하게 약에 주사기를 꽂아 쭉 당겼다. 그리고 엄마가 주사 맞을 곳을 알코올 솜으로 문질러주고 엄마의 손을 꼭 잡았다. 엄마가 주사를 놓자 다시 알코올 묻은 솜을 건네고는 자리를 정리했다.

말타는 엄마가 사온 약에 적힌 글자들을 유심히 읽고 있었다. 그러고는 사전을 꺼내 찾아본 뒤 엄마에게 설명했다. 영어라고는 마더, 파더밖에 모르는 말타가 읽고 있는 것은 영어로 적힌 의약품 안내서였다. 사실 읽는다기보다 알파벳 모양을 보고 그대로 찾아 몽골말 뜻을 읽는 것이었다. 누구보다 엄마의 건강을 걱정하는 딸의 마음이 보였다. 말타의 꿈은 의사가 되는 거라고 했다. 의사가 되어 아픈 엄마를 낫게 해주고 싶다고 했다. 아이는 이미 가족의 마음을 따뜻하게 하는 의사나 다름없었다. 말타의 꿈이 척박한 고비에서도 잘 자랄 수 있기를 마음으로 기원했다

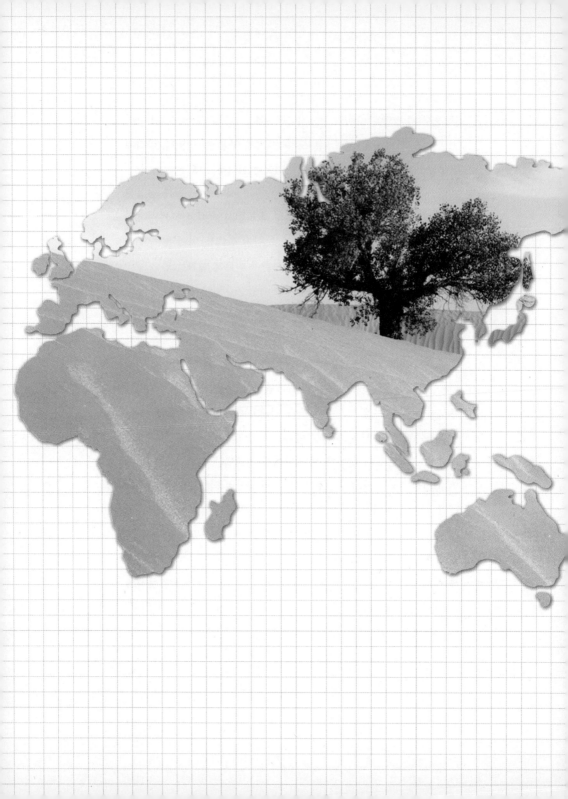

Road _ 03

사막의
풍경

룹알할리 사막, 아랍에미리트, 2013년 3월

21세기
타클라마칸

    지구가 생긴 이래 인간의 노력으로 그 모습이 전혀 바뀌지 않은 곳 중 하나가 바로 사막일 것이다. 유목민들은 사막의 환경에 스스로를 맞춰 살아갈 방법을 찾았을 뿐 사막 자체를 변화시키진 못했다. 현대 기술도 이 엄청난 모래바다 위의 신기루를 현실로 탈바꿈시키기엔 역부족으로 보였다. 엄청난 모래산과 메마름 앞에서 그것은 불가능했고 상상도 할 수 없는 일이었다. 그래서 사막은 지구가 만들어낸 원래 모습을 그대로 간직하고 있는 대표적인 자연경관이다. 사막만큼이나 그곳에서 살아가는 사람들의 삶의 방식이나 모습도 예전과 크게 다르지 않다. 좀 더 정확하게 표현하자면 다른 지역에 사는 사람들의 삶에 비해 아주 천천히 변해왔다.

    그런 사막이 점차 변하고 있다. 사막이 품은 엄청난 자원은 수많은 사람을 그 열사의 땅으로 불러들였고 하루에도 셀 수 없이 많은 차량이 사막의 깊은 곳을 관통하고 있다. 인간의 무서운 집념과 필요가 사막의 풍경을 변화시켰다. 2009년의 타클라마칸에는 이미 두 개의 사막 공로가 남북을 가로지르고 있었다. 하나는 1995년에 완공된 민펑-룬타이 간 사막 공로이고, 다른 하나는 2007년에 완공된 호탄-아라얼 간 사막 공로다. 그리고 두 도로 곁으로 유전 개발을 위한 몇 개의 유전 공로들이 분주하게 건설되고 있었다. 그 모습은 마치 인류 최대 토목공사로 보일 만했다. 수십 미터에 이르는 사구를 밀어내고 그곳에 도로를 만든다는 것이 불가능해 보였지만 그 광경이 실제로 눈앞에서 벌어졌다. 개미가 땅 위로 몇 미터씩 우뚝 솟은 개미집을 짓는 것처럼 사막 앞에서는 그저 한 마리 개미 같은 불도저와 각종 기계들이 모래더미에 달라붙어 밀어낸다.

도로가 물론 편리하긴 하지만 사막을 더 매력적으로 만들지는 못한 것 같다. 사실 사람들은 사막을 두렵고 고독하고 황량한 곳으로 생각하지만 가만히 들여다보면 그곳이 얼마나 아름다운 곳인지 알게 된다. 사막을 자세히 보면 황홀감이 들 정도로 다양한 색을 가지고 있다. 사막을 이루는 모래알 성분에 따라 때로는 흰색, 회색, 노란색, 붉은색, 푸른색을 띠기도 하고 해가 지고 뜨는 동안 햇빛의 온도와 양과 방향에 따라 더 다양한 모습을 보여준다. 그뿐 아니라 사막은 세상에서 가장 깨끗한 곳이기도 하다. 모든 것을 스스로 완벽에 가깝게 정화시킨다. 인간의 발자국조차 받아주는 듯하다. 바람과 모래의 자정작용이 그 흔적마저 깨끗이 씻어내는 것이다. 그러나 인간에 의해 절단 난 사막은 그것이 가진 힘을 점차 잃고 있다. 길 위로 수없이 많은 사람이 오가기 시작하더니 그들은 사막의 자정능력을 초과하는 흔적들을 남겼다. 쓸모없는 온갖 쓰레기가 회오리바람에 말려 하늘로 솟구치고, 요란한 트럭의 굉음과 시커먼 연기가 텅 비었던 사막의 허공을 채웠다.

그런 사막 공로를 따라 수정방이라 불리는 파란 건물들이 5킬로미터 간격으로 줄 지어 서 있었다.

사막 공로가 모래바람에 묻히지 않도록 일정 구간마다 집을 짓고 한족 부부들을 관리인으로 두고 있었다. 이들은 6개월간 이곳에 머물며 방사림에 물을 대고 궁극적으로 도로가 모래에 유실되지 않도록 일한다. 이곳은 사막 한복판에서 유일하게 물을 구할 수 있는 곳이니 현대판 인공 오아시스라고 할 수도 있다. 그러나 오아시스의 풍요로움이나 아름다움과는 거리가 멀다. 침대 하나 겨우 들어가는 비좁은 공간에 변변한 세간살이도 없이 지내는 모습은 그렇다 해도 이 오아시스를 찾는 이가 없어 너무 외로운 삶이다. 호탄으로 가는 사이 몇 개의 수정방을 거쳤는지 모른다. 큰 변화 없이 반복되는 풍경 때문에 계속 같은 자리를 맴돌고 있는 것 같았다.

사막 한복판에서는 저 멀리 탑중 유전이 뿜어내는 시뻘건 불기둥이 사막이라는 바다의 등댓불처럼 외롭게 밤을 밝히고 있었다. 유전의 불기둥을 따라 한참 달리자 색색의 술집 네온사인이 사막의 한 귀퉁이를 요란스럽게 비추었다. 기름때 묻은 노동자들의 검은 손엔 술잔이 들려 있고 그들의 입에선 노랫소리와 담배 연기가 흘러나왔다.

고비 사막, 몽골, 2014년 9월

짙은 화장을 한 여자들이 그들과 어울려 영혼 없는 웃음으로 사막의 밤을 보내고 있었다. 서로 공생관계이자 무슨 이유에서건 제 발로 사막에 발을 들인 사람들이다. 그들과 공생관계는 아니지만 나 역시 제 발로 이 사막을 찾아왔다.

보다 나은 삶을 원하는 그들의 간절함과 사막을 걸으며 인생을 찾고자 하는 나의 바람이 우리를 지독히도 외로운 이곳으로 오게 했다. 그것이 사람들이 사막을 찾는 이유였다.

우리는 사막에서 길을 찾을 수 있을까? 희망을 찾을 수 있을까?

거나하게 취해 돌아가는 노동자의 모습 뒤로 사막 입구에 이런 구호가 걸려 있었다.

'황량한 사막은 있어도 황량한 인생은 없다.'

신장웨이우얼

　중국은 바다와 수많은 강과 호수 그리고 설산과 사막을 모두 가지고 있는 드넓은 나라다. 무려 13개국과 국경을 맞대고 있다. 그래서 중국을 여행하다보면 이것이 하나의 나라라는 사실이 때론 믿기지 않는다. 나라라기보단 그 자체로 대륙이라는 말이 더 어울릴 것도 같다. 그 광활한 규모만큼이나 수많은 민족이 살아가고 있는데, 이들은 특정한 자연의 경계 안에서 고유의 문화를 지켜오고 있다. 동북의 끝자락이나 네이멍구, 신장웨이우얼이나 남부의 윈난 그리고 티베트 등이 그렇다.

　서로 확연히 다른 외형은 물론 그들의 차림새도, 언어도, 심지어 종교까지도 무엇 하나 공통된 것이라곤 찾아보기 힘들다. 그러나 지금 그들이 어떤 민족이건 그들의 의지와 상관없이 중국인이라는 하나의 이름으로 살아가고 있는 게 현실이다. 그것이 가능한 것은 아마도 절대적 통치 때문일 것이다. 모두를 하나로 묶으려는 그 방법이 때론 권력을 쥔 집단 이외의 이들에겐 핍박으로 느껴지는 것을 여러 경로를 통해 보아왔다. 핍박으로부터 온전할 수 있는 사람은 없다. 핍박이 있는 곳엔 저항이 있고 분노가 있기 마련이다.

2009년, 신장웨이우얼 자치구에는 그 어느 때보다 긴장감이 감돌았다. 베이징에서 우루무치까지 꼬박 3박 4일 동안 기차로 달려온 우리를 맞이한 것은 '환영합니다'라는 인사말이 아니라 장갑차와 무장 군인들의 경계, 그리고 거리의 모든 것을 감시하는 매서운 눈빛들이었다. 타클라마칸 사막 저편의 호탄도 예외는 아니었다. 중국 건국 60주년이 되는 해지만 그곳엔 기쁨보다는 언제 터질지 모를 민중의 분노가 아슬아슬하게 감시되고 통제되고 있었다. 나는 조선족 가이드 송광수 씨와 한족 운전사 동신홍 씨, 그리고 EBS 촬영 팀(선희돈, 김경록 PD)과 함께 타클라마칸 종단을 위해 이곳 호탄에 들어섰다. 또한 태국의 빠이에 체류 중이던 박정호 작가가 여정에 합류하기 위해 날아왔다. 베이징을 출발해 5박 6일 동안 대륙을 달려온 탓에 몸은 지칠 대로 지쳤지만 출발을 눈앞에 둔 설렘과 3년 만에 다시 찾은 이 오아시스 마을이 그저 반가울 뿐이었다.

런민 광장 앞 유두빈관에 짐을 풀고 곧장 사막 종단에 필요한 준비에 들어갔다. 식량을 구입하고 공안을 만나 사막 출입 허가를 받아야 했다. 사실 나는 이것이 정말 필요한지에 대해 회의적이었다. 내가 걸으려는 타클라마칸 루트엔 특별한 허가가 필요 없다고 알고 있었다. 다만 중간에 있는 중세의 무덤 산인 마자르타그를 가는 길엔 문물국의 방문 허가만 있으면 충분했다. 나는 사막을 건널 거라고 신고하는 것이 되레 필요 없는 관심이나 제재를 받을까 염려되었다. 특히 중국의 관료나 공안들은 그런 면에서 여행자들 사이에 악명이 높았다. 본인들의 도움이 아니면 아무것도 못할 거라지만 사실은 그들이 도와줘서 되는 것보단 방해해서 안 되는 것이 외국인 여행자에겐 더 많을 것이다. 그러나 현지인인 가이드 송 씨와 운전사 동 씨의 처지도 배제할 수는 없었다.

우리는 공안국에 찾아가 사막을 건너겠다는 계획을 말했다. 책임자라고 소개받은 남자로부터 일정과 계획을 묻는 질문에 답하고 가도 좋다는 허락을 받았다. 절차는 무척 간단했다. 어떤 허가서나 안내장 같은 것도 없었다. 모든 게 구두로 끝났다. 어찌 됐건 우리는 허가를 받은 것이었다. 단지 하나의 조건이 있을 뿐이었다. 남에서 북으로 가는 루트 외의 방향으로 진행해서는 안 되고, 안전을 위해 GPS를 꼭 가지고 운행해야 하며, 외부의 가이드와 통신 상태를 유지하라는 조건이었다. 가이드 송 씨는 호탄에 콴시가 생긴 거라고 흡족해했지만 콴시가 앞으로 어떤 역할을 하게 될지, 우리의 여정과 무슨 상관이 있는지는 알 수 없었다.

이곳은 호탄의 냉랭한 분위기와 달리 모든 것이 순조롭게 돌아가는 것 같았다. 그러나 호텔로 들어선 순간 무언가 잘못되고 있다는 느낌이 들었다. 몇 명의 건장한 남자가 우리를 기다리고 있었다. 그들은 가이드 송 씨의 어깨를 덥석 잡아 방 안으로 내던지고는 우리를 다른 한 방으로 몰아넣었다. 영문도 모른 채 우리는 불안한 마음으로 시간이 지나길 기다렸다. 잠시 후 하얗게 질린 얼굴로 송 씨가 우리 방으로 와서 나를 불렀다. 그러더니 우리에게 큰 문제가 생겼으니 저들의 요구에 적극 협조해야 된다고 했다. 그때부터 한 사람씩 불려가 조사를 받기 시작했다. 그들은 공안 소속 국내보위국 요원이었다. 중국 국내보위국이라면 민주 인사나 반체제 인사들을 추적하고 탄압하는 집단이었다. 그런데 우리가 왜 그들 앞에서 영문도 모른 채 벌벌 떨고 있어야 하는 걸까. 긴장한 채 취조실이 되어버린 방 안에 들어섰다. 서너 명의 요원이 둘러서서 나를 내려다보고 그 가운데 한 남자가 앉아 나에게 질문을 시작했다. 그리고 이 상황은 모두 비디오로 녹화되니 알고 있으라고 했다. "이름? 나이? 국적? 직업? 아버지 성함? 호탄에 온 이유? ⋯⋯."

질문에 대한 대답이 조금이라도 늦거나 더듬으면 그들은 가차 없이 나를 죄인 다루듯 거칠게 몰아붙였다. 도대체 뭐 때문에 이러는 건지 알고 싶다고 하자, 요원은 나를 노려보며 엄청난 실수를 한 거라고 했다. 과연 그 엄청난 실수가 뭘까. 그들 말로는 내가 중국의 군사시설과 지역에 대한 첩보활동을 했기 때문에 적법한 절차에 따라 조사를 하는 거라고 했다. 너무 어처구니가 없어 도대체 무슨 대꾸를 해야 할지도 떠오르지 않았다. 그러니까 그들의 판단대로라면 나는 여행자로 가장하고 중국의 민감한 시설과 정치 상황을 염탐하고 자료를 모으는 스파이라는 것이었다. 나는 그런 것과 전혀 상관없다고 결백을 주장했지만 그들은 내가 했던 행동들이 충분히 위험 소지가 있다고 했다. GPS를 들고 마을을 다니며 주요 지점을 체크한 장면이 녹화된 영상이 그 증거라고 했다. 소름이 돋았다. 그들은 우리가 마을에 도착했을 때부터 모든 행동과 대화를 비디오로 녹화하며 실시간으로 보고받고 있었던 것이다. 이건 놀라움을 넘어 경악할 일이었다. 나는 GPS 사용법을 알려주려고 한 것뿐이라고 했지만 그들은 들으려 하지 않았다.

나와 모든 일행에 대한 조사를 마친 뒤 우리는 촬영장비와 노트북, GPS를 압수당한 채 언제 끝날지 모를 판결을 기다리며 호텔에 감금되었다. 방문을 나서는 순간부터 전담 요원들이 따라다니며 모든 행동을 감시했다. 호텔 창밖을 내다보기도 무서웠다. 분명 어디에선가 우리를 감시하고 있을지 모른다는 두려움 때문이었다. 어쩌면 이 방 안에도 우리를 지켜보는 장치가 있을지 모른다는 의심이 들었다.

우리는 중국에서 감옥 생활을 하는 것이나 다름없었다. 다만 숙박비와 식비를 모두 스스로 부담하는 것이 일반적인 감옥 생활과 다른 점이었다. 하루가 지날 때마다 언제 연락이 오느냐고 물어도 요원들은 알 수 없다는 대답만 되풀이했다. 그렇게 며칠 흘러가는 동안 요원들과 정이라도 들 줄 알았는데 그들의 표정은 첫날이나 둘째 날이나 셋째 날이나 그대로였다. 우리가 할 수 있는 것이라곤 TV를 보고 밥을 먹고 복도를 걸으며 초조하게 기다리는 것뿐이었다.

하루가 한 달 같은 시간을 꼬박 4일 보내고서야 누군가가 찾아왔다. 모든 조사는 끝났고, 당연히 반체제 인사 또는 첩보 요원이란 누명을 벗었다. 애초부터 말도 안 되는 것이었지만 비로소 자유의 몸이 되었다는 게 얼마나 기쁘고 고마운 일인지 절감했다. 모든 촬영장비와 노트북은 원래대로 돌아왔지만 GPS 두 대는 결국 당국에 몰수되었다. 외국인이 GPS를 사용하는 것 자체가 위법이라는 이유였다. 인터넷만 열면 전 세계 남의 집 뒤뜰까지 들여다볼 수 있는 세상에 GPS가 위법이라니. 그조차 이해할 수 없었지만 그들의 법이 그렇다는데 그깟 GPS 때문에 자유를 다시 박탈당하고 싶지는 않았다. 갇혀 있어보니 자유만큼 절실한 것도 없었다.

그나저나 사막에 가도 좋다고 말한 우리 콴시는 다시 만날 수 없었다. 사막에 들어가는 것조차 위법인지 다시 확인해볼 일이었다. 돌아가는 요원을 불러 타클라마칸 사막에 들어가도 되는지 물었다. 그러자 가는 건 문제없지만 거긴 가봐야 모래밖에 없다고 했다. 첩보 활동을 할 만한 것이 없어 다행이었다. 늦은 밤 호텔 창밖으로 광장이 내려다보였지만 오가는 이는 거의 없었다. 경찰과 군인들이 일정한 시간마다 순찰을 도는 것 말고는 사람의 모습이 보이지 않았다.

도시의 밤은 창백했다.

조명을 받은 마오쩌둥의 동상만이 썰렁한 광장 한편을 비추고 있었다. 신장웨이우얼의 광장마다 저 동상이 세워져 있는 한 길고 긴 긴장의 시대는 끝나지 않을 것 같았다.

마자르타그

타클라마칸 사막 한복판에 마자르타그라는 곳이 있다.

사막 남부 도시인 호탄에서 북쪽으로 약 170킬로미터 지점이다. 중국 사람들이 홍백산이란 이름을 붙인 곳인데, 멀리서 바라보는 모습이 한쪽은 붉은 산이고 한쪽은 흰 산이라고 해서 그렇게 부른단다. 그러나 이곳은 마자르타그다. 마자르는 위구르어로 무덤이란 뜻으로, 그대로 해석하자면 무덤이 있는 언덕이다. 이 언덕은 사막의 서쪽 끝에서부터 250킬로미터를 능선으로 이어져오다 호탄 강 앞에서 뚝 잘려나간 듯 멈춰 선다. 그 끝에 오래된 무덤이 남아 있는 것이다.

마자르타그는 내가 타클라마칸 탐사에서 가장 중요하게 생각하는 것 중 하나다. 이유는 고대에 호탄 강을 따라 타클라마칸 사막을 관통했던 길을 찾아 나선 이 여정에서 마자르타그는 그 중심에 위치해 있으며 사실상 유일한 역사적 흔적이기 때문이다. 관심 없는 사람들에겐 그저 이슬람 장군의 묘가 있는 곳으로만 알려져 있지만, 이곳은 고대 타클라마칸 일대의 역사에서 나름의 의미를 갖는다. 최소한 기원후 1세기 호탄 왕국 때로 거슬러 간다. 티베트 제국 시절에는 중요한 군사 요충지로 사용되었고, 그 이전에는 불교 순례지로 사용된 것으로 역사학자들은 본다.

헝가리 출신 영국 탐험가 오렐 스타인(Aurel Stein. 1862~1943)은 1907년과 1913년 중앙아시아 원정을 통해 이곳 마자르타그 일대를 발굴했다. 그는 요새로 올라가는 경사면에서 큰 쓰레기 더미를 발견했는데, 이 안에 종이와 나무에 쓰인 티베트 군사 문서가 들어 있었다. 그 밖에 활이나 머리빗, 필기구 같은 것들과 호탄어, 위구르어, 소그디안어 문서들도 발견되었다. 이 역사적 자료들은 당시 많은 유물의 운명이 그렇듯 제 땅을 떠나 지금 영국 도서관과 박물관에 보관되어 있다.

원래 호탄 강의 폭은 1킬로미터 정도였는데 지금은 바짝 말라 걸어서도 강의 양편을 오갈 수 있었다. 그러나 쿤룬 산의 얼음물이 녹아내리는 계절에는 호탄 강물도 이곳까지 흐른다고 한다. 강 건너로 붉은 마자르타그의 모습이 보였다. 마치 잘 구워진 크루아상을 잘라놓은 듯 셀 수 없는 사암의 지층엔 인간의 흔적 이전 지구의 역사까지 담고 있었다.

강을 건너 마자르타그 아래에 도착하자 어디선가 위구르인이 불쑥 나타났다. 그는 자기가 관리인이라며 허가를 받았느냐고 물었다.

대답도 하기 전에 그는 1인당 입장료로 200위안을 내야 하고 위에서는 사진이나 비디오 촬영이 금지되어 있다고 했다. 매표소나 관람객을 위한 어떤 시설도 없는 외딴 이곳에 상주하는 관리인이 있다는 게 놀라울 뿐이었다. 1인당 우리 돈으로 3만 5천 원 정도라니 우리 일행 다섯 명의 입장료가 무려 18만 원에 가까웠다. 나는 그 이상의 돈을 내고도 올라가볼 가치가 있다는 마음이었지만 일행은 생각보다 비싼 가격에 서로 눈빛으로 의견을 물었다. 선뜻 대답이 없자 관리인은 이곳까지 걸어왔으니 특별히 200위안에 모두 올라가라고 슬쩍 제안했다. 과연 이곳을 찾아오는 사람이 얼마나 될까. 어쩌면 올해 들어 우리가 처음일 수도 있지 않을까. 그는 간만에 수입을 올릴 기회를 놓칠 이유가 없었다.

일행은 모두 마자르타그에 올랐다. 무덤과 망루는 지금까지도 남아 있었다. 무려 2,000년이라는 세월이 깃든 곳이었다. 깃발이 펄럭이는 무덤은 주변보다 30미터 정도 높고, 요새 역할을 하던 곳은 50미터 정도 높은 해발 1,220미터나 되었다. 타클라마칸 사막에서 이보다 높은 곳은 없었다. 지상에서만 바라보던 풍경을 새가 된 듯 높은 곳에서 내려다보니 눈이 닿을 수 있는 곳까지 펼쳐진 타클라마칸의 장대한 전경이 한눈에 들어왔다. 사막 공로의 검은 띠가 사막을 관통하고 저 멀리 홍백산 휴게소가 사막 속 작은 점으로 자리 잡고 있었다. 유룽카스 강은 굽이굽이 돌아 사막의 북쪽으로 향했다. 그리고 그 강 줄기를 따라 양옆으로 제법 키 높은 나무들이 빽빽하게 숲을 이루고 있었다. 더 이상 이곳을 지나는 이도 그들을 감시하는 군인도 마자르타그엔 남아 있지 않았다. 이곳을 지키는 사람은 오직 그 매표원뿐이었다.

이제는 강물을 따라 사막을 걷는 사람도 없다. 사람들은 시원하게 뚫린 저 사막 공로로 몇 시간 만에 타클라마칸을 넘어간다. 사막은 그들에게 머무를 일이 없는 장애물일 뿐이다. 그리고 마자르타그는 쉬어가는 휴게소 인근의 오래된 산일 뿐이다. 217번 사막 공로 위의 군인 검문소가 오래전 마자르타그 역할을 대신하고 있다. 그러나 마자르타그는 여전히 그 자리에서 사막을 건너는 자들을 내려다보고 있다.

히말라야의
봄

 2010년 4월, 우리에겐 봄 내음이 가득할 시기지만 히말라야의 밤
은 가혹할 정도로 시렸다. 내가 있는 곳은 인도 가르왈 히말라야의
다랄리였다. 얇은 유리창 밖으론 늑대의 울음 같은 바람 소리가 마을
을 휘감고 냉기가 서린 방 안에 웅크린 내 입에선 허연 입김이 새어
나왔다. 기대했던 봄의 따스함은 어디에도 없었다. 나는 연신 재채기
를 하며 코를 훌쩍였다. 겨울용 침낭 속에서 몸을 아무리 쪼그리고
있어도 한기가 집요하게 비집고 들어왔다. 다리를 꼬아도 보고 몸을
새우처럼 굽혀도 보고 발가락을 꼼지락거려도 보고 누워서 취할 수
있는 온갖 포즈를 다 해봤지만 필요 없는 짓이었다. 탐험가라고 추위
를 덜 느끼거나 맨몸으로 견뎌낼 묘수는 없었다. 그렇게 바동거리는
사이 시간은 이미 새벽 5시를 넘어가고 있었다. 창문 틈으로 바라본

데브부미(Dev Bhoomi), 신들의 땅은 여전히 얼어붙어 있었다. 이곳에도 빨리 봄이 왔으면 좋겠다는 생각이 들었다.

모두가 잠에서 깨어나기 전에 나는 강고트리에서의 첫걸음을 내딛었다.

탐험의 길을 떠났으니 다른 선택을 할 수 없었다. 내가 선택한 이 길을 따라, 또 이 강을 따라 걷고 노를 저어야 한다. 비가 오는 날엔 흠뻑 젖고, 바람이 부는 날엔 바람에 맞서고, 폭풍이 몰아치는 날엔 온몸으로 맞아야 한다. 슬퍼도 이 길에서 펑펑 울고 즐거워도 이 길에서 한껏 웃어야 한다. 힘들면 쉬어가더라도 도망가진 않겠다고 다짐했다. 이것이 길을 떠나는 나의 다짐이고 모험가의 운명이다. 찬바람이 길가의 먼지를 휩쓸고 내 옷깃이 사그락 스치는 소리만 들릴 뿐 사방은 온통 고요했다. 강고트리의 신도 동안거에 들어가 아직 잠에서 깨어나지 않은 듯했다. 신도 봄바람이 불어야 깊은 겨울잠에서 깨어나 답답한 사원에서 다시 히말라야로 거처를 옮긴다.

그때가 되면 신들의 땅, 히말라야로 가는 인간의 길도 열리고 인간의 땅으로 가는 물길도 열린다.

강고트리에서 카약을 띄울 수 있는 우타르카시까지는 100킬로미터 남짓 되었다. 굽이굽이 돌아가는 산길과 계곡이 많은 것을 감안하면 꼬박 4일 밤낮은 걸어야 했다. 물길로 이동하는 건 기대할 수 없었다. 아직 고무크(Gomukh, 갠지스의 원류인 빙하지역)가 봄볕을 못 받아 녹아내리는 물이 아주 적기 때문이다. 바기라티(갠지스 상류의 강줄기)를 따라 카약을 띄울 수는 없지만 산길로 이동하는 것은 기대할 만했다.

218

때론 물길을 건너고 때론 산사태에 가로막혀 가파른 절벽을 아슬아슬하게 돌아갈 수도 있지만 갠지스 상류의 산골마을들을 천천히 짚어가며 만나볼 수 있다. 이 길은 외지인이 오가는 길과 전혀 반대 산기슭에 있어 그들만의 삶의 모습이 온전히 남아 있다. 그곳을 지나며 사람들을 만날 수 있다는 것만으로도 충분히 만족스러운 일이다.

몇 개의 마을을 지났다. 시작점인 강고트리와 다랄리, 무크바, 하르실을 지나 바고리라는 마을에 들어섰다. 하르실의 한 호텔 이름이 미니스위스였다. 이곳이 스위스 산골의 정취와 비슷하다고 해서 붙였는지는 모르겠지만, 분명 히말라야의 자존심을 구기는 이름이었다. 스위스 어느 마을에서도 히말라야 호텔이란 이름은 본 적이 없는데 대히말라야를 두고 미니스위스라니……. 결코 잘 지은 이름은 아닌 듯했다.

바고리 마을은 진입로부터 마을 끝까지 뻥 뚫린 길이 나 있는데 길이는 300미터에 불과했다. 양옆으로 나무로 지은 아담한 2층 집들이 줄지어 있었다. 작은 마을은 텅 비어 있는 듯했다. 석탑을 둘러싼 색색의 깃발만 요란하게 펄럭였다. 한 집의 발코니엔 언제부터 놓여 있던 건지 주인 없는 하얀 찻잔에 낙엽이 떨어져 있고 손때 묻은 나무 의자엔 먼지가 소복하게 내려앉았다. 그렇게 시간이 멈춘 게 얼마 동안인지조차 가늠하기 어려웠다. 사람들을 만나 인사를 하고 함께 머물길 바랐던 기대를 접어야 할 것 같았다. 마을 한복판을 걸어가고 있는데 누군가 나를 엿보고 있다는 느낌이 들었다.

끽~ 하는 문소리가 나는 쪽으로 고개를 돌리니 한 노인이 문틈으로 쳐다보다가 나와 눈이 마주치자 잽싸게 문을 닫았다. 그리고 잠시 후 담벼락 사이로 서너 살짜리 아이들이 나타났다. 아이들은 멀찌감 치서 내 모습을 훔쳐보기만 할 뿐 다가오지 않았다. 부끄러움이 아니 라 두려움이라고 얼굴에 써 있었다. 세 명의 아이가 서로 손을 꼭 잡 고 나를 쳐다봤다. 저 아저씨가 누군지, 뭐 하는 사람인지 모르겠지 만 우리는 함께 있으니 무서워하지 말자는 뜻 같았다. 그 모습이 너 무 귀여워 선글라스를 벗고 웃으며 다가가자 아이들은 기겁을 하고 울먹거리며 줄행랑을 쳤다. 아이들은 먼발치에 서서 다시 나를 쳐다 보았다. 가방에서 초코바를 꺼내 흔들어 보이자 가장 큰 여자아이가 조심스레 와서 받아갔다. 그사이 다른 두 아이는 여전히 손을 꼭 잡 은 채 경계의 긴장을 늦추지 않고 상황을 응시했다. 아이는 초코바를 뜯어 똑같이 동생들에게 나눠주고 막내는 언니 것까지 빼앗아 입안 에 털어 넣었다. 언니는 개의치 않고 가만히 나를 쳐다보았다. 아이의 긴 머리카락이 바람에 날려 얼굴을 덮었다. 잠시 수줍은 미소를 보이 고 나서 아이들은 집으로 돌아갔다.

　"이 마을에는 사람이 없어요." 인근의 한 노인이 차를 내주며 말을 건넸다. 겨울 동안엔 할 수 있는 일이 없어 모두들 도시로 일자리를 찾아 떠나서 봄이 오기 전까지는 늙은 노인들과 아이들만 집을 지킨 다고 했다. 그런데 그 겨울이 무려 6개월이라고 한다. 1년의 반을 내 집에서, 나머지 반을 객지에서 보내는 것이다. 남겨진 아이들에겐 외 로움과 기다림이라는 길고도 긴 겨울인 셈이다. 노인은 말을 하면서 도 결코 나를 쳐다보지 않았다. 천장에 뚫린 구멍 사이로 내리는 빛

220

줄기 어딘가를 보는 것 같았다. "날이 추우면 겨울이고 따듯하면 봄이지. 봄이 되면 물도 흐르고 꽃도 피지만 나는 보이는 게 없어서 별다를 게 없어." 그는 앞을 보지 못했다. 그렇게 70년을 살아온 노인은 봄의 생김새를 기억하지 못했다. 그래도 추운 겨울보단 봄이 좋지 않느냐는 물음에 노인은 "허허~" 하고 웃더니 말을 이었다. "봄이 되면 아버지가 돌아오셨지. 가족이 돌아오면 나한텐 봄이 온 거였어. 봄이 오면 애들 웃음소리가 들려. 그게 봄이지." 이것이 그가 기억하는 봄이었다. 봄을 기다리는 바고리 마을 아이들의 웃음소리가 골목에 울려 퍼졌다. 이제 곧 이곳에도 봄이 오는 소리가 들릴 듯했다.

바기라티 강, 인도, 2010년 4월

바기라티 강, 인도, 2010년 4월

강물에 비친
그리움

　강의 절반 정도를 지나고 있는데 숨이 막혀 질식할 것만 같았다. 갠지스의 풍경에서 생기라고는 찾아볼 수 없고, 내 모습 역시 가난한 여행자의 지친 몰골 그대로였다. 하루만이라도 아늑한 곳에서 잠을 잤으면 좋겠다는 생각이 간절했다. 매일 그런 바람이었지만 늘 바람뿐이었다. 오늘도 역시 이 강물을 벗어날 수 없을 거란 사실을 깨닫자 체념의 한숨이 힘없이 새어나왔다. 기댈 곳이 없어지자 두고 온 모든 것이 비로소 그리워졌다. 수행자의 고행만큼이나 고된 이 여정에 지친 나를 누군가가 안아주고 위로해주길 바랐다.

　내 앞엔 거대한 바니안 나무(뽕나뭇과의 뱅골 보리수)가 서 있었다. 수백 개의 줄기가 서로 얽혀 큰 기둥을 이루고 그 곁에서 나온 가지들이 다시 땅으로 머리를 숙여 든든하게 받치고 있었다. 오래된 우마

224

나트(Umanath) 사원에서는 은은한 종소리가 들려왔다. 도착한 곳은 바르였다. 나무 그늘 아래 앉아 있던 아주머니가 손을 흔들어 인사했다. 동네 아이들은 누가 시키지도 않았는데 카약과 짐을 사원으로 옮겨주었다. 호기심 어린 눈동자들은 내 곁을 떠나지 않았지만 불편하지 않았다. 티 없이 맑고 고운 눈빛들이었다. 오늘은 맘 편히 하루 묵어갈 수 있겠다고 생각했다.

바니안 나무 너머에서 흰 연기가 오르고 있었다. 화장할 때면 공중으로 흩날리는 연기가 마치 이승에서의 삶을 마감하고 저세상으로 떠나는 영혼 같다는 느낌을 종종 받았었다. 그러나 숱하게 보아온 그 흔한 화장터는 더 이상 특별한 호기심의 대상이 아니었다. 내 발걸음이 그곳으로 향한 것은 순전히 아이들 손에 이끌려서였다.

화장터에는 사람이 몇 명 없었다. 무표정한 사람들 너머 홀로 앉아 역시 아무런 표정도 없이 이 광경을 가만히 보고 있는 한 아이가 눈에 들어왔다. 아홉 살쯤 되어 보이는 소년은 머리를 삭발한 채 흰 천을 몸에 두르고 있었다. 그 아이가 유일한 상주였다. 누군가 이 아이의 아버지가 돌아가셨다고 일러줬다. 그리고 얼마 전엔 어머니도 잃었다고 말했다. 어린 소년에겐 감당할 수 없는 너무나 큰 아픔일 터였다. 너무 아파서 눈물도 나지 않는다면 이해가 될 것 같았다. 아이는 말없이 고개를 푹 숙이고 있더니 돌을 집어 힘없이 강물에 던졌다. 잔잔한 수면 위에 파장이 생겼다. 아이의 어깨에 손을 올리자 큰 눈으로 나와 시선을 맞췄다. 아이는 아무런 말도 없었다. 나도 아무 말 하지 않았다. 아이는 괜찮다는 듯 옅은 미소를 보인 뒤 곧 다시 무표정한 모습으로 돌아갔다. 그러더니 벌떡 일어나 불타는 나무장작 곁에 가서 앉았다. 제 아버지가 있는 곳으로.

아이는 무슨 생각을 할까. 아무리 독실한 신앙의 힘이라도 인간이 세상의 모든 슬픔을 감내할 수 있다면 그는 이미 모크샤(Moksha, 득도)에 이른 것이나 다름없을 것이다. 그것이 가능할까. 아이는 마치 죽음이라는 인간이 피할 수 없는 과정을 담담하게 받아들이고 있는 듯했다. 제 부모가 불에 타고 있어도 겉으론 눈물 한 방울 보이지 않았다. 잿더미가 강물에 뿌려지고 사람들이 하나둘 떠난 텅 빈 화장터에 아이는 홀로 자리를 지키고 있었다.

마을 사람들이 나를 구경하러 사원으로 찾아왔다. 그들은 내 여행담을 듣고 싶어 했다. 내게 방을 빌려준 사원 관리인은 아주 진지한 표정으로 내게 들은 여행 루트를 설명했다. 강가의 시작점인 강고트리에서 여기까지 왔다고 하자 여기저기서 "오…… 강고트리…… 강고트리……" 하는 소리가 들렸다. 여행담을 말하는 것이 나에겐 어느덧 일상처럼 되었지만 사람들은 처음 듣는 얘기에 언제나 무척 관심이 많았다. 어떤 이는 놀라는 표정이었고, 어떤 이는 기대감에 찬 표정이었고, 또 어떤 이는 믿을 수 없다는 표정이었지만 모두 집중해서 들었다.

사람들이 꼭 가고 싶어 하는 힌두교 성지인 리시케시, 하리드와르, 알라하바드, 바라나시 같은 도시의 이름이 나올 때면 역시 감탄과 함께 부러운 눈빛으로 바라보는 게 느껴졌다. 그들에겐 내가 무엇 때문에 여행을 하는지 따위가 중요하지 않았다. 그들에겐 힌두교인으

갠지스 강, 인도, 2010년 5월

로서 일생에 꼭 가보고 싶은 곳들에 대한 궁금증을 풀 수 있는 기회일 뿐이었다. 사원들을 구경한 이야기며 그동안 만났던 사두들 이야기를 할 때면 박수가 터져나왔다. 그들은 내 여행담을 들으며 가상의 성지 순례를 하는 듯했다. 짧은 내 이야기가 끝나자 사람들이 악수를 청했다. 한 노인은 정말 강고트리에서 이곳까지 왔느냐고 물으며 내 손을 어루만지고 자신의 볼에 비볐다. 따듯했다.

　사람들이 하나둘 돌아가고 시끌시끌하던 사원도 고요함을 되찾았다. 어느덧 해가 지고 있었다. 강 건너에 갔던 마을 사람들이 돌아오고, 아이들은 소를 몰고 집으로 향했다. 강변을 어슬렁거리던 삐쩍 마른 개들도 하나둘 제집으로 돌아갔다. 짙은 노을이 강물을 비추었다. 나는 이런저런 생각을 하며 맥없이 담장에 기대어 저물어가는 노을과 강물을 바라봤다. 모두가 떠난 강가는 고요했다. 너무 고요해서 아주 작은 것까지도 알 수 있을 것 같았다.

　강물 흐르는 소리에 묻혀 작고 낮은 흐느낌이 들렸다. 소리를 잃어버릴까 조심스레 귀 기울여 그곳으로 걸어갔다. 사원 끝에 닿았을 때 소리가 멎었다. 다시 강물을 바라보았다. 잠시 침묵을 깨고 누군가가 강물에 돌을 던졌다. 그리고 다시 흐느낌 소리가 들려왔다. 강물의 둥근 파장이 점점 더 커지면서 흐느낌도 함께 커져갔다. 그는 다시 세차게 돌을 던졌고 흐느낌은 울음이 되었다. 그리고 절규가 되었다. 그 자리에 있는 사람은 다름아닌 부모를 잃은 그 아이였다. 아이는 신음에 가까운 소리로 떠난 부모를 부르며 미친 듯이 강물에 돌을 던져댔다. 가슴이 찢어지도록 애절한 울부짖음이었다.

아이의 울부짖음에 나도 모르게 흐르는 눈물을 참을 수가 없었다. 고개를 쳐들어 하늘을 보자 눈물이 다시 울컥 쏟아졌다. 밤마다 마주했던 저 별빛들이 내 어린 시절 한때를 떠올리게 했다.

아름다웠던, 그렇지만 언젠가부터 잊고 있던 그리운 그때, 나는 어머니의 품에 안겨서 보았던 그 별빛을 다시 마주했다. 그 따스한 품이 그리웠다. 가장 외로운 순간 가장 소중한 사람이 떠올랐다.

아이와 나, 우리는 떠난 자와 남아 있는 자를 그리워하며 함께 눈물을 흘렸다.

갠지스 강, 인도, 2010년 5월

성스러운 강가의
바이러스

누가 갠지스를 아름다운 영혼의 강이라고 했던가.

바라나시 가트에 앉아 갠지스의 노을을 감상했던 여행자들은 이곳처럼 멋진 곳이 없다고 했지만, 나는 그들이 본 멋진 갠지스를 아직 보지 못했다. 그 물을 따라 여행하는 나는 비참한 강물의 최후와 아슬아슬하게 삶과 죽음의 경계에 걸쳐진 썩은 강물 위의 처절한 인생들을 매일 임무처럼 목격해야 했다. 너무나 참담하고, 때론 구역질을 참을 수 없어 하루라도 빨리 이 강물을 벗어나고 싶었다. 물길이 시작되는 곳에서부터 수백 킬로미터를 내려오며 내가 본 것은 무엇일까. 썩은 강물에 던져진 형체조차 알아보기 힘든 시체가 두 팔 벌려 내게 다가오고 있었고, 죽은 쥐의 섬뜩한 눈동자가 나를 노려보고 있었다. 여과 없이 쏟아지는 오염된 시커먼 물들이 강물의 색을 혼탁하

게 어지럽히고 있었다. 아이들은 쓰레기가 둥둥 떠다니는 강물에 낚
싯대를 드리우고 등골이 휜 물고기를 건져 올렸다. 그러다 놓친 물고
기를 털이 다 빠져 부스럼이 가득한 개가 물고 도망쳤다. 뿔이 제 눈
을 찌르고 있는 소는 강변을 기웃거리다 까만 비닐봉투를 입에 물고
우물거렸다. 거위가 유독 뒤뚱거리는 이유는 머리의 반이 혹이어서
남은 한쪽 눈으로 걸어야 하기 때문이었다.

거대한 다리가 나타나거나 저 멀리 높은 굴뚝에서 연기가 올라오
는 것은 도시에 가까이 왔다는 뜻이다. 그러나 그보다 더 확실히 알
수 있는 것은 물 냄새가 달라졌을 때다. 그 인근에선 도저히 자연적
으로 생성될 수 없는 역한 냄새가 난다. 그 냄새엔 인간의 지독함과
욕심과 비열함과 파괴심과 극단적 이기심이 녹아 있는데, 그것들이
얼마나 섞였느냐에 따라 냄새의 강도가 달라진다. 대도시에 가까워
질수록 냄새는 더욱 강력해진다.

칸푸르에 도착할 때 나는 이 냄새 때문에 거의 실신하기 직전이었
다. 그런데 눈앞에 펼쳐진 상황은 더욱 절망적이었다. 강가에는 염색
을 하고 세탁하는 사람들로 가득했고, 골목골목의 도랑에선 새까만
폐수가 아주 천천히 그렇지만 정확히 강으로 흘러들어가고 있었다.
한 노인이 쭈그리고 앉아 맨손으로 그 도랑을 뒤적이며 물길을 트고,
그 옆에선 등이 굽고 발목이 돌아간 아이가 노인이 하는 일을 구경하
고 있었다. 철길 주변의 도랑은 온갖 오물과 쓰레기 더미로 뒤덮여 있
었지만 사람들은 태연하게 그 물로 아이를 씻기고 목욕을 했다. 도무
지 보고 있으면서도 현실인지 의문이 드는 충격적인 장면이었다. 결

국 강과 사람이 함께 죽어가고 있는 비참한 모습이었다. 내가 목격한 수많은 안타까움이 이런 환경의 역습을 받지 않았다고 단정할 수 있을까.

지쳐서 쓰러진 채 강둑 위의 한 사원에서 밤을 보낸 뒤 만디르에 울리는 수백 개의 종소리에 깨어 아침을 맞았다. 숙면을 취하지도, 그렇다고 안락한 잠자리에 든 것도 아니었지만, 소란스러움에 깨어 일어나는 것도 나쁘지 않았다. 시커먼 강물에서 헤어나오지 못하는 꿈을 꾸며 버둥거리고 있었다. 필사적으로 탈출하려고 안간힘을 썼던 것이다. 온몸이 땀에 푹 젖어 있었다. 강물에 들어선 지 며칠 만에 나는 지독한 피부병에 감염되어버렸다. 치료를 받은 후 잠시 호전되는 듯하던 피부병은 갠지스로 들어서자 또다시 악화됐다. 약을 발랐지만 잠시뿐이었다. 갈라진 틈으로 누런 고름이 흘어나왔으나 그래도 강물로 들어가야 했다. 미련한 짓이었지만 멈출 수 없었다. 더 이상 물에 젖지 않게 비닐봉지로 발을 감쌌다. 절뚝거리며 짐을 싸는 내 모습을 보고 사두가 뜨거운 짜이 한 잔을 건넸다. 그것이 아침 식사였다.

다시 강물 위에 올랐다. 사두는 잘 가라고 손을 흔들며 강가는 신성하니 그 물이 내 발을 낫게 할 거라고 했다.

바람이 불어오고 강바닥에서부터 올라오는 부글거리는 향이 오늘도 코를 스쳤다.

사두의 마음은 고맙지만 그의 믿음이 그저 안타까울 뿐이었다.

갠지스 강, 인도, 2010년 5월

사막 위의
샤워실

호주 그레이트빅토리아 사막의 여오 호수 인근에는 버려진 집 한 채가 있다. 사막 서쪽의 마지막 마을인 레버턴에서 사막으로 210킬로미터나 들어왔으니 제법 깊숙한 곳이다. 그 넓은 호주에서 하필 이곳으로 들어왔다면 무슨 기구한 사연이 있거나 그것도 아니라면 금맥을 찾아 일확천금의 꿈을 가졌던 프로스펙터가 아니었을까 싶지만, 적어도 후자는 아닌 것 같았다. 이 집은 한 남자가 1960년대 초에 가축을 키우러 들어와서 지은 거라고 했다. 그러나 그의 바람과 달리 사막은 역시 인간이 살기에 적합한 곳이 아니었던 모양이다. 끝내 가축에게 먹일 물을 구하지 못해 그는 이곳을 버리고 떠나갔다. 그가 이 그레이트빅토리아 사막엔 원주민인 애버리지니는 물론 그 누구도 정착해서 살지 않았다는 걸 알았는지 모르겠지만, 그는 자신의 능력을 너무 높게 평가했던 것 같다. 그런 그가 버려두고 간 집에 우물이 하나 있는데, 이것이 그레이트빅토리아로 들어가는 사람들에겐 아주 요긴한 역할을 했다. 비록 이곳 생활에는 실패했지만 그가 남긴 우물이 여러 사람에게 도움을 주니, 그는 훌륭한 업적을 남긴 것이나 다름없었다.

　마지막으로 샤워를 한 지 3일밖에 지나지 않았지만 땀에 전 몸에선 쉰내가 폴폴 나고 머리는 쓸어 넘기는 대로 넘어갈 정도였다. 우물이 있다는 게 그 무엇보다 반가웠다. 우물물은 엄청나게 차갑고 신선했다. 호주 아웃백의 살인적인 햇빛도 당도할 수 없는 땅속 깊은 곳에서 길어 올린 자연 그대로의 물이었다. 샤워실은 자연과 맞닿아 있었다. 천장이 없어 언제나 하늘을 볼 수 있었다. 비가 올 때를 걱정할 필요도 없었다. 비가 오는 날엔 물을 길을 필요가 없으니 그대로 비를 맞으며 샤워를 즐기면 된다. 춥지 않을까 염려할 필요도 없다. 뜨거운 여름엔 이 시원한 물이 식혀줄 테고 겨울엔 샤워를 안 하면 그만이다. 누가 쳐다보지 않을까 염려할 일도 아니다. 이곳까지 온 사람이라면 이미 나만큼 제정신들이 아닐 테니 좀 보여줘도 창피할 것이 없다. 물은 흙바닥 위에 놓인 나무판 아래로 흘러 다시 땅으로 스며들었다. 평생을 살아도 청소할 일이 없다. 얇은 철판을 둥글게 말아서 만든 샤워실은 모자람이 없었다. 기대하지 않았던 사막에서 물이 나온다는 것만으로도 감사할 일이었다.

　많은 것을 가지려 하면 늘 모자람이 눈에 보인다. 모자람을 즐기기 시작하면 모든 것이 꽉 차 보인다. 이 사막 위의 샤워실처럼.

에뮤필드

그레이트빅토리아 사막은 인류 역사상 단 한 번도 인간의 정주가 없었던 곳이다. 그렇다고 그곳에 단 하나의 생명체도 존재하지 않는 것은 아니다. 호주 원주민 애버리지니들의 땅이고 캥거루와 수많은 새들의 땅이다.

쿠버페디에서 서쪽으로 260킬로미터 떨어진 사막 한복판엔 사막보다 더 황량하고 비현실적인 공간이 존재한다. 에뮤필드라는 곳이다. 이 이름은 타조보다 조금 작지만 그 모습을 빼닮은 에뮤에서 따왔다. 그러나 이곳은 사실 에뮤를 비롯한 수많은 대자연의 생명이 잠든 킬링필드다. 비단 동물의 생명뿐 아니라 그 땅도 함께 죽었다. 이곳은 잠재적으론 전 세계를 킬링필드로 만들 수도 있는 광포한 무기의 실험장이었다.

1950년대 영국은 이곳에서 핵무기 실험을 했다. 인간에게 최대한 피해를 주지 않기 위해 사막에서 벌어진 핵 실험이었지만, 아이러니하게도 실험의 궁극적 타깃은 최대한 많은 인간이었다.

그로부터 60년이 지났지만 이곳은 여전히 불모의 땅이다.

덩그러니 세워진 토템에 쓰인 방사선 장해 경고문의 유효기간은 언제가 끝일지 알 수 없다.

평화로운 사막에 세워진 비평화적 산물이 남긴 풍경이다.

애버리지니

"No Shoes, No Service."

그레이트빅토리아로 가는 길목에 있는 레오노라의 어느 식품점 앞에 붙어 있는 문구다. 신발을 신지 않은 사람에겐 물건을 팔지 않겠단다. 그렇다면 신발을 신지 않는 사람이란 누구를 가리키는 것일까. 그건 호주 원주민 애버리지니(aborigine)를 일컫는 말이다.

애버리지니는 5~6만 년 동안 호주에서 살아온 종족인데, 18세기에 급격한 변화를 맞이했다. 비극적 운명은 1788년 736명의 죄수가 포함된 1,530명의 영국인이 이 땅에 발을 들이면서 시작되었다. 이후 16만 명에 이르는 외지인이 몰려들면서 이곳은 죄수들의 유배지에서 식민지로 바뀌었다. 여전히 원시적인 삶을 살아가던 애버리지니 앞에 나타난 것은 그냥 얼굴만 하얀 이방인들이 아니었다. 낯선 질병과 그동안 보지 못했던 살상무기들이 생존을 위협했다. 상대가 될 수 없는 싸움에서 일방적으로 패배했음은 너무나 당연하다. 그렇게 애버리지니들은 자신들의 땅을 내주고 점점 더 고립된 내륙으로 쫓겨갔다.

그레이트빅토리아로 들어가기 전 마지막 마을인 래버턴. 사막에 함께 가기로 한 남준오와 나는 프로스펙터(Prospector, 광물탐사자)란 이름의 기차를 타고 퍼스에서 칼굴리까지 이동한 뒤, 그곳부터는 골드필드하이웨이(Goldfield highway, 금광로)를 따라 3일을 달려 도착했다. 바로 금광을 찾아 떠났던 개척자들의 길이었다. 모든 이름이 광산과 관련되어 있었다. 이곳 역시 금을 찾아서 온 사람들로 이루어진 마을이었다. 한낮에 상점 앞에 모여 앉은 애버리지니들은 그다지 할 일이 없어 보였다. 몇 사람은 낮잠을 자고 몇 사람은 담배를 피우며 지나가는 사람들을 구경했다. 내게 다가와서 담배를 달라고 하기도 하고, 심지어 오늘 갈 곳이 없는데 데려가줄 수 없느냐고 묻기도 했다. 이 마을엔 주민의 30퍼센트가 애버리지니지만 그들은 대체로 특별한 직업이나 일거리가 없어 보였다.

레버턴의 술집에 들어섰다. 복도를 따라 들어가자 홀이 둘로 나뉘었다. 오른쪽엔 애버리지니들이 있고 왼쪽엔 백인들이 있었다. 순간 어디로 들어가야 할지 난감했다. 나는 양쪽 어디에도 속하지 않는 듯한 느낌이었다. 그 경계가 너무 확연하게 구분되어 있어 당황스러웠다. 우리는 바텐더가 있는 왼편에 들어가 맥주를 주문했다. 주인 여자는 이곳에 어떻게 왔느냐고 물었다. 순간 혹시 저 반대편으로 가라는 얘기인지 의문이 들었다. 자전거를 타고 오느라 검게 탄 외모상으론 그쪽에 가도 어색하지 않을 것 같았다. 사막에 갈 거라고 하자 거기엔 맥주가 없을 테니 오늘 밤에 많이 마셔두라며 농담을 건넸다.

이 오지 마을을 방문하는 사람은 거의 두 부류가 전부였다. 아웃백을 즐기러 오거나 금을 찾아서 오거나. 그도 아니라면 이 휑한 시골 마을에 올 일은 없어 보였다. 그사이 몇 명의 애버리지니가 들어와 맥주를 사서는 곧장 반대편으로 갔다. 좀전에 길거리에서 낮잠을 자던 남자도 그 대열에 함께였다. 내가 그들의 모습을 관심 있게 보자 한 백인 남자가 몇 푼 생기면 저렇게 술을 마시는 게 애버리지니들의 유일한 낙이라며 혀를 찼다. 그러면서 아무것도 하지 않는 그들에게 지원금을 줘봐야 저렇게 놀고 마실 뿐이라며 개탄했다. 그 백인 남자의 말에 나는 어떤 대꾸도 하지 않았다.

캠핑장으로 돌아가려고 술집을 나왔다. 이미 술에 취한 애버리지니들이 마당에 앉아 격한 말투로 얘기를 하고, 길 건너에선 그들끼리 실랑이를 벌이고 있었다. 그런 시간이 오래가진 않았다. 사람들이 떠난 오지 마을의 밤은 사막만큼이나 고요했다. 잠시 걷다보니 술을 잔뜩 마신 한 애버리지니가 한껏 취해 노래를 하며 춤을 췄다. 춤사위도 노래도 흥이 날 정도는 아니었다. 그보다는 서글프게 들렸다. 사막 위의 애버리지니는 오늘도 그렇게 하루를 잊은 채 밤을 맞이하고 있었다.

룹알할리의
국경

   오만의 서북부, 만다르 알 디비안이라는 사막 속 마을에서 사우디아라비아와의 국경까지는 불과 1킬로미터도 채 되지 않았다. 마을을 떠나면서부터는 국경을 따라 이동해야 했다. 그것이 최대한 룹알할리의 깊숙한 지역을 여행하는 방법이었다. 그러나 내가 걷고 있는 룹알할리의 오만과 사우디아라비아 사이엔 국경선이 존재하긴 하지만 육안으로는 확인되지 않았다. 정확히 말하자면 국경이란 가상의 선은 존재하지만 그것을 따라 철책선이나 그 어떤 인공의 경계물도 없었다. 가도 가도 끝이 없을 것만 같은 이 사막에 국경선이 없는 이유는 누구든 가보면 쉽게 알 수 있다. 정신이 나가지 않고서는 수백 킬로미터에 이르는 이 모래언덕을 넘어 밀입국하려는 무모한 사람은 없을 것이다. 그러고 보니 사막 한복판에 감옥이 있는 것은 충분히 설득력이 있었다. 도망쳐봐야 갈 곳도 숨을 곳도 없으니. 사막 그 자체가 이미 거대한 감옥이나 다름없었다. 지금까지 우리가 보았던 높은 사구와 광대한 모래사막이 그 어떤 철책선보다 확실한 경계가 되는 이유였다.

국경 근처에는 콘크리트로 하단을 만들고 그 위에 철기둥을 박아 놓은 경계표지만 외로이 서 있었다. 한쪽 면엔 오만, 다른 한 면엔 사우디아라비아라고 표시되어 있었다. 순식간에 어떤 출입국 절차도 없이 두 나라 사이를 이동한 것이다. 온 세상을 이렇게 돌아다닐 수 있다면 얼마나 좋을까. 이 경계석은 일정 거리마다 설치되어 있었지만 사막의 언덕에 5킬로미터마다 있어 주의를 기울이지 않으면 어느새 사우디아라비아 쪽 땅을 걷고 있었다.

마을을 떠나 다시 며칠 만에 사람들을 만난 것은 샤흐마 유전에서였다. 아무것도 없던 유목민들의 땅이 가치를 지니게 된 것은 바로 이런 유전들 때문이다. 샤흐마 유전은 간혹 룹알할리를 횡단하는 모험가들이 꼭 방문하는 오아시스 같은 곳이다. 사막 내 몇 안 되는 보급지 역할은 물론 여행자들에게조차 친절한 호의를 베풀기 때문이다. 2011년 낙타를 타고 세시저의 길을 따라갔던 에드리안 헤이스도 이곳에서 쉬어갔다. 내가 들렀을 때 마침 6륜 트럭으로 함께 여행 중인 독일인 모험가와 프랑스인 파일럿을 만날 수 있었다. 안타깝게도 그들은 트럭이 사구에서 전복되는 바람에 이곳으로 피해 온 것이었다. 유전에선 외국인 엔지니어들과 오만 관리인들이 함께 일하고 있었는데, 사막 한복판에서 생활하는 것이 얼마나 외로울지 탐험가의 눈에도 정말 고된 직업으로 비쳤다. 그들은 오히려 그곳까지 걸어온 내게 사막을 걷는다는 게 얼마나 힘든 일이냐고 물었다. 사실 처지가 별로 다르지 않은데도 우리는 그렇게 서로를 바라봤다. 그들이나 나나 사막과 함께하며 외로움을 이겨내야 하는 참 쉽지 않은 직업을 가졌다는 공통점이 있었다. 사막의 남자들은 또 다른 사막의 남자를 반갑게 맞았다. 에어컨이 나오는 숙소와 신선한 과일과 푸짐한 식사를 제공했다. 사막과 어울리지 않는, 아니 기대할 수 없었던 청량감이었다. 느려빠진 인터넷을 빼곤 모든 것이 시원하고 만족스러웠다. 그들의 호의가 사막을 아는 남자들의 의리처럼 느껴졌다.

샤흐마의 외곽부터는 사우디아라비아와의 국경 위를 오가는 차를 볼 수 있었다. 철조망은 없었지만 국경을 감시하는 군인들이 끔찍하게도 길게 뻗은 아스팔트 위로 주기적으로 순찰을 했다.

야영할 시간이 됐지만 은신처가 없었다. 사구가 없는 지대라 사방으로 뻥 뚫린 대지 위에서 밤을 보내야 했다. 인근에 감옥이 있었는데, 오만 군인들이 찾아와서 간단히 조사한 뒤 돌아갔다. 우리 원정은 오만 정부의 정식 허가를 받아 이뤄진 것이어서 문제 될 것이 없었다. 때론 누군가가 찾아오는 것이 불편하고 필요 없게 느껴지기도 하지만 룹알할리에서는 모든 만남이 반가웠다. 멀지 않은 곳에 사람이 있다는 것이 위안이 되기도 한다. 우리 야영지에서 새어나오는 불빛에 민감해진 사우디아라비아 측 군인들이 차를 멈춰 세우고 우리를 관찰했다. 그들과 우리의 거리는 불과 800미터 정도밖에 안 되었다. 10여 분 동안 관찰하던 차량이 사라지는가 싶더니 얼마 지나지 않아 두 대의 차가 다시 왔다. 서치라이트를 우리 쪽으로 비췄지만 우리는 이미 텐트 속으로 모두 들어간 뒤였다. 꽤 긴 시간 동안 관찰하던 군인들은 별다른 동향을 느끼지 못했는지 다시는 우리를 관찰하지 않았다.

움아사밈(Umm As Samim)이라는 이 일대 최악의 코스를 넘어야 오만에서의 여정이 끝나게 되어 있었다. 움아사밈은 염분이 가득한 딱딱한 표면을 가진 지대였다. 영어로는 Mother of Poison, 즉 '독극물의 어머니'라는 괴팍한 별명을 가지고 있는데, 이동하기가 얼마나 지독한지 부글부글 끓다가 멈춘 듯한 표면은 지표와 20~30센티미터 정도 들떠 있어 밟으면 퍽하고 깨질 정도였다. 계단을 헛디딘 듯 균형을 잃기 십상이었다. 때론 깨지지 않는 것도 있어 도무지 똑바로 걷기조차 힘들었다. 게다가 온통 하얀 소금 결정으로 뒤덮여 있어 잠시라도 선글라스를 벗으면 앞을 볼 수조차 없었다.

어느덧 주위로 실타래처럼 엮인 좁은 길들이 대지를 어지럽게 관통하고 있었다. 길이 없는 곳을 다니면서도 길을 잃지 않았지만 이런 곳에선 오히려 길을 찾기가 어렵게 느껴졌다. 분주하게 오가는 트럭 꽁무니에선 사막의 모래먼지가 폭풍처럼 일어났다. 지금까지 보았던 룹알할리의 풍경과는 대조적이었다. 자그마한 사구 너머마다 검은 연기가 솟구쳐 오르고 거대한 중장비의 엔진이 요란하게 돌아가고 있었다. 원정대는 50킬로미터에 이르는 움아주물(Umm as Zumul)의 사구 지대를 그렇게 변해가는 사막의 현재와 미래를 바라보며 건넜다.

이제 더 이상 길을 이어갈 수 없는 곳에 이르렀다. 눈앞으론 거대한

룹알할리 사막, 오만, 2013년 3월

철책이 사구의 능선을 따라 둘러쳐져 있었다. 오만과 사우디아라비아, 아랍에미리트의 국경이 만나는 지점이었다. 철책 뒤로는 수십 미터에 이르는 높은 감시탑이 솟아 있었다. 이전의 국경지대와는 분위기가 달랐다. 단 한 걸음도 그 안으로 옮길 수 없지만 그들의 영역에 다가서는 자들을 언제나 감시하고 있는 것이다. 한 마리의 영양이 사구 너머로 불쑥 나타난 우리를 보고 줄행랑을 치다 철책을 만나 허겁지겁 방향을 바꿨다. 사막을 자유롭게 넘을 수 있는 것은 이제 모래와 바람과 구름뿐이었다. 목적지인 리와로 가기 위해서는 저 선을 넘어야 했다. 그러나 우리는 아직 아랍에미리트로부터 어떤 허가도 받지 못한 상태였다. 거대한 산처럼 사막을 가득 메웠던 모래산맥도 그 앞에서 잘려나갔다.

그 무엇도 넘어오는 것을 용납하지 않는 검은 철책 앞에서 우리는 발길을 돌려야 했다.

거대한 모래바다 룹알할리에는 두 개의 넘을 수 없는 국경이 존재한다. 인간이 만들어놓은 철책과 자연이 만들어놓은 모래바다.

사막에도
비가 내린다

　사막에도 비가 내렸다. 미치도록 뜨겁고 메말라 입안이 쩍쩍 갈라지고 뺨 위의 한 방울 눈물마저 금세 훔쳐가버리는 사막이지만 때론 온몸을 흠뻑 적시고도 남을 만큼 비가 내렸다. 인간의 마음이 얼마나 간사한지 무더위 속에선 시원한 빗줄기가 내렸으면 하고 바라다가도 막상 비가 내리면 고마움도 잠시뿐, 금세 식어가는 몸을 덜덜 떨며 이젠 좀 멈추라는 푸념이 나왔다. 그런 날엔 앞으로 나가겠다는 욕심을 잠시 접어야 한다.

　비가 내리면 움직일 수 없을 정도로 온통 들러붙는 진흙을 이겨낼 방법이 없다. 한 발짝 움직일 때마다 진흙 덩어리가 점점 불어나 신발을 신은 건지 진흙으로 발을 감싼 건지 알 수 없을 정도다. 무게도 엄청나 한 발을 내디딜 때마다 족쇄를 찬 노예의 발걸음이 얼마나 무거

윘을지 짐작 갈 정도다. 게다가 순식간에 차가워진 축축한 몸을 이끌고 바람을 맞는 것은 더없이 고통스럽고 우울하다. 시간은 날씨와 상관없이 제 갈 길을 가지만 발목이 붙들린 나의 하루는 사막에서 또 뒤로 밀려난다. 비는 잠시 나를 시원하게 해주는 대신 나를 사막에 좀 더 머물게 한다.

처음으로 마주한 사막의 비는 그야말로 신기했지만, 시간이 지나면서 이런 상황이 반복되자 더 이상 신기할 것이 없었다. 어쩌면 짓궂은 존재 이상도 이하도 아니었다. 그러나 발이 묶여 사막을 마주하는 시간이 길어지자 그동안 보지 못했던 사막의 모습들이 눈에 들어오기 시작했다. 몇 개의 사막을 넘나들고서야 그것을 알아가니 아마도 사막에 대한 나의 애정이 부족했는지도 모른다. 누군가에게 또는 무엇에 빠져 있다면 다시 보고 싶고 더 들여다보고 싶은 게 솔직한 심정 아닐까. 봐도 봐도 또 보고 싶은 애인처럼. 비로 인해 멈춰 서자 모래밭 위를 내달리기에 바빴던 모험가의 눈에 스쳐간 풍경들이 더 가까이 다가왔다. 거대한 모래언덕을 보았으나 결국 나는 아무것도 보지 못했다는 것을 그제야 깨달았다.

죽어버린 듯 고요하기만 한 그곳에도 생기가 넘쳤다. 바람이 불자 축 처져 있던 나뭇가지가 흔들렸고, 나뭇잎과 모랫바닥으로 떨어지는 빗방울이 둔탁하지만 흥미로운 리듬을 만들었다. 새소리가 요란해지고, 시뻘건 불개미 떼가 분주하게 움직였다. 가시덤불투성이로만 생각했던 그곳에 꽃이 피어나고, 그 뜨거운 틈을 뚫고 새순이 돋아났다. 비가 그치자 대지에 맞닿은 거대한 무지개가 모습을 드러냈다. 화

려한 엔딩 뒤엔 또 언제 찾아올지 모를 이 순간이 기다려졌다.

사막 비는 또 그렇게 나를 잡아두었다.

그 순간이 그리워질 즈음 다시 비가 내리기 시작했다. 나무 아래로 뛰어 들어가 가방 깊숙이 넣어두었던 와인을 꺼내 들었다. 손에 들린 잔에도 빗방울이 떨어지고, 우리는 그 비를 맞으며 이 순간을, 이 사막을 만끽했다. 분명 사막에 비는 축복이다. 사막 위 모든 것의 뜨거움을 진정시키는 해열제이자 모든 생명의 갈증을 풀어주는 귀한 한 모금이다. 나에겐 쉬어갈 시간을 주고, 체념의 시간이 아닌 새로움을 발견할 기회를 준다.

고비 사막, 몽골, 2011년 8월

고비의
여름

한보그드는 엄너고비라 불리는 남고비의 작은 숨(sum, 몽골의 행정
구역 단위로, 주보다 한 단계 작은 것)에 불과하다. 그럼에도 이 도시는
어느 곳 못지않게 개발되고 있음이 한눈에 보였다. 그것은 다름아닌
40킬로미터 떨어진 곳에 위치한 오유톨고이(Oyu Tolgoi)라는 거대한
광산 때문이었다. 톨고이는 몽골 말로 언덕을 뜻한다. 몽골 최대 광
산인 이곳은 2001년에 발견된 뒤 2010년 개발을 위한 건축이 시작되
었다. 영국과 호주의 합작 광산 기업이 66퍼센트의 지분을 가지고 있
고, 몽골 정부가 나머지 34퍼센트의 지분을 보유하고 있었다. 돈이
몰리면서 인근 가장 가까운 마을인 한보그드는 여러모로 그 수혜를
보기 시작했다. 마을엔 여러 개의 상점이 새로 문을 열었고, 몇 개 없
는 시골의 호텔은 방을 잡기가 힘들 정도였다. 엄청난 인력이 이곳에

서 일하고 있는데, 외국인 엔지니어들은 광산 안에 조성된 컴파운드에서 살기 때문에 이 작은 마을을 드나들 일이 없지만 현지인들은 매일 아침 이곳에서 버스를 타고 출근했다. 가난하던 시골 사람들의 주머니에도 돈이 모이기 시작한 것이다.

얼마 전 슈퍼마켓을 새로 연 주인 남자는 한국말을 조금 할 줄 알았는데, 나에게 여윳돈이 있으면 이곳에 호텔을 지어야 한다고 했다. 연일 들어차는 손님들 덕분에 부르는 게 값이라며 몇 년 후엔 건물 값도 상당히 오를 거라고 했다. 좋은 정보는 고맙지만 알타이까지 걸으며 천천히 투자할 만한 땅을 눈여겨보겠다고 답했다. 남자는 나를 이상한 사람처럼 쳐다봤다.

같은 숙소에 묵던 남자들이 우리에게 고비로 더 깊숙이 들어가기 전에 꼭 들러야 할 곳이 있다고 했다. 우주의 기운이 몰린다는 뎀치긴키드(Demchigiin Khiid) 사원이었다. 왜 우주의 기운이 그곳에 몰리느냐고 물으니 딱 부러지게 대답하진 못했지만 분명 우주의 기운이 몰린다고 했다. 별이 무수히 쏟아지는 몽골의 밤하늘 때문에 그렇게 믿는 것인지 몰라도 몽골엔 이곳 외에도 우주의 기운이 몰린다는 곳이 몇 군데 더 있었다. 그 기운을 받으면 뭐가 좋으냐고 다시 물었다. 기운을 받으면 좋은 일들이 일어나고 웬만한 악재도 피해 갈 수 있다고 했다. 나는 이런 믿음은 열악한 환경과 처지에서 무언가 심적으로 기댈 것이 필요한 이들이 만들어낸 일종의 미신이라고 생각했지만, 사막이라는 지구 상 가장 열악한 곳에 들어서고 나니 그것이 무엇이든 내게도 그 기운이 전해졌으면 좋겠다는 묘한 기대가 들기도 했다.

우리는 그 남자들의 푸르공(러시아제 승합차의 이름)을 얻어 타고 기운을 받으러 사원으로 떠났다.

사원은 한창 복원 공사 중이었다. 사원은 원래 1800년대 단잔라브자라는 고비의 라마에 의해 지어졌는데, 1937년에 파괴된 것을 오유톨고이 광산이 들어서면서 지원금을 받아 재건축하고 있었다. 우주의 기운이 몰린다는 이곳이 왜 무너졌는지는 묻지 않기로 했다. 어쩌면 우주의 기운이 너무 강해서 인간의 건축물이 견디기 어려웠을 수도 있을 거라고 믿기로 했다. 사원 뒤로 작은 바위산이 불쑥 솟아 있었는데 사람들은 이 바위산 역시 신성시했다. 사람들은 그곳을 돌며 돌 틈에 돈을 꽂고 기도를 올렸다. 그리고 기운이 가장 많이 모인다는 한 지점에서 손으로 그곳을 쓰다듬으며 기를 받으려고 애썼다. 나도 그 기운을 받아보려고 손을 갖다 댔다. 조금이라도 신성한 기운을 받는다면 남은 1,000킬로미터 여정에 어떤 도움이라도 되지 않을까 하는 바람에서였다.

2011년 8월 7일, 한창 더위가 기승을 부리는 날 한보그드를 떠났다. 오유톨고이로 향하는 길은 넓게 닦였지만 아직 포장이 되지 않아 트럭이 오갈 때면 흙먼지를 뒤집어써야 했다. 광산 규모가 어지간한 도시보다 커서 한참을 돌아야만 우리가 원하는 방향으로 진입할 수 있었다.

오유톨고이는 워낙 중요한 국가 기반시설이라 외부인의 출입이 철저히 통제되었다. 모든 영역에 울타리가 쳐져 있고 CCTV가 설치된 것은 물론 주변 도로로 순찰 차량이 다닐 정도였다. 미치도록 더운 날씨에 한보그드에서 준비해온 물이 서서히 바닥을 드러내기 시작했다. 물을 살 때는 매일 마실 양을 계산했지만 막상 감당하기 힘든 더위를 만나니 계획보다 많은 물을 마시게 되었다. 아직 나는 사막의 더위에 익숙하지 않았다. 그것을 이겨내는 방법도 아직 잘 몰랐다. 나는 그럴 만큼 사막의 경험이 많지 않았다. 내가 물을 들이켤 때마다 여정을 함께한 선배의 눈치를 보게 된다는 걸 어느 순간 느꼈다. 우리는 각자 물을 가지고 있었기 때문에 내가 선배의 물을 마시지는 않았지만 왜 그런 생각이 드는지 몰랐다. 선배는 내 물이 떨어지면 결국 나눠 먹어야 한다는 불안감을 가지고 있었는지는 모르겠다. 그렇지만 나는 그럴 마음이 없었다.

오유톨고이 주변에는 작은 광산들이 있었고 광물을 조사하는 캠프도 여럿 있었다. 우리는 그곳에서 식사를 하고 물을 구할 수 있었다. 심지어 신선한 과일과 주스까지 원하는 대로 얻을 수 있었다. 덕분에 물이 없어 말라 죽을 거란 걱정은 들지 않았다. 이틀째엔 또 다른 오아시스를 만났다. 우물을 발견한 것이다. 깊은 우물에 전기 펌프가 연결되어 있어 엔진을 돌리자 물이 빨려 올라왔다. 엄청나게 시원한 사막의 지하수였다. 땀까지 말라붙어 하얗게 소금기가 앉은 옷가지 위로 물을 부었다. 시뻘게진 얼굴과 피부가 그제야 진정되는 것 같았다. 물이 없으면 어떡하나 노심초사하던 마음도 잠시 편해졌다. 고비는 척박한 곳임에 틀림없지만 어디를 가도 사람이 살고 있었다. 워낙 드넓은 곳이라 한두 개의 게르가 있음에도 무인지대처럼 느껴질 뿐이었다.

한보그드를 출발한 지 이틀이 지난 8월 9일 오후 3시 30분, 우주의 기운이란 게 이런 걸까. 강력한 태양의 기운이 이 땅을 지배하는 것 같았다. 온도계는 무려 섭씨 49.6도를 가리켰다. 이쯤 되면 종일 밖에서 걷는다는 게 얼마나 힘든지 상상을 초월할 정도다. 마신 물보다 더 많은 양의 땀을 쏟아낸 듯 온몸이 메말라가는 고통이 느껴졌다. 다음 목적지까지 한 시간만 가면 될 거리였지만 그 자리에 주저앉고 싶은 마음이었다. 속이 울렁거리고 앞이 노랗게 보이기 시작했다. 전형적인 열사병의 전조증상이었다. 적절한 대처를 하지 못해 열이 오르면 하루이틀 사이 황달이 올 수도 있고, 심하면 혼수상태로까지 이어질 수 있는 위험한 상황이었다. 대처 방법은 오직 빠른 시간 안에 체온을 낮추는 것뿐이었다. 다른 방법은 없었다.

페트병에 남아 있는 물을 머리에 붓고 시뻘겋게 달아오른 얼굴을 적셨다. 옷을 입은 채 셔츠에도 물을 부었다. 셔츠가 물기를 머금고 있어 좀 더 긴 시간 동안 냉각 효과를 볼 수 있기 때문이었다. 그러나 10분도 채 되지 않아 셔츠는 바짝 말랐다. 이것이 8월의 고비다. 우주의 기운은 내가 오기 전 이미 고비라는 땅을 지배하고 있었다.

고비 사막, 몽골, 2011년 8월

홍고린 엘스, 몽골, 2011년 8월

하얀 고비

돌과 잡풀로 덮인 낮은 구릉을 지나 고비의 서부지대이자 알타이 산맥의 동쪽 끝자락인 기치게니누루 산맥의 끝자락을 넘어가고 있었다. 골짜기 사이로 접어들 무렵 오후 8시를 지나고 있었고, 마침 샘물이 있어 우리는 이곳에서 하룻밤을 보내기로 했다. 샘물 가까이에서 야영을 하는 것은 그리 좋은 생각이 아니다. 특히 물이 귀한 이곳에서는 더 그렇다. 물이 있는 곳엔 많은 동물이 찾을 확률이 높기 때문이다. 그리고 주위로는 배설물이 지천에 널려 있기도 하다. 밤새 텐트 밖에서 들리는 정체를 알 수 없는 움직임과 배설물의 진한 냄새를 견뎌야 한다.

그래서 샘물을 지나 야영할 곳을 찾았다. 이미 해가 진 뒤라 산악 지형에서 더 이상 걷는 것은 무리였다. 이미 기온이 많이 내려갔고 나는 찬물에 씻을 엄두도 내지 못했지만 선배는 도저히 답답해서 안 되겠다며 머리를 감고 왔다. 저녁으론 오늘도 라면이었지만 근처에 자란 야생실파를 한 움큼 꺾어 넣었더니 그 맛이 지금껏 최고였다. 마을에서도 시들어빠진 토마토 하나 구경하기 어려웠는데 자연에서 싱싱한 파를 만나는 행운을 얻었다. 여러 가지로 고비의 외딴 마을보다는 이 들판이 만족스러웠다.

다음 날 우리는 해발 2,300미터 즈음을 걷고 있었다. 산맥 중 가장 높은 곳은 3,359미터의 오린오부트올이고, 오른편으로 내려다보이는 고비의 초원이 해발 2,200미터쯤이니 산맥의 아래 경사면을 따라 걷고 있는 것이었다. 오후 4시쯤 딜(Deel, 몽골 전통의상)을 입은 두 명의 남자가 말을 탄 채 우리 앞을 한 번씩 오갔다. 아마도 곧 사람이 사는 게르가 나올 것 같았다. 저 멀리 후타그누르 호수가 햇빛을 받아 눈부시게 빛나고 있었다. 2011년 9월 6일 오후 7시경에 도착한 곳은 3대가 모여 사는 게르였다. 이곳은 산 아래 높은 곳에 위치하고 있어서 그 앞으로 시야가 아주 시원하게 뚫려 있었다. 북동쪽으로 바얀차간누르 산맥이, 북서쪽으로는 후타그누르 호수가 한눈에 들어올 정도였다. 그 앞으로 지나는 찻길도 보였는데 지나다니는 차는 한 대도 없었다.

게르의 주인은 60대로 보이는 할아버지였다. 안으로 들어가니 부인과 10대 후반의 어린 아들, 서른 살쯤 됐을 법한 딸과 두 돌이 지난 사내아이가 있었다. 이곳에선 겨울을 대비하고 있었다. 게르 한가운데 놓인 난로엔 말린 동물의 배설물이 한가득 차 있고 양털을 압

고비 사막, 몽골, 2011년 9월

축해 만든 펠트로 게르의 외벽을 빈틈없이 감싸고 있었다. 밖의 기온은 곧 영하로 떨어질 기미가 보였지만 게르 안은 훈훈했다. 할아버지는 우리에게 하룻밤 묵어가라고 하셨다. 할머니는 뜨거운 차와 사탕과 몽골 우유과자인 아룰을 한가득 내주셨다.

우리는 고비의 동쪽에서 출발해 알타이로 가고 있다고 말씀드렸다. 선배와 내 관계를 궁금해하는 것 같아 우리는 연인이 아니라고 말했더니 할아버지는 어떻게 부부도 아니고 연인도 아닌 남녀가 함께 여행을 할 수 있느냐는 눈치였다. 이런저런 여행 이야기를 해드리고 온 식구가 모여 사는 게르 안의 풍경을 사진에 담기도 했다. 카메라를 들자 할아버지는 아주 멋지게 담배를 피우셨고 손에 들린 염주를 돌리며 나를 정면으로 바라보기도 하셨다. 할아버지는 어색함이라곤 전혀 없이 능숙한 배우처럼 카메라의 셔터를 누르게 했다.

밤이 깊어지자 우리는 모두 함께 잠자리에 들었다. 대가족과 한곳에서 밤을 보내니 마음이 너무나 편안했다. 사막에서 유독 그리운 것이 사람의 정 아닌가. 내내 불면증으로 시달리던 나는 순식간에 잠이 들어버렸다. 그러나 달콤한 잠은 오래가지 않았다. 몇 시인지 알 수는 없었지만 아주 깜깜한 한밤중인데 차가운 바람이 얼굴을 스치고 촉촉한 무언가가 뺨에 닿았다. 잠이 깨버린 걸 아쉬워하며 일어나니 가족들도 하나둘 침대에서 일어났다. 열려 있던 게르의 환기구 사이로 눈이 들이닥치고 있었다. 분명 눈이었다. 며칠 전까지만 해도 더위에 헉헉거리며 산을 넘어왔는데 눈이라니. 막내아들은 얼른 환기구를 덮고 게르 밖으로 뛰어나갔다. 이 밤중에 무슨 일인가 싶어 따라나서니 모아놓은 말린 똥들이 젖지 않도록 그 위를 단단히 덮고 있었다.

위도가 높은 고비 사막에 눈이 오는 것은 알고 있었지만 설마 이제 막 여름이 지난 9월 초에 첫눈이 내리리라곤 생각지도 못했다. 이 밤이 지나고 나면 눈 내린 고비를 볼 수 있겠다는 기대감에 은근히 설레기도 했지만, 당장 남은 거리를 어떻게 걸어가야 할지 막막했다.

아침에 눈을 뜨자마자 눈을 확인하고 싶었다. 게르 문을 열자 문 앞에 쌓였던 눈이 무겁게 쓸렸다. 눈을 뜰 수 없을 정도로 눈부신 풍경이 눈앞에 펼쳐졌다. 땅 위의 모든 것이 하얀 천으로 덮여 온통 눈밭이 되어 있었다. 땅과 산과 바위와 호수의 경계가 모두 사라졌다. 마치 거대한 흰 천으로 고비의 모든 땅을 덮어버린 듯했다. 햇빛이 반사되는 풍경이 얼마나 눈부신지 맨눈으로는 10초도 볼 수 없을 정도였다. 선글라스를 쓰고 다시 밖으로 나왔다. 내가 본 것은 거짓 같은 거짓 아닌 풍경이었다.

밤새 눈이 내려 30센티미터 정도 쌓여 있었다. 첫눈이라고는 믿을 수 없는 엄청난 양이었다. 놀란 내 뒤에서 할아버지는 태연하게 이제 눈이 올 때가 됐다고 하셨다. 가족들은 모두 나가 게르 위에 쌓인 눈을 치웠고 추위에 벌벌 떠는 양 떼를 해가 잘 드는 개울가로 몰고 나갔다. 첫눈이 오자 식구들은 분주해졌다. 인근에 사는 청년들이 와서 일을 도왔다. 이곳에서는 우리 집 남의 집 일이 따로 없었다. 그것이 바로 이 척박한 자연에서 이들이 살아가는 방법인 것 같았다.

눈은 산발적으로 내리다 멈추다를 반복했고, 내린 눈은 그대로 쌓여만 갔다. 게르 안은 환기구를 닫아놓아 한밤처럼 어두웠다. 눈밭을 헤치고 나가려면 몸이 젖지 않도록 해야 했지만 내가 가진 장비로는 버거워 보였다. 신발은 사막용 부츠라 방수가 되지 않았고 겨울용 고어텍스 재킷은 거의 10년이 다 되어가는 낡은 것이라 방수 기능이 미덥지 못했다. 바지도 마찬가지였다. 두 벌을 껴입으면 그런대로 추위는 참을 만하겠지만 바짓단이 눈에 젖을 것이 뻔했다. 그래도 나는 눈 덮인 이 길을 걸을 생각이었다.

난로 옆에 쓰레기처럼 버려진 기름 덩어리가 눈에 띄었다. 양고기의 살을 발라내고 남은 것이었다. 그걸 본 순간 아이디어가 떠올랐다. 할아버지에게 그걸 써도 되느냐고 묻자 흔쾌히 그러라고 하셨다. 나는 먼저 신발에 이 양기름을 녹여 바르기 시작했다. 바르고 굳히고 또 바르기를 반복했다. 여러 차례 기름을 겹겹이 먹인 신발에 물을 흘려보자 기름층을 따라 물방울이 또르르 굴러 떨어졌다. 할아버지는 그런 모습을 지켜보시더니 당신의 부츠를 꺼내와 내가 하는 것처럼 양기름을 바르기 시작했다.

선배는 걱정스러운 표정으로 그렇게 하고 가겠느냐고 물었다. 이 정도면 충분할 것 같다고 대답하고 나서 이번엔 재킷을 벗어 그 위에 바르기 시작했다. 조금 역한 냄새가 나긴 했지만 온몸이 젖어서 얼어 죽는 것보단 훨씬 현명한 선택이길 바랐다. 문제는 바지였다. 바지에 기름을 바르는 건 그다지 효과가 없어 보였다. 신발과 바지 틈으로 눈이 들어찰 수 있기 때문에 원천적으로 눈을 막을 방법이 필요했다. 가방에서 더 이상 입지 않는 얇은 방풍 재킷을 꺼냈다. 가위로 팔을 잘라내고 고무줄로 묶어 임시용 스패츠를 만들었다. 기름을 바른 신발에 스패츠를 착용하고 게르 밖으로 나가 걸어봤다. 깊이 쌓인 눈길을 걸었지만 발이 조금도 젖지 않았다. 하얀 사막 위에 내 발자국만 길게 남았다. 이것이 9월 고비의 풍경이었다.

고비 사막, 몽골, 2011년 9월

사막의
똥

똥. 점잖게 표현하자면 배설물.

인간이나 동물이 섭취한 영양소로부터 자신의 몸 안에 필요한 물질과 에너지를 얻은 후 밖으로 배설된 노폐물을 뜻한다. 우리는 일이 잘 풀리지 않았거나 가치가 없는 것에 대해 흔히 '똥 됐다'고 표현하기도 한다. 그만큼 똥이 갖는 이미지는 하찮은 것의 대명사처럼 여겨졌다.

그러나 고비에선 똥이 에너지가 다 빨린 배설물이 아니라 에너지 그 자체다. 고비 사람들은 이 똥조차 참 귀하게 여긴다. 비단 몽골뿐 아니라 중앙아시아나 아프리카에서도 그렇다. 동물의 똥을 잘 말려 놓으면 훌륭한 연료가 된다. 가스통은 둘째치고 연탄도 땔감도 쉽게 구할 수 없는 이곳에서 이것만큼 고마운 존재도 없다. 게다가 친환경

270

바이오 연료다. 생산을 위한 고도의 정제기술도 필요하지 않고 화학적 처리도 필요 없다. 그냥 주워다 쓰면 된다. 인간의 노동력만 허락된다면 언제든 구할 수 있다.

게다가 경제적이다. 국제 유가처럼 민감한 시세 변동도 없다. 산유국이 원유 생산량을 급감시키면 많은 혼란을 겪지만 낙타나 말이 똥을 안 쌀까 염려할 필요는 전혀 없다. 석유를 둘러싼 전쟁은 있지만 똥을 둘러싼 전쟁은 없으니 평화적이기까지 하다. 다만 기후 변화로 인해 이런 지역들의 상당 부분이 또 다른 사막화의 영향을 받고 있다는 것이 안타까울 뿐이다. 그만큼 가축들을 먹일 초지가 줄어들고 있어 자연스레 동물의 개체도 인간의 거주도 영향을 받기 때문이다.

고비 사람들은 틈날 때마다 초원에 뿌려진 똥을 거둔다. 거둬들인 똥은 햇볕에 잘 말려 한곳에 쌓아둔다. 그렇게 모아 말린 똥은 1년 내내 연료로 유용하게 쓰인다.

사람들은 이것으로 불을 피워 따듯한 음식을 만들고 물을 끓여 차를 마신다. 겨울이면 매서운 한파에도 견딜 수 있도록 게르 안을 따듯하게 덥힌다. 똥이 없으면 불가능한 일이다. 가치는 어떻게 쓰이느냐에 따라 달라지는 것 같다. 고비의 똥처럼.

고비의
시골 여관

몽골의 오지를 여행하다보면 콘크리트 건물로 지어진 숙소에 머물
일이 거의 없다. 생각해보면 고비라는 이름과 호텔이라는 이름도 어
울리지 않는 것 같다. 이름도 생소한 사막의 외딴 마을에 찾아올 이
유를 가진 사람이 많지 않기 때문일 것이다. 그래서 때론 주민들의
게르를 빌리거나 그 앞에 텐트를 치며 하룻밤을 보내는 경우가 대부
분이다. 그러다가도 조금 규모가 있는 마을에 들르면 간혹 여관에서
잘 때가 있다. 그나마 간판이라도 있으면 좋을 텐데 그렇지도 않아
사람들에게 물어물어 주인을 찾아야 하는 경우가 다반사다. 주인 입
장에선 언제 올지 모를 손님을 앉아서 기다리느니 그 시간에 다른 일
을 하는 게 더 생산적일 것이다. 혹여 다른 일을 하지 않더라도 그 기
다림은 무척이나 따분한 일임에 틀림없다. 시골 여관들은 그래서 찾

기도 어렵고 찾아도 주인이 올 때까지 한참 기다려야 하는 경우가 종
종 있다. 지친 여행자에게 이 기다림은 희망 고문과도 같다. 조금만
기다리면 편히 쉴 수 있을 거라는 희망과 언제 나타날지 모를 주인을
기다리는 지루함이 교차하는 것이다.

   이 여관들에는 눈에 띄는 공통점이 몇 가지 있다. 먼저 화장실이
없다. 건물이 크든 작든 방 안에 화장실이 있을 확률은 매우 희박하
다. 물론 도시의 현대적인 숙소들은 예외지만. 화장실은 대체로 건물
밖 한 귀퉁이에 있다. 초원 위에 덩그러니 놓인 사과궤짝 같은 그 화
장실과 다름없다. 어둡고 긴 복도를 지나 찬바람을 맞으며 볼 일을
보러 갈 때는 처량한 기분마저 든다. 여관에는 샤워실이 없다. 수도관
자체가 없는 경우가 많다. 물이 귀한 곳이니 상수도가 제대로 설치되
어 있지 않은 건 한편 이해가 간다. 화장실과 물은 관련 있으니 건물
안에 화장실을 둘 수 없는 이유도 알 것 같다. 문에는 벨이 없다. 룸
서비스를 받을 일도 없고 노크로도 충분하니 굳이 돈 들여 전기를
쓸 필요가 없는 것이다. 화장대와 거울도 거의 없다. 이 오지까지 여
행하는 사람들 중 물도 나오지 않는 방 안에 앉아 거울 보며 화장품
을 두드릴 사람이 누가 있을까. 내 나름의 기준으로 숙소가 갖춰야
할 기본의 극히 일부만 떠올려봐도 여관에는 없는 것이 너무 많다.

   그렇다고 덩그러니 텅 빈 방만 있는 것은 아니다. 침대와 덮을 이불
은 물론 있다. 그리고 햇살 드는 창문도 있다. 방 안을 밝히기엔 다소
부족해 보이지만 어둠을 밝힐 등도 있다. 그러나 시골 여관에서 가장
눈에 띄는 것은 사막에 갖다 꽂아놔도 천 년은 살 것 같은 색색의 조

고비 사막, 몽골, 2014년 8월

화 다발이다. 그리고 삭막한 방 안의 벽면을 뒤덮은 젖과 꿀이 넘치는 풍요로운 풍경화다. 창밖의 풍경과 극명한 대조를 이루는 것이 눈에 띄는 이유다. 삐걱거리는 침대에 누워 모래바람이 쓸고 가는 풍경을 내다보고 있자면 이곳만큼은 안전하고 포근하다는 데 만족하게 된다. 이 방 안에서만큼은 모든 것을 가진 것 같아 가끔 마주치는 사막 위의 시골 여관이 반갑기도 하다.

유목민

    고비는 유목민의 땅이다. 그러나 진정 유목을 하는 사람들을 만나기는 쉽지 않다. 자연환경의 변화와 더불어 개발이라는 광풍이 불어닥친 고비에선 점점 힘들어졌다. 인구의 절반이 대도시로 몰려가 이제 고비에는 가축을 돌볼 젊은 사람들이 예전만큼 남아 있지 않다. 돈을 벌어 양의 수를 늘리고 좀 더 좋은 말과 게르를 사는 것이 더 이상의 꿈이 아니다. 그보다는 콘크리트로 지어진 번듯한 건물과 어디든 갈 수 있는 4륜 구동 자동차를 갖고 싶어 한다. 양고기는 돈만 있으면 얼마든지 레스토랑에서 맛볼 수 있다. 고비를 여행하며 머릿속으로 상상하던 이미지의 유목민은 단 한 차례도 만나지 못했다. 때가 되면 모든 식구가 짐을 싸서 초지를 찾아 이동하는 유목민의 모습 말이다. 수백의 가축을 이끌고 긴 여행을 떠나는 그 광경을 목격하고 싶었다.

2015년 봄, 나는 다시 몽골을 찾았다. 알타이 산맥의 타반보그드에서 이어진 길은 해발 3,000미터가 넘는 높은 산들과 그 산에서 흘러내린 강물들이 뒤섞여 모험을 즐기기에 아주 그만이었다. 타반보그드 남부에서 흘러온 홉드 강이 텡겔이란 카작인 마을을 휘감아 돌고 시커먼 바위산을 배경으로 듬성듬성 자란 키 큰 나무들이 쉬어갈 곳을 마련했다. 우리는 넓은 풀밭 위의 한 나무 아래에서 야영을 하기로 했다. 주위에는 세 채의 게르가 서로 떨어져 있었는데, 나는 그 중 한 곳을 방문해, 카작인 노인에게 근처에서 하룻밤을 지낼 거라고 인사했다. 하루 동안 우리는 이웃이 되는 것이니 어른을 찾아뵙는 것이 좋겠다고 생각했던 것이다. 그분은 오래전에 퇴역한 군인인데 당시의 사진과 표창을 자랑스럽게 게르 안 곳곳에 걸어두고 있었다. 사진들을 보며 젊은 날의 활약을 설명해주셨다.

텐트로 돌아가자 손님이 찾아왔다. 한 카작인 여인이 네 명의 아이를 데리고 우리 야영지를 찾은 것이다. 그녀의 손에는 차와 비스킷이 들려 있었다. 서로 말이 통하지 않아 인사를 주고받는 것 외에는 비스킷을 한 입 물고 고맙다는 눈인사를 보내는 것이 전부였다. 차를 다 마시자 여인은 잘 있으라고 손을 흔들고는 자리를 떴다. 스쳐가는 여행자에게 건넨 한 잔의 차가 알타이의 찬 아침바람에도 훈훈하게 마음을 녹였다.

나는 삭사인 강을 따라 또다시 거친 산길로 들어섰다. 숨 가쁘게 올라선 언덕에서부터 제법 긴 거리의 내리막이 시작됐다. 걸음걸이보다 못한 속도로 산길을 올랐던 것에 한이라도 맺힌 듯 거친 산길을 시속 60킬로미터 넘는 속도로 내달렸다. 그야말로 알타이 산을 날아가는 기분이었다. 두툼한 팻바이크에 실린 무게만도 120킬로그램 정도 되니 한번 붙은 가속은 여간해서 멈추지 않았고, 낮은 언덕에선 힘들여 페달을 밟지 않아도 시원스레 넘어갔다. 불간까지 오는 길에는 제법 큰 탈 호수가 있었다. 땀을 뻘뻘 흘리면서 달릴 때는 이 호수에서 수영할 생각만 했는데 막상 도착할 즈음엔 비가 세차게 퍼부어 호수에 들어갔다 나온 것처럼 푹 젖었다.

라샨트라고도 하는 딜룬에서 불간까지 이어진 협곡은 지금껏 본 곳 중 가장 아름다웠다. 또 그만큼 험한 곳이기도 했다. 차량 한 대가 겨우 지나갈 정도로 좁은 산길과 그 아래로 강물이 나란히 흐르고 있었다. 주위는 높고 검은 바위산에 둘러싸여 한낮에도 햇빛이 잘 들지 않았다. 뭔가 낯선 세계로 들어서는 신비로운 분위기가 도는 곳이었다. 만약 전설로만 전해지는 낙원으로 가는 길이 있다면 이런 분위기가 아닐까 싶을 정도였다. 소리를 지르니 목소리가 골짜기에 메아리쳐 저 반대쪽에서 또 그 너머에서 내 목소리가 들려왔다. 그리고 잠시 후 낙타 울음소리가 내 소리에 대답하듯 골짜기를 따라 들려왔다. 그 소리를 따라가자 산길이 뿌연 흙먼지로 가득 차 길이 보이지 않았다. 다만 협곡을 울리는 수많은 발소리로 동물들이 떼지어 가고 있다는 것을 알 수 있었다.

바람이 불어 먼지가 쓸려가자 눈앞에 믿지 못할 광경이 펼쳐졌다. 시간의 벽을 뚫고 과거 어느 때로 돌아간 듯한 장면이었다. 말과 낙타에 올라탄 10여 명의 사람이 헤아릴 수 없이 많은 낙타와 염소 떼를 몰고 이 좁은 산길을 지나고 있었다. 그들이 탄 박트리안 낙타(쌍봉낙타)에는 솥이나 이불 같은 온갖 살림살이가 얹혀 있고, 어떤 낙타에는 게르를 해체한 부속품들이 한가득 실려 있었다. 한 마리의 염소도 놓치지 않으려 꼼꼼하게 주변을 살피고 가축들의 속도에 맞춰 세상에서 가장 느린 걸음으로 어디론가 향하고 있었다. 바로 내가 그토록 만나길 바랐던 유목민이었다. 그들이 잠시 쉬어갈 즈음 나도 그들과 함께 걸음을 멈췄다. 사람들은 두꺼운 외투 차림에 볼이 발그스레했다. 피부는 거칠어 트고 갈라졌지만 아주 건강해 보였다. 그들의 표정은 더없이 밝고 활기차 보였다. 한 남자가 나에게 어디에서 출발했느냐고 물었다. 타반보그드에서 왔다고 하자 내 다리를 만져보더니 500킬로미터를 달려온 다리라며 엄지를 치켜세웠다.

그들은 겨울을 나기 위해 이동 중이라고 했다. 몽골의 겨울은 매년 수많은 가축과 사람이 목숨을 잃을 정도로 혹독하기로 악명이 높다. 해발고도가 높은 이 산악지역에는 겨울이 더욱 빨리 찾아온다. 그래서 여름이 한창인 8월이면 떠날 준비를 한다고 했다. 몽골은 동서로 2,500킬로미터, 남북으로 1,000킬로미터에 이르는 넓은 땅을 가지고 있다. 대부분의 땅이 버려진 것처럼 보이지만 척박한 그곳에도 사람들이 살고 있다. 다만 그 환경이 사람들을 끌어들이기에 너무 잔혹할 뿐이다. 한여름엔 40도를 웃도는 건조한 뜨거움이 모든 걸 끓여버릴 것 같고, 한겨울엔 영하 수십 도로 떨어지는 매서운 추위가 숨마저 얼어붙게 한다. 유목민들은 이 혹독한 계절의 변화 틈을 놓치지 않고 살 곳을 옮겨야 한다. 괜한 여유를 부리다간 발길이 묶여 겨울 추위 속에 묻혀버릴 수 있다. 살 궁리를 게을리하는 것은 고비에서도 용납되지 않는다. 인간 세상은 어디나 마찬가지다. 21세기 마지막 유목민은 그렇게 새 땅을 찾아 여행을 떠나고 있었다.

　나는 무엇을 위해 길을 떠나는가. 아무도 찾지 않는 이 외롭고 거친 땅을. 세상의 숨겨진 땅을 찾아 나선 지 10년이 지난 지금도 그 물음을 간직하고 있다. 떠나는 유목민의 뒷모습엔 기대와 희망이 있었다. 나는 어떤 기대와 희망을 가지고 있나. 그 답을 찾기 위해 또 다른 사막으로의 여정을 기대하고 희망한다.

알타이 산맥, 몽골, 2014년 8월

알타이 산맥, 몽골, 2014년 8월

Road _ 04

원정 기록

유라시아 대륙

수많은 기쁨과 눈물이 함께하는
아름다운 길 {2006년 5월 6일~12월 26일, 235일}

중국 텐진에서 포르투갈 로카 곶까지 18,000km 자전거로 횡단

횡단 경로 : 중국 → 파키스탄 → 이란 → 터키 → 불가리아 → 세르비아 → 크로아티아 →
슬로베니아 → 이탈리아 → 프랑스 → 모나코 → 스페인 → 포르투갈

대원 : 남영호, 박정헌(산악인), 김형욱(대학생), 최다운(대학생)

    유라시아는 유럽과 아시아를 잇는 지구 상 가장 거대한 대륙으로
인식된다. 90여 개의 나라에 지구 상 인구의 약 70퍼센트인 50억 명
이 살고 있다. 대륙은 동으로 태평양, 서로는 대서양, 북으로는 북극
해, 남으로는 인도양에 둘러싸여 있다. 역사적으로 동과 서의 문화와
문물을 교류한 실크로드는 서로 다른 두 땅을 연결하는 중요한 소통
로 역할을 해왔다. 대체로 역사학자들은 그 교류의 종착점을 현재 중
국의 시안으로 보고 있지만, 일부 학자들은 우리나라에서 발견되는
당시 유물 등을 바탕으로, 유라시아 대륙에서 실크로드의 끝을 우

286

리나라의 경주로 보는 관점도 있다. 이곳엔 세상에서 가장 높은 히말라야 산맥이 있고, 가장 추운 땅 시베리아와 가장 뜨거운 땅 다슈테루트도 있다. 또한 수많은 거대한 사막(고비, 타클라마칸, 타르, 카비르, 카라쿰 등)과 수천 킬로미터에 이르는 여러 강(양쯔, 황허, 레나, 인더스 등)이 지나고 있다. 역사적으로나 지리적으로나 가장 풍성한 자원을 가진 땅이기도 하다.

이 원정의 일행은 나를 포함해 4명이었다. 당시 군 제대를 앞두고 있던 최다운과 산을 통해 알게 된 김형욱, 산악인 박정헌이 함께했다. 박정헌은 촐라체 등반 후 여덟 손가락을 잃는 큰 사고를 당한 후였다. 그는 지구본에 그어진 대륙을 가로지르는 붉은 선을 보고 수직의 세상에서 내려와 수평의 세상을 경험하기로 결정했다. 그러나 5월에 인천항을 떠나며 시작된 원정은 아쉽게도 파키스탄 훈자 마을에서 박정헌과 김형욱이 횡단을 멈추고 최다운과 함께하던 중 프랑스 남부에서 경미한 교통사고로 최다운이 다시 멈췄다. 이후 터키와 불가리아 국경 인근에서 만난 일본인 기타 노부유키와 함께 프랑스 마르세유에서부터 나머지 일정을 함께했다. 12월 25일 리스본에 도착했을 땐 최다운이 횡단의 마지막을 함께하기 위해 찾아왔고, 다음 날 우리는 유라시아 대륙의 최서단인 로카 곶에 도착했다.

유라시아 횡단은 동과 서를 관통하는 만큼 다양한 문화와 종교, 자연과 계절을 지나야 했다. 종교적으로는 불교와 유교권을 지나 이슬람교와 그리스도교권을 거치고, 자연적으로는 중국의 거대한 분지에서부터 파미르의 고지대와 파키스탄의 카라코람 산악지대, 이란의 사막지역과 터키의 아나톨리아 고원, 동유럽의 산악지대, 지중해 연안 등을 거쳐 목적지에 닿았다. 그사이 계절도 바뀌어 5월의 황사가 불어닥치는 중국을 지나 이란의 사막에서 뜨거운 여름을 맞이했고, 불가리아에서 첫눈을 맞았다. 마침내 크리스마스에 리스본에 도착하며 8개월간 봄, 여름, 가을, 겨울을 모두 겪었다.

무엇보다 이 여정이 의미 있었던 것은 길 위에서 만난 인연들 때문이다. 급변하는 중국의 현재를 살아가는 젊은이들과 외딴 마을의 위구르인들, 파키스탄 훈자의 순수한 사람들, 독립을 열망하는 쿠르드족, 유럽과 아시아 사이의 터키인들, 폐허에서 희망을 가꿔가는 세르비아인들, 이탈리아 항구 도시의 불법 노동자들까지……. 그들이 있어 이 길을 달리는 것이 의미 있었고, 그들을 만났기에 이 여정이 더욱 복된 시간이 되었다.

원정은 일간스포츠와 프라이데이를 통해 횡단 전 기간 중 연재되었다.

타클라마칸 사막

거친 야생낙타의 {2009년 10월 3일~10월 21일, 19일}
울부짖음 같은 모래바다

아랄

호탄

중국

중국 신장웨이우얼 자치구 호탄에서 아랄까지 450km 도보 종단
대원 : 남영호　　　　　**게스트** : 박정호(여행작가)
EBS 촬영팀 : 선희돈 PD와 김경록 PD
지원팀 : 송광수(통역 및 가이드, 중국), 동신홍(운전, 중국)

　　타클라마칸은 중국 서부의 신장웨이우얼 자치구에 위치한 거대한 모래사막이다. 동서로 1,000킬로미터에 이르고 남북으로 400킬로미터나 된다. 지명은 위구르어로 '버려진 땅' 또는 '아무것도 없는 땅'이란 뜻인데, 그 의미만큼이나 사막은 오로지 모래로만 덮여 있는 거대한 공간이다. 북으로는 톈산 산맥과 파미르 고원이, 남으로는 쿤룬 산맥이, 동으로는 고비 사막이 이어진다. 그야말로 지구 상 가장 고립된 곳 중 하나로서의 조건을 모두 갖추었다. '죽음의 바다'라는 이름은 이런 극한의 조건을 가진 탓에 이곳을 넘으려던 많은 사람이 희생

당해서 붙었다. 그러나 이 일대는 역사적으로 실크로드에서 매우 중
요한 곳이기도 했다. 타클라마칸을 중심으로 그 북쪽은 서역북로, 그
남쪽은 서역남로로서 동과 서의 문명을 교류하던 역사의 현장이기도
하다. 사막을 빙 둘러 많은 오아시스가 발달했는데, 이곳은 지금도
여전히 마을과 도시로서의 기능을 하고 있다. 사막의 북쪽을 흐르는
타림 강과 남쪽의 쿤룬 산에서부터 흐르는 호탄 강과 케리야 강이
작물재배와 목축을 가능하게 하기 때문이다. 이곳은 수박과 포도의
산지로 매우 유명하며, 그 당도가 세계 제일이라고 정평이 나 있다.

대부분의 주민들은 위구르인과 일부 카작인 등 이슬람교도지만 중
국 정부의 정책에 따라 한족이 유입되며 서로 다른 두 문화가 공존하
고 있다. 타클라마칸은 오랫동안 '불모의 땅'으로 인식되어왔지만 석
유자원이 개발되면서부터 아주 중요한 경제적 가치를 지니게 되었다.
지금은 유전 단지가 건설되었고, 석유 운송과 개발을 위한 사막 공로
가 곳곳에 놓여 있다.

타클라마칸을 도보로 횡단하고자 한 것은 유라시아 대륙 횡단을
하며 일생에 처음 마주했던 사막이라는 생경한 풍경에서 느낀, 말로
단정할 수 없는 강한 끌림이 있었기 때문이다. 또한 혜초의 『왕오천
축국전』을 읽으며 생긴 이 사막에 대한 궁금증이 두 발로 직접 걸어
야겠다는 결심을 하게 했다. 기록에는 어떤 자세한 묘사도 꾸밈도 없
이 사막의 물리적 공간을 훌쩍 뛰어넘어 혜초가 서 있던 자리와 그
사막 너머의 마을에 대해 이야기하는데, 나는 바로 그 사이에 존재하
는 이곳이 무척 궁금했다. 과연 두 곳을 잇는 사막의 길이 가능했을

까 하는 궁금증에 대한 해답은 직접 찾아보지 않으면 알 수 없었다. 위성지도를 들여다보고 그 안의 고대 유적들을 조사하며 가능성을 찾아보기로 했다. 한여름 호탄 강과 케리야 강이 어떻게 흘러가는지, 타클라마칸 사막이 당시엔 어떤 규모였을지도 조사해야 했다. 사막을 두 발로 건너기 전에 마음속으로 수백 번 넘게 그곳을 넘었다. 그러나 직접 사막을 넘기 전에 할 것은 그뿐이 아니었다. 예를 들면 원정에 필요한 정보 수집은 물론 그곳에 대비한 훈련도 필요하고, 무엇보다 원정에 들어가는 자금이 필요했다. 탐험가에게 가장 어려운 것은 극한의 지대를 건너는 것만큼이나 떠날 수 있는 바탕을 준비하는 것이다.

원정에는 박정호 작가와 EBS 촬영 팀이 함께했고, 현지에서는 조선족 가이드 송광수 씨와 운전사 동신홍 씨가 도왔다. 박 작가는 애초에 도보 종단 자체가 목적이 아니었다. 사막에 대한 순수한 호기심으로 여정에 동행했고 일부 구간을 함께 걷기도 했다. 우리는 호탄에 도착한 직후 민감 시설에 대한 정보 수집 등의 혐의로 공안당국의 조사를 받고 며칠 간 억류당하기도 했지만 다행히 무혐의로 풀려났다. 그러나 결국 GPS를 압류당한 채 사막을 건너야 했다. 마음으로 수없이 넘었던 사막이지만 바로 앞에 서자 두려움과 막막함이 느껴졌다. 말라버린 강물의 흔적과 그림자가 알려주는 방향을 따라 북으로 전진했고, 사막에 발을 들인 지 18일 만에 그곳에서 헤어나올 수 있었다.

원정은 EBS 〈리얼 실험 프로젝트 X〉를 통해 방영되었다.

갠지스 강

삶과 죽음의 경계, {2010년 4월 6일~6월 21일, 77일}
그 한가운데를 흐르는 강

강고트리

방글라데시

인도

벵골만

▌ 인도 강고트리에서 방글라데시 벵골 만까지 2,510km를 카약으로 탐험
  대원 : 남영호, 정찬호

　'성스러운 강'이란 별명이 붙은 갠지스는 힌두교의 역사와 신화를
가득 품은 곳으로, 인도인에겐 그 자체가 성지다. 지리적으로는 가장
먼 곳의 수원이 알라크난다지만 힌두교의 믿음에서는 시블링 산에서
5킬로미터 떨어진 고무크에서 시작된 바기라티를 갠지스의 원류로 생
각한다. 이 두 원류는 데브프라야그에서 만나 마침내 갠지스라는 이
름으로 흐른다. 두 강물이 만나는 지점을 인도에선 상감이라 하며 매
우 신성한 곳으로 여긴다. 강은 인도의 북부를 가로질러 방글라데시
로 흘러들어가 마침내 2,500여 킬로미터를 흐른 뒤 벵골 만에서 사

라진다. 그 길이는 세계의 강들 중 34번째로 길다. 힌두교인들은 갠지스에서 태어나 갠지스로 돌아간다고 할 만큼 이 강과 밀접한 관련을 맺고 살아간다. 종교적인 믿음에서 보자면 갠지스에서 목욕을 하는 것만으로 죄를 씻을 수 있고, 이곳에서 일생의 마지막을 맞이하면 긴 윤회의 굴레를 벗어날 수 있다고 믿는다. 매일 강가에서는 신에게 바치는 푸자(puja)라는 의식이 열리고 강물에 꽃과 불을 띄워 보낸다. 이렇듯 신성시되는 곳이지만 아이러니하게도 수많은 인구가 쏟아내는 오염물질과 버려지는 시체 등으로 수질은 매우 심각한 상황이다. 가장 성스러운 곳인 동시에 가장 더러운 강물이라는 오명을 가지고 있기도 하다. 안타까운 것은 전 세계에 몇 종 안 되는 민물돌고래가 살고 있는데, 이제 갠지스에서 그 돌고래를 영영 볼 수 없을지도 모른다는 사실이다.

지금까지 갠지스의 시원에서 끝까지 인간의 힘으로 여행한 자가 없다는 사실은 매우 놀라웠다.

이미 오랜 역사 속에서 강물을 따라 수많은 도시가 세워졌고 인간의 교류가 이어져왔음에도 말이다. 원정대는 전 구간을 노를 저어 완주하는 것을 목표로 여정에 올랐다. 일부 구간을 도보로 이동하는 것 외엔 대부분의 거리를 카약으로 이동하기로 했다. 우리는 셀프 베일링 방식(Self Bailing, 바닥면에 구멍이 여러 개 뚫려 있어 물이 드나들도록 설계된 것)의 공기주입식 카약을 사용했다. 이것은 급류에서 주로 사용하는 것이지만 2인이 함께 타며 많은 짐을 싣기 위해 선택했다. 특성상 직진성이 좋지 않고 늘 선내에 물이 있다는 것과 빠르지 않다는 단점이 있지만 저렴한 가격과 운반과 설치가 쉽다는 장점이 있다.

4월의 강고트리 일대는 여전히 찬바람이 불어오는 겨울 끝자락처럼 느껴졌다. 봄이 오면 비로소 빙하가 녹아 물이 흐르지만 바기라티는 아직 메말라 있었다. 깅고트리에서 우타르카시까지는 산길을 통해 걷고 그곳에서부터 본격적인 패들링이 시작되었다. 곳곳에 만들어진 댐으로 강물은 거의 멈춰 선 듯 잔잔하고 몬순 전의 인도 북부평원은 매우 뜨거웠다. 강물이 너무나 심각하게 오염되어 물을 구하는 것이 늘 어려운 문제였다. 발바닥 전체에 퍼진 피부병도 잠시 원정을 멈추게 하는 걸림돌이 되었다.

그러나 원정대가 목마름을 견디고 몸을 회복하게 해준 것 역시 갠지스였다. 그 강물이 키워낸 수박으로 허기와 갈증을 이겨냈다. 그것은 강에서 얻을 수 있는 가장 깨끗하면서도 유일한 수분과 당분 공급원이었다. 몬순 직전의 폭풍우가 강물을 뒤집어놓을 듯 일렁이고 강변의 모든 것을 쓸어갈 것 같았지만, 원정대는 그런 순간마다 가까스로 위기를 면했다. 그렇게 강물을 따라 여정은 방글라데시로 이어졌다. 모든 것이 순탄할 것이란 기대는 하지 않았지만 강물에서 무수히 보아왔던 삶과 죽음의 경계를 직면하게 될 것이라고는 생각지 못했다. 외딴 마을에서 밤을 보내던 중 무장괴한들에게 피습을 받고도 다시 전진해 마침내 벵골 만에 다다랐지만, 그 마지막 순간까지도 긴 여정을 마친 것에 대한 기쁨을 누릴 수 없었다. 또 한 번 다른 괴한들을 피해 망망대해를 필사적으로 도망쳐야 했기 때문이다. 위기의 순간은 여정의 시작 점이든 끝 점이든 언제든지 우리를 위협할 수 있다.

비가 내리는 칠흑 같은 어둠의 밤바다에서 4시간 넘게 노를 저어야 했다. 오로지 살기 위해서. 꼭 살아야겠다고 다짐했다. 그 순간, 그것만큼 절박한 바람은 없었다.

고비 사막

몽골 위에 떠 있는
거대한 신기루 {2011년 7월 24일~9월 13일, 52일}

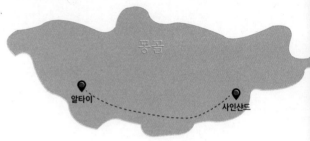

몽골 사인샨드에서 알타이까지 1,600km 중 1,100km를 도보 횡단
대원 : 남영호, 박현우(산악인)

고비 사막은 중국의 북부와 몽골의 남부를 차지하고, 동서의 길이는 1,600킬로미터, 남북의 길이는 500킬로미터에 달하며, 극지방을 제외하고 세계에서 세 번째이자 아시아에서 최대 규모다. 고비 사막은 북으로는 알타이 산맥과 몽골 초원, 남서로는 티베트 고원, 남동으로는 중국 북부평원에 둘러싸여 있다. 우리가 일반적으로 생각하는 사막의 풍경과 달리 고비에서 모래언덕이 차지하는 지역은 극히 일부분이다. 대부분 지역은 암석지대이며 나머지는 약간의 초원과 황무지가 주를 이룬다. 서쪽으로 갈수록 알타이 산맥의 영향으로 고

도가 높아지며 산악 지형이 나타난다. 고비 사막은 평균 해발고도가 약 1,000~1,500미터다.

가장 큰 모래언덕은 구르반 사이칸 국립공원 내 홍고린 엘스에 있는데, 그 길이는 약 120~150킬로미터이고 폭은 10~15킬로미터에 이른다. 고비 사막은 사막의 분류 중 한랭 사막에 속한다. 건조함과 뜨거움은 열대사막과 다를 바 없으나 상상을 초월하는 추위가 몰아치는 곳이기도 하다. 겨울에는 시베리아에서 불어오는 눈을 동반한 바람으로 영하 40도까지 내려가고, 한여름에는 무려 50도까지 올라간다. 거의 100도에 가까운 기온차가 나는 극한의 땅이다. 이 지역은 척박한 기후 탓에 유목생활이 이뤄졌지만 근래 들어 진정한 의미의 유목민은 거의 찾아볼 수 없다. 오유톨고이 등 거대한 광산들이 개발되면서 도로가 생기고 주변 마을이 발전하기 시작하면서 점차 도시에 정착하는 사람들이 늘어났다.

그러나 여전히 고비는 거주민이 매우 희박한 땅이다. 인구 300만 중 절반이 대도시에 몰려 있고 광활한 몽골 고비에는 그 나머지 인구가 드문드문 분산되어 있을 뿐이다.

나는 고비 사막을 시작으로 세계에서 가장 큰 10개의 사막을 건너겠다고 다짐했다. 세계 최고봉인 에베레스트를 오른 이가 수천 명에 달하는 지금, 그것이 내 목표가 될 수 없음을 알았다. 나는 오로지 나만의 길을 가고 싶다는 생각이 들었고, 사막은 여전히 인간의 발길이 쉽게 닿지 않는 곳이라는 점이 도전을 꿈꾸게 했다. 이미 타클라마칸 사막을 건너본 경험이 있었지만 그것만으로는 사막을 안다고 할 수 없었다. 그것은 나에게 유일한 경험이었고, 세상엔 그것과 다른 숱한 사막들이 있으니 매번 내가 만날 사막은 다 비슷한 것들 중 하나가 아닌, 늘 새로운 과제였다.

고비도 물론 그랬다. 비록 모래언덕이 숨 막힐 정도로 눈앞을 가득 메우지는 않지만 무려 1,600킬로미터라는 상상도 할 수 없는 광활함이 나를 압도했다. 뜻하지 않은 순간에 퍼붓는 빗줄기와 50도를 넘나드는 열기는 무척 대조적이었지만 어느 한 순간도 편치 않았다. 그 대비가 너무 극명하면서도 폭이 커서 견디기 힘들었다. 함께한 일행에게도 처음 마주한 사막은 결코 쉽게 넘을 수 없는 대상이었다. 더위와 막막함에 지친 우리는 몇 차례 도보 운행을 중단하고 히치하이크로 다음 마을로 간 적이 종종 있었다. 이후 몇 번은 나 홀로 사막을 걷기도 했다. 함께 출발했지만 홀로 걷고 있을 때만큼은 고비가 더없이 외롭고 힘들게 느껴졌다.

9월 어느 날 우리는 사막에서 첫눈을 맞이했다. 사막에서 눈이라니. 상상조차 하지 않았던 일이 눈앞에서 펼쳐졌다. 마치 환영을 보는 느낌이었다. 그 순간 나는 땅과 하늘의 경계가 사라져버린 순백의 풍경에 갇혀버렸다. 다시 눈이 내린 고비를 혼자서 며칠 간 걸은 뒤, 비게르라는 마을에서 다시 만난 일행은 건강이 악화되어 있었다. 일행은 알타이까지 남은 마지막 구간이라도 함께 걷겠다고 했지만 우리는 그곳에서 걸음을 멈췄다.

이미 수없이 실패했기 때문에 포기한 것이 아니었다. 나는 고비를 다시 와야 할 이유가 생긴 것이 다행이라고 생각했다. 내가 겪은 모든 상황이 마치 거대한 신기루 위를 걸어온 기분이었다. 고비의 첫인상은 그랬다. 그리고 고비는 궁금하면 다시 오라고 말하는 듯했다. 겨울이 시작되는 고비의 끝자락에서 나의 '10대 사막 횡단 도전'의 첫 도전은 아쉽게 끝났지만, 그곳은 내 발걸음이 더욱 깊은 사막으로 갈 수 있는 시작점이 되었다.

그레이트빅토리아 사막

지독히도 허기진
붉은 땅 {2012년 5월 15일~6월 12일, 29일}

호주

래버턴   쿠버페디

> 서호주 래버턴에서 남호주 쿠버페디까지 1,400km 자전거 횡단
> 대원 : 남영호, 남준오

　　1875년 어니스트 자일스가 최초로 이 사막을 동서로 횡단한 이후 영국의 빅토리아 여왕을 기념해 이름을 그레이트빅토리아라고 붙였다. 호주의 4.5퍼센트를 차지하는 약 42만 4,400제곱킬로미터 면적으로 우리나라 국토 면적인 10만 제곱킬로미터보다 무려 4배나 큰 호주 최대 사막이다. 이곳은 호주의 아웃백에서도 가장 인구가 적으며 그 중심부에선 어떠한 인간의 정주도 이뤄지지 않았다고 보고된다. 지금도 극히 일부 지역에서만 광물탐사가 이뤄지며, 1953년과 1963년에는 마랄링가와 에뮤정션 일대에서 핵무기 실험이 실시되기도 했다.

300

사막에 가기 위해서는 특별한 허가가 필요하다. 원주민 보호지역과 자연보호구역은 물론 군사보호구역도 다수 포함되기 때문이다. 그레이트센트럴 로드는 사막을 가로지르는 대표적인 비포장도로로 원주민들의 공동체를 잇는 역할을 하며 아웃백 여행자들에게는 모험을 즐길 수 있는 기회를 제공하기도 한다. 이곳에는 일반적인 사막의 기후와 다른 독특함이 있는데, 번개와 천둥을 동반한 뇌우가 자주 발생한다는 것이다. 오로지 햇빛이 작열하는 사막을 상상했다가는 빗물에 별안간 강물이 흐르고 흙이 쓸려나가는 상황에 위험한 일을 당할 수도 있다. 대부분의 호수는 염호로 염도가 매우 높아 식수로 사용할 수 없지만 그런 환경에서조차 자라는 식물들이 다수 이 사막을 지키고 있다. 유칼립투스나 아카시아 관목림이 있고 스페니펙스라고 하는 가시나무가 무수히 자라고 있다.

그레이트빅토리아를 횡단하기 위해서는 마랄링가 지역 통행 허가와 마문가리 보호공원에서의 캠핑 허가, 우메라 금지구역의 통행 허가, 탈라링가 보호공원의 통행과 캠핑 허가가 필요했다. 최소한 6주 전에 신청해야 하는 이 복잡해 보이는 과정은 서호주관광청에서 도움을 주어 큰 염려를 덜 수 있었다. 그러나 허가를 받았더라도 사막 이곳저곳을 마음대로 돌아다닐 수는 없다. 외부인들에게 허락된 곳은 극히 제한적이다. 그중 이 사막의 동서를 잇는 유일한 트랙(길이라기보다는 사막의 잡목을 제거해 4륜 차가 겨우 다닐 수 있는 정도)은 앤비델하이웨이인데, 허가 조건은 이 길로부터 크게 벗어나지 않는 것이었다. 사실상 이 길만을 따라가야 하는 것이다.

사막의 길 한가운데에는 일쿠를카(Ilkurlka)라고 하는 로드하우스가 있는데, 이곳이 유일한 보급지다. 오프로더들을 위해 연료와 간단한 식품을 판매한다. 그러나 외부로부터 600~800킬로미터 떨어진 곳이니 그곳까지 도보로 가기엔 한계가 있어 우리는 산악자전거에 트레일러를 달고 운행하기로 했다. 팻바이크가 이런 길에서는 적격이지만 차가 갈 정도라면 일반적인 산악자전거로도 가능할 거라고 생각했다. 그러나 내 기대와 달랐다. 경험 부족으로 인해 더 큰 고생을 해야 했다. 아무리 차들이 지나다녔어도 사막은 사막이었다. 붉은 모래로 덮인 땅은 때론 단단했지만 대부분 타이어가 파묻히곤 했다. 로드하우스까지도 예정보다 더 많은 시간이 걸리며 가진 식량과 물을 모두 소비해버린 상태였다. 지나던 오프로더들이 식량을 나눠주어 겨우 로드하우스에 도착했으나 우리는 지나온 길보다 더 끔찍한 길을 앞두고 있었다.

쿠버페디까지 무려 800킬로미터에 이르는 길 위엔 아무것도 없었다. 빗물을 받아두는 탱크가 한두 개 있다는 정보를 가지고 있었지만 탱크 안에 물이 있을지 확신할 수 없었다. 계획상으로는 로드하우스에서 사막 끝까지 10일 안에 도착하는 겨였지만 결과적으로 8일이 더 걸렸다. 무려 거의 두 배나 더 걸린 셈이었다. 트레일러에 실을 수 있는 최대한으로 물을 싣고 떠났지만 열흘이 다 가도록 우리는 여전히 사막 안에 갇혀 있었고 먹을 것은 동나버렸다. 돌아가는 비행기 티켓 날짜를 맞출 수 없음은 뻔했다. 물탱크에는 아무것도 남아 있지 않았다. 비라도 내리길 바랐지만 그렇게 쏟아지던 비도 내릴 기미가 전혀 보이지 않았다. 무거운 어깨 위에 수십 마리의 파리 떼가 들러붙어 나의 길을 더욱 힘들게 했다. 더 이상 지칠 수도 없는 상태에 이르렀을 때 다시 한 번 기적이 나타났다. 우리가 자전거로 사막을 횡단한다는 소식을 듣고 남녀 한 쌍이 4륜 자동차로 우리를 찾아왔던 것이다. 그들은 우리를 위해 앞으로 마주칠 사람들에게 우리 소식을 전해줬고 남은 거리를 갈 수 있는 물을 사막에 남겨두었다. 그 물을 찾아 무조건 달려야 했다. 남은 거리의 중간 즈음에서 그들이 남기고 간 커다란 물통을 발견했을 땐 마치 세상을 다 얻은 것 같은 기쁨을 느꼈다. 그 한 통에 우리의 목숨이 달려 있으니 그보다 더 값진 것은 없었다. 우리는 예정보다 9일이 늦어진 29일 만에 결국 사막을 건널 수 있었다. 비록 많은 시간이 걸렸지만 사막은 시간을 묻지 않는다. 우리에겐 그 사막을 온전히 건넜느냐만이 중요하다.

원정 기록 **303**

아라비아 엠프티쿼터 사막

절대고독이라는 아름다움을 간직한
사막의 전설 {2013년 2월 18일~3월 28일, 39일}

오만의 살랄라에서 아랍에미리트의 리와까지 1,000km 도보 횡단
대원 : 남영호, 아구스틴(여행가, 스페인), 이시우(피트니스 트레이너)
KBS 파노라마 제작 팀 : 조영중 PD, 김필승 촬영감독, 김경호 촬영감독, 김판중 음향감독
베두인 지원 팀 : 오바디, 샬레, 압둘라, 모하메드 그리고 낙타 3마리

　엠프티쿼터(Empty Quarter)는 말 그대로 '텅 빈 공간'을 뜻한다. 모래로만 뒤덮인 그 공간이 너무나 광대해 텅 비었다는 말 외에는 이 사막을 부를 만한 적당한 수식어가 없었을 것이다. 현지어로는 룹알할리라 부르는데 이 역시 같은 의미다. 이곳은 길이가 1,000킬로미터, 폭이 500킬로미터에 이르며 사우디아라비아, 아랍에미리트, 오만, 예멘에 걸쳐 아라비아 반도의 대부분을 차지하는 아라비아 사막에서도 가장 넓은 지역이다. 이곳은 전 세계 모래언덕으로만 이뤄진 사막 중 가장 큰 곳으로 손꼽히고 사하라 다음으로 광대한 곳이

기도 하다. 일부 구간에선 염분이 강한 침적지가 나타나기도 한다. 기후는 전형적인 더운 사막의 날씨로, 연강우량은 3센티미터 미만이고 온도는 최고 영상 50도까지 치솟는다. 이곳 주변은 유향 생산지로 오래전부터 알려져왔다. 고대 상인들은 낙타에 유향을 가득 싣고 살랄라 항구를 향해 이 사막을 넘었을 것이다. 이 지역의 최상품 유향은 무엇보다 값진 무역품으로 인도를 거쳐 중국에까지 소개되었을 정도다. 모래사막이 너무 넓어 마치 그것 외에는 아무것도 존재하지 않을 것 같지만 오릭스와 아라비아 낙타의 터전이며 베두인들의 고향이기도 하다. 지금은 유향보다 훨씬 많은 돈을 벌게 해주는 거대한 유전이 있는 매우 중요한 지역이다. 이곳은 지리학적으로 세계에서 원유가 가장 풍부하다. 이전엔 우물을 두고 부족 간에 치열한 다툼이 있었지만 지금은 석유라는 자원을 두고 철책 없는 사막의 국경에 긴장감이 흐른다.

엠프티쿼터는 내가 건너고자 한 10개의 사막 중에서 사하라 다음으로 규모가 크기도 하지만 누구에게나 열려 있는 곳이 아니라서 접근조차 쉽지 않았다. 애초엔 사우디아라비아를 관통해 아라비아 해로 가는 루트를 설정하고 주한 사우디아라비아 대사관과 현지 여행사 등을 통해 허가와 협조를 요청했지만 원하는 대답을 들을 수 없었다. 외국인의 개인적 여행이 사실상 허용되지 않기도 했지만 안전에 관한 문제와 민감한 시설에 대한 염려도 있었을 것이다. 2년여의 준비 기간을 거쳐 나는 오만의 살랄라 항구에서 고대 유적인 시스루를 지나고 오만과 사우디아라비아 국경지대인 사막의 가장 깊숙한 곳을 통해 아랍에미리트의 리와 오아시스로 가기로 결정했다. 그때 KBS에서 세계에서 처음으로 엠프티쿼터를 도보 횡단하는 내 도전을 다큐멘터리로 제작하기로 결정해, 계획은 급물살을 타고 진행되었다.

오만 공보부와 내무부 등을 통해 사막에 들어가도 좋다는 허가를 받았고 그에 필요한 지원까지 약속받았다. 그러나 여전히 아랍에미리트의 루트는 우리에게 막혀 있는 상태였다. 그럼에도 원정대는 사막 횡단을 시작했고, 아라비아 해를 떠나 도파 산맥을 넘고 깊은 와디를 지나 엠프티쿼터에 진입할 수 있었다. 지금까지 보았던 그 어떤 사막과도 비교할 수 없는 거대함, 그것이 나의 첫인상이었다. 마치 높은 산들이 연이어 있는 듯 치솟은 모래언덕들이 앞을 가로막았고 동행한 베두인은 사막에 발을 들인 지 하루 만에 실신해 쓰러지는 일까지 발생했다. 또 한번은 겁에 질린 다른 베두인 친구가 식량과 물을 실은 낙타를 데리고 우리를 떠나버리는 바람에 몇 모금의 물로 사막의 뜨거움을 온종일 견뎌야 했다.

여정이 길어지며 베두인들과 나 사이에 사소한 일들로 인해 신경이 예민해져 있었다. 그것을 좁히지 못한 것이 결국 일을 만들었고, 다른 대원들에게까지 위험한 상황을 겪게 한 꼴이 되었다. 철책 없는 국경을 따라 깊은 사막을 건너고 우여곡절 끝에 오만 루트를 마친 팀은 거대한 사구 위에 드리운 아랍에미리트 국경선 앞에서 발걸음을 멈춰야 했다. 그리고는 아랍에미리트에서 좋은 소식이 들려오기만을 애타게 기다렸다. 그날 저녁 우리가 그토록 바라던 탐험 허가 소식이 기적처럼 날아왔다. 촬영 팀과 주아랍에미리트 한국대사관 관계자들이 함께 메자이라를 방문해 우리 팀에 대해 설명하고 설득해 극적으로 아부다비 왕실의 허가를 받아낸 것이었다. 이제 오로지 두 다리로만 이 사막을 건널 마지막 기회가 생긴 것이었다.

그러나 오랜 시간 뜨거운 사막을 걸어온 대원들은 이미 많이 지쳐 있었다. 발바닥은 신발창이 떨어지듯 벗겨졌고 발톱이 빠지고 목이 부어올라 음식도 삼킬 수 없는 지경이었다. 낙타들도 힘들어하기는 마찬가지였다. 고삐를 잡히지 않으려 도망가고 좀처럼 일어나려 하지 않았다. 발에는 피멍이 잡혀 옷가지를 찢어 감싸줘야 했다. 모두가 힘든 상황이라 우리는 서로 말이 없었고, 나는 대원들을 독려하거나 밀어붙이려고 하지 않았다. 말하지 않아도 서로 우리에게 필요한 것이 무엇인지 잘 알고 있었고 그것으로 이곳까지 왔다. 우리는 서로의 마음을 읽을 수 있었다.

남은 거리는 불과 200여 킬로미터. 지금까지 버텨온 대원들은 이제 마지막 의지로 이 사막을 건너야 했다. 엠프티쿼터는 더 이상 찾아오지 않을 수도 있는 마지막 기회였고 대원들은 끝까지 무너지지 않으려고 부단히 애썼다. 아라비아 해의 살랄라를 떠난 지 39일 만에 마침내 목적지인 리와 오아시스에 도착해 세계 첫 엠프티쿼터 도보 횡단이라는 값진 기록을 세웠다.

이 원정은 〈KBS 파노라마〉 '세계 최초 1,000킬로미터 엠티쿼터를 가다'로 방영되었다.

그레이트베이슨 사막

거대한 미로 {2013년 9월 12일~10월 6일, 25일}

미국 유타 주 솔트레이크 사막에서 네바다 주 리노까지 700km 도보 횡단
대원 : 남영호
지원 및 촬영 : 유창현(사진가), 전재천(사진가)

그레이트베이슨 사막은 북미 최대 사막으로 네바다 주에 대부분 포함되며 유타 주 서부와 캘리포니아 동부에도 약간 포함된다. 서쪽으로는 시에라네바다 산맥, 동쪽으로는 워새치 산맥이 둘러싸고 있어 예로부터 교통편이 발달하지 못했고, 지금도 여전히 도시가 발달하지 않았다. 해발고도도 높은 편이어서 보통 2,000~3,000미터에 달한다. 이 사막에는 많은 산맥이 남북으로 뻗어 있는데, 고도 3,000미터 넘는 봉우리가 33개나 된다. 이 산맥들 사이에는 넓은 계곡들이 있는데 이곳도 고도가 낮지 않아 해발 1,000~2,000미터 정도 된다.

덥고 건조한 여름과 눈 내리는 추운 겨울이 특징이다. 지하자원이 개발되기도 하지만 여전히 대다수의 땅은 쓰임새가 많지 않다. 다만 지리적 특성이 매우 복잡해 소금기 가득한 메마른 분지부터 수목이 울창한 산과 호수, 사막, 초지 등이 섞여 있고 이 중 대부분의 공간이 초지여서 상당한 면적이 방목지로 사용되고 있다. 그 밖에도 핵 실험장과 전투기 조종사를 양성하는 기지가 존재한다.

이곳을 여행하기는 매우 힘든 편이다. 도로망이 발달하지 않은 데다, 있다고 하더라도 대부분 비포장이고 산길을 돌아가는 코스가 많다. 수많은 산맥이 남북으로 뻗어 돌아가야 하는 경우도 다반사다. 비단 자동차로 여행하는 이들뿐 아니라 그 길을 벗어나 사막을 횡단하려는 경우에도 마찬가지다. 억센 잡풀과 나무들이 빼곡해 헤쳐나가는 것도 문제지만 수없이 연속되는 거대한 농장의 철책이 원정대의 앞을 막아선다.

나는 이 사막의 동쪽 끝이자 유타 주의 솔트레이크시티 인근의 메마른 소금분지에서부터 원정을 시작했다. 목적지는 700킬로미터 떨어진 네바다의 카지노 도시 리노까지였다. 모르몬교의 성지에서 환락의 도시까지 극단의 지역을 이어가는 길 위에는 오로지 그레이트베이슨 사막만이 존재했다. 9월 3일 샌프란시스코에 도착한 일행은 약 1주일간 차량으로 시작점인 솔트레이크로 향하며 지도나 위성사진으로 판독이 불가능했던 현지 정보들을 수집했다. 농장의 철조망 길이와 군사지역의 경계, 그리고 만약의 경우 차량 진입이 가능한 루트 등을 알아보았다.

　　본격적인 횡단에 앞서 우리는 9월 12일 솔트레이크시티의 북단에
위치한 호그업 산군 25킬로미터를 걸어 메도스프링스에 도착했다.
하얗게 빛나는 그레이트솔트레이크 사막에 닿은 곳이었다. 완전하게
평지를 이루는 이 염분 가득한 지역을 건너 본격적인 횡단의 시작점
까지 시험 주행을 하려고 했으나 연일 쏟아지는 비로 전체가 거대한
갯벌이 되어버렸다. 우리는 워킹트레일러라는 장비를 끌고 갔는데,
바퀴며 신발에 진흙이 달라붙어 바퀴는 굴러가지 않고 엄청난 진흙
을 여기저기에 매단 채 힘겹게 미끄러지듯 움직였다. 눈앞에 보이는
뉴펀들랜드 산군이 좀처럼 가까워지지 않고 우리는 그 한복판에서
하룻밤을 보냈다. 밤새 비는 그치지 않았고 텐트 안으로 물이 들어차
고일 정도였다. 다음 날이 되어서야 걸어 들어온 시간보다 몇 배 더
걸려 겨우 그 길을 빠져나가 웬도버로 향했다.

　　웬도버를 떠나서는 고슈트 산군, 루비 산맥, 셜퍼스프링 산맥, 콜
테스 산군, 토야비 산맥, 뉴패스 산맥, 클랜알파인 산군, 스틸워터 산
맥, 버지니아 산맥 등으로 이어졌다. 때로는 해발 3,000미터를 넘기는
높은 산을 넘어야 했기에 종종 트레일러를 등에 짊어지고 수풀을 헤
쳐나가야 했다. 인간의 흔적이라고는 산맥 사이의 넓은 대지를 가로
지르는 철길뿐이었다. 종종 농장의 철책에 걸린 안내판을 발견하곤
했는데 그건 안내판이라기보다 일종의 경고문이었다. "사유지이므로
통과하지 말 것. 허락 없이 접근 시 발포함." 이런 섬뜩한 글이 적혀
있었다. 무엇을 만나도 나는 사막 위에 떨어진 외로운 존재처럼 느껴
졌다.

루비 밸리에서 딕시 밸리까지 일곱 개의 산과 네 개의 분지를 건넜다. 그사이 국지성 소나기가 몇 차례 퍼부었고 밤에는 기온이 영하로 떨어졌다. 산봉우리엔 희끗희끗한 눈발이 덮여 있기도 했다. 딕시 밸리 인근의 팔론은 군사 도시로 탑건을 양성하는 곳이어서, 특정 시간에는 전파가 차단되어 위성전화로도 지원 팀과 연락을 할 수 없었다. 비상시에도 PLB 장비조차 사용할 수 없었다. 스틸워터 보호구역에는 수십 개의 호수가 있고 그 사이로 미로 같은 길들이 이어진다. 자칫 잘못 들면 거대한 호수를 몇 번이나 돌아야 하고 그 사이의 보이지 않는 늪지대를 만나기도 한다.

　　나는 예정된 길을 놓치고 이 지역을 헤매기 시작했다. 이미 시간은 밤 12시를 넘겼고, 멀리 보이는 농장의 불빛이 가까워지기만 바랐지만, 그곳으로 가는 길을 좀처럼 찾을 수 없었다. 지칠 대로 지친 채 새벽 2시까지 무려 60킬로미터 넘는 거리를 걸어야 했다. 마치 거대한 미로 속을 헤매듯 사막에 놓인 수많은 장애물을 피하고 길을 찾아가야 했다. 10월 6일 오후 2시, 25일 만에 북미 최대 사막인 그레이트베이슨이라는 미로를 통과했다.

깁슨 사막과 그레이트샌디 사막

인간의 의지를 시험하는
목마른 오지 {2014년 4월 20일~5월 11일, 22일}

호주

80마일비치

앨리스스프링스

호주 노던 주 앨리스스프링스에서 서호주 80마일비치까지 1,670km 팻바이크 횡단
대원 : 남영호, 제이슨(미국), 라이언(호주)

　　그레이트샌디 사막은 호주에서 그레이트빅토리아에 이어 두 번째로 큰 사막이다. 그럼에도 불구하고 횡단은 그레이트빅토리아보다 쉽지 않다. 이 사막의 경계에선 또 다른 사막들이 이어지는데, 남쪽으로는 호주 3대 사막 중 하나인 깁슨 사막이, 동쪽으로는 타나미 사막이 있다. 그러니 이 사막을 건너기 위해서는 반드시 적어도 하나 이상의 다른 사막을 건너야만 한다. 대부분의 지역이 모래언덕으로 이뤄져 있지만 그 높이는 20미터 미만으로 낮다. 중심부엔 돌과 자갈이 깔린 지대도 있으며 사막의 외곽에 광산이 몇 군데 있을 뿐 대부

분 지역이 불모지나 다름없다. 캐닝스톡 루트라는 유명한 아웃백 연결로가 이 사막을 남서에서 북동으로 연결되지만 포장이 되어 있지 않은 아주 거칠고 긴 코스이며 남동에서 북서로 향하는 와펫 로드는 찾는 이가 거의 없고 아무런 시설조차 되어 있지 않아, 호주 사막 길 중에서도 가장 위험한 곳으로 손꼽힌다.

실제로 이 사막에서는 사망사고가 많이 일어나는데, 주로 차량의 연료가 바닥나 그곳을 빠져나오지 못한 채 실종되거나 죽음에 이르는 경우가 많다. 길 잃은 자들을 더욱 힘들게 하는 것은 물론 사막의 극악한 기후 환경도 있지만 식용이 불가능한 식물만 자란다는 것과 염분이 가득한 땅이라는 것이다. 물웅덩이에 고인 물 역시 염도가 높아 절대로 마실 수 없다. 그러나 식생이 매우 다양해 여러 종류의 꽃과 식물들이 자란다.

원정대는 그레이트샌디를 넘기 위한 루트로 깁슨 사막의 개리정션 로드와 그레이트샌디 사막의 와펫 로드를 선택했다. 개리정션 로드는 사막의 휴양지인 앨리스스프링스에서부터 시작해 약 1,000킬로미터나 깁슨 사막을 관통하고 나서야 비로소 그레이트샌디 사막을 만난다. 우리의 전체 여정이 1,670킬로미터였으니 목적지를 위해 또 다른 사막의 더 먼 거리를 건넌 셈이다.

여느 호주 사막처럼 이곳도 몇 가지 허가를 받아야 했다. 우리는 팻바이크라는 자전거를 횡단에 사용했는데, 이것은 사막이나 설원을 달릴 때 유리하도록 폭이 4인치에 이르는 넓은 타이어를 사용한다. 여기에 패니어백을 앞뒤로 달아 모든 장비를 싣고 떠났다. 몇 군데의 애버리지니 마을을 지날 때까지 초반부는 일부 구간 포장이 되어 있지만 금방 붉은 사막의 모래가 드러난 비포장도로로 바뀌었다. 마을을 지나면서 폭이 점차 좁아지고, 때론 오솔길 같은 곳을 지나기도 하고, 길이 아주 희미한 풀숲을 헤치고 달리기도 했다.

길을 헤쳐가고 더위를 참는 것은 문제가 되지 않았다. 원정 중 제이슨의 컨디션이 매일같이 악화되는 것이 가장 큰 문제였다. 초반엔 목표대로 일정 거리를 소화했지만 며칠 간 지속되자 지구력에 한계를 느끼는 것 같았다. 목표치의 절반 정도를 겨우 소화하는 일정이 길어지자 라이언은 위기감을 느껴 팀을 이탈하는 사태까지 벌어졌다. 하필 그 시점이 가장 위험한 구간을 눈앞에 둔 데다 제이슨이 고통을 호소할 때였다. 육체적 한계와 정신적 한계를 동시에 느낀 제이슨이 급기야 쓰러졌고 급히 구조대에 지원을 요청했다. 육로 진입이 되지 않아 수송기가 하루 만에 날아와 비상식수와 식량을 투하해주어 우리는 다시 길을 이어나갔다. 그러나 안타깝게도 먼저 떠난 라이언이 불과 50킬로미터 앞선 거리에서 며칠 간 물 한 방울 마시지 못한 채 죽어가고 있었다. 구조대에 의해 발견되어 급수를 받았지만 상태가 매우 심각해 보였다. 그에게 물과 식량을 나눠주고 우리는 목적지까지 남은 거리 250여 킬로미터를 다시 함께 헤쳐나왔다. 함께하는 것만이 살아나갈 수 있는 유일한 방법이었다.

알타이 산맥과 고비 사막

하늘에서부터 이어지는
고비의 줄기 {2014년 8월 12일~9월 18일, 38일}

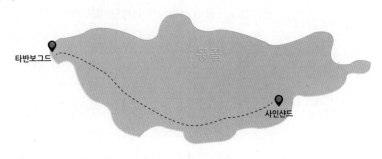

타반보그드

몽골

사인샨드

몽골 타반보그드에서 사인샨드까지 2,400km 팻바이크 및 도보 횡단
대원 : 남영호
지원 및 촬영 팀 : 박현우(대학생), 은재필(대학생), 갈라(통역, 몽골), 보기(운전, 몽골)

    2011년 고비 사막 횡단에 도전했다가 실패한 후 내 마음속에는 언제나 그곳에 다시 가야겠다는 다짐이 자리 잡고 있었다. 하지만 내가 걸었던 똑같은 길을 가려는 것은 아니었다. 이미 고비를 경험해본 나로서는 좀 더 깊은 그곳의 풍광들을 마주하고 싶었다. 사막의 경계는 불분명하지만 고비의 끝에는 알타이라는 산맥이 닿아 있었다.

    나는 몽골 최서북단에 위치한 몽골 알타이 산맥의 끝인 타반보그드에서 시작해 산맥을 따라 이 사막에 빨려 들어가기로 했다. 평균 해발 3,000미터 넘는 고지대에서는 차가운 바람이 불어오지만 추위를 느낄 겨를이 없었다. 까마득한 산길을 넘기 위해서는 잠시도 편히 쉴 수가 없었다. 걷는 것보다 더딘 속도로 오르기 때문에 멈춘 후에 다시 오르기란 여간 힘든 일이 아니었다. 땀을 쏟고 열이 나야 겨우 알타이의 바람이 시원하게 느껴질 정도였다.

검은 협곡을 따라 살아가는 중앙아시아 혈통의 무슬림들도 만나고, 겨울을 나기 위해 먼 거리를 이동하는 유목민의 행렬과도 마주쳤다. 어쩌면 인류 역사상 마지막 유목민일지도 모르는 그들과 함께했다는 것은 탐험을 하며 느낀 최고의 순간이기도 했다. 빙하가 녹아 흐르는 강물은 바다와 너무나 멀리 떨어져 있었다. 굽이굽이 흐르다 어느 호수에 닿거나 땅속으로 사라졌다. 1,000킬로미터를 함께 달려온 알타이는 사막의 목마름 앞에 땅속으로 꼬리를 감추었고, 나는 그 신기루 같았던 사막 속으로 다시 뛰어들었다.

내가 보았던 산맥과 홍고린 엘스, 그 앞의 거대한 분지는 그때 모습 그대로지만 마치 낯선 땅에 들어온 듯한 기분이었다. 한동안 방향을 찾지 못하고 산길을 헤매다 눈앞에 턱하니 망망한 대지가 펼쳐졌을 때의 당혹감은 이제야 사막에 당도했다는 반가움보다 훨씬 컸다. 이렇게 드넓었던가, 이렇게 막막했던가. 홀로 걷자 사막이 더없이 크게 보였다. 지난해에 내린 비로 길은 사라져버렸다. 저 멀리 보이는 홍고린 엘스의 모래언덕과 구르반사이한의 검은 봉우리를 보며 가야 할 길을 짐작해보았다. 다행히 그것들은 여전히 그 자리를 지키고 있었다. 홍고린 엘스를 넘어 욜린암에 이르자 사막이 얼마나 빨리 변하고 있는지 실감할 수 있었다. 터벅터벅 걸었던 달란자드가드로 이어지던 흙길은 온데간데없이 사라지고 시커먼 아스팔트가 곧게 깔려 있다. 애써 그 길을 벗어나려 해도 결국 그 길로 다시 올라탈 수밖에 없었다. 동쪽에서 불어오는 개발 바람이 이제 사구를 넘어 알타이까지 미치는 것은 시간문제일 듯 보였다. 나머지 길에서는 사막의 정취 따위를 느낄 수 없었다. 그저 개발의 광풍에 흙먼지 날리는 덤프트럭의 요란한 경적을 피해 제 몸을 추스르는 것만이 미션이었다. 이미 나의 고비 횡단은 홍고린 엘스의 모래사구 앞에서 끝난 것이나 다름없었다. 그렇게 변해가는 고비의 언저리를 목격하며 3년 전 고비에 첫발을 내딛은 출발지였던 사인샨드에 다시 도착했다.

치와와 사막

신의 가호 없이는 {2015년 3월 13일~3월 31일, 19일}
건널 수 없는 금지구역

멕시코 치와와 주 조나델사일렌시오에서 미국 뉴멕시코 주 화이트샌즈까지
1,200km 팻바이크 종단
대원 : 남영호
지원 및 촬영팀 : 전재천(사진가), 최재원(대학생) 및 멕시코 치와와 주 경찰

치와와 사막은 길이가 1,200킬로미터 넘고 폭은 440킬로미터에 이
르는 북아메리카에서 두 번째로 큰 사막이다. 멕시코 북부의 치와와
주에 대부분 포함되고 북으로 미국 뉴멕시코 주로 일부가 이어진다.
이곳은 거대한 산맥으로 둘러싸여 있는데, 서쪽으로는 서부 마드레
산맥이 동쪽으로는 동부 마드레 산맥이 막아서고 있다. 이 산맥은 바
다에서 불어오는 습기를 차단한다. 그러나 최저해발이 600미터이고
최고해발이 3,000미터에 이르는 만큼 시원하고 비교적 습하며 나무
가 우거진 곳도 찾아볼 수 있다. 대체로 건조한 사막이지만 6월에서

10월 사이에는 소량의 비가 내리기도 한다.

　미국 쪽의 치와와 사막은 한겨울에 매섭게 춥고 눈보라가 불어닥치기도 한다. 세계자연기금에서는 이곳을 생태학적으로 세계에서 가장 다양한 사막으로 보고했다. 그만큼 다양한 식물상을 가진 곳이다. 대부분의 땅은 높고 낮은 산들로 이뤄져 있고 척박해 멕시코 치와와 주 사막의 중부에 큰 광산이 있는 것을 제외하면 규모가 큰 마을이 전혀 없이 가축을 키우는 농장들이 간혹 나타난다. 뉴멕시코 쪽의 사막지대는 미군 최대 군사 훈련지이기도 하다. 이곳은 멕시코와 미국에 걸쳐 있는 공백지인 만큼 마약 밀수와 밀입국 루트로 많이 이용되기도 한다. 또한 사막의 깊숙한 곳에는 마약을 재배하는 곳도, 시설도 있다고 알려져 있다. 한 가지 재미있는 사실은 치와와는 생성된 지 8,000년밖에 되지 않은 사막계의 아이돌이라는 것이다.

　이 사막을 넘는다는 것은 모험 이상의 도전이다. 어쩌면 용기만으로는 감히 발을 들일 수 없을지도 모른다. 사하라보다 광대하지도 않고 타클라마칸처럼 혹독하지도 않다. 칼라하리처럼 사자의 이빨을 두려워할 필요도 없다. 그러나 마약 밀수 운반로라는 것을 알고 막연한 두려움이 앞섰다. 이곳에 가기 위해 조사를 시작하고 멕시코 관광청에 지원을 요청했다. 무엇보다 자연이 아닌 사람에 의해 문제가 발생하지 않도록 하는 것이 최우선이었다. 치와와 관광청과 현지 경찰이 내가 갈 루트를 면밀히 답사하고 안전에 대한 대책을 마련했다는 소식을 듣고 나서야 멕시코로 향할 수 있었다.

　멕시코에서의 출발 지점은 '침묵의 지대'라는 곳이었는데, 그 앞으로는 '악마'라는 이름의 검은 산이 내가 갈 방향으로 뻗어 있었다. 지역의 이름조차 발걸음을 내딛기 힘들게 할 정도였다. 원정대 뒤로는 무장한 경찰이 탄 오프로드 차량 석 대가 근거리를 유지하며 따라왔다. 사막의 깊은 곳으로 들어가면 위성전화로 소식을 전하며 가기로 약속한 터였다. 모래언덕은 거의 없지만 경사가 심하고 지면이 거칠어 주행이 쉽지 않았다. 간혹 나타나는 농장들을 통과해야 했는데, 주정부에서 미리 일러두어 그들의 영역을 통과하는 데는 문제가 없었다. 첫 번째 광산이 있는 지점에 다가설 즈음엔 복면을 쓰고 중무장한 군인들이 우리 일행과 경찰까지 검문했는데, 이것 역시 마약 밀매 단속의 일종이었다. 그들은 인적도 드문 이 길을 주기적으로 순찰하며 단속한다고 했다. 경찰조차 단속 대상이 된다니 밀매가 얼마나 치밀하고 조직적으로 이뤄지는지 짐작할 수 있었다. 이곳에서 그들을 마주치는 게 얼마나 끔찍할지도 말이다.

코야메라는 사막에 있는 유일한 마을에서 마을 사람들에게 뜨거운 환영을 받고 며칠 쉬어갈 수 있었지만 이곳에서 한 명의 대원을 떠나보내야 했다. 함께 이 사막을 건너기로 했던 한 대원이 원정 수칙과 미리 전달한 준비사항을 전혀 지키지 않아 결국 이 마을에서 대원 자격을 박탈하기로 결정했던 것이다. 더 이상 함께한다는 것이 의미가 없었다.

갑작스러운 폭우로 인해 사막은 몇 차례나 진흙탕이 되었고 한 시간 동안 1킬로미터도 채 나아갈 수 없었다. 지원 팀과 경찰도 발이 묶인 상태였고 지반이 약한 일부 지역은 물길이 생기면서 몇 미터 깊이

320

로 주저앉기도 했다. 우리는 인근의 목장에 몸을 피하고 하룻밤을 보냈다. 그러나 비가 멈추지 않고 루트 주변의 땅이 쓸려가는 상황이 지속되자 모두 가장 가까운 마을로 대피하기로 결정했다.

며칠 재정비 시간을 갖고 마침내 다시 사막에 들어섰다. 그런데 멕시코에서의 마지막 루트를 달리던 중 산에서 실탄이 가득 장전된 기관총 탄창을 주웠다. 앞서간 누군가가 흘린 것 같았다. 마지막까지 기도하는 심정으로 달려 멕시코를 벗어났다. 그렇지만 애초의 목적지였던 투산으로는 사막 진입이 허용되지 않아 다시 엘파소로 돌아온 뒤 북진해서 치와와 북단의 화이트샌즈로 목적지를 변경했다.

그러나 이곳은 대부분 군사훈련지여서 민간인의 접근이 금지되어 있었다. 그 인근에도 수시로 엄청난 크기의 장갑차와 트럭들이 오가고 있어 직진 루트를 포기하고 더 먼 거리를 돌아가야 했다. 사막 북동쪽 경계면의 산악지대를 통해 화이트샌즈로 들어가는 루트를 택해 원정을 무사히 마칠 수 있었다. 그사이 무면허인 한 어린애가 우리 지원 차량을 들이받아 크게 파손되는 일이 발생하긴 했으나 다행히 우리 모두 건물 안에 있던 터라 아무도 다치지는 않았다. 이 또한 신의 가호라고 할 수 있었다.

칼라하리 사막

모든 위험이 도사린
야생의 땅 {2015년 10월}

보츠와나의 마운에서 남아프리카공화국의 어핑턴까지 1,200km 도보 종단에 실패
대원 : 남영호, 아구스틴(여행가, 스페인)

칼라하리라는 이름은 '목이 말라 괴롭다'는 뜻의 산족 언어인 카리 카리에서 유래했다고 한다. 역시 사막은 메마름과 갈증을 상징하는 곳임에 틀림없다. 칼라하리는 보츠와나, 나미비아, 짐바브웨, 남아프리카공화국 등에 퍼져 있으며 북으로는 오카방고 강과 응가미 호수가, 서로는 나말란드 산지가, 남으로는 오렌지 강이 경계가 되며, 극지방을 제외하고 세계에서 여섯 번째로 큰 사막이다. 또 한 가지 기록이라면 세계에서 가장 길게 모래가 뻗은 사막이기도 하다. 칼라하리는 여타의 사막과 달리 야생동물의 천국이다. 코끼리와 기린 등이 사막

의 북부인 오카방고 인근에 집단적으로 서식하며 사자나 하이에나, 치타 같은 맹수류도 흔히 볼 수 있다. 지금은 동물의 생태계 보존과 야생동물로 인한 피해를 줄이기 위해 대단위 보호구역들이 조성되어 있는데, 그 경계의 철책들이 수십 킬로미터에서 수백 킬로미터씩 사막을 가로지르고 있다. 우리에게 부시맨이라는 이름으로 알려진 산 족은 이곳에서 오랫동안 유목민으로 살아왔는데, 역시 시대가 지나면서 점차 정착생활로 바뀌어왔고, 이제는 소수만이 예전의 모습으로 사막에 남아 있다. 지금은 다이아몬드 주요 생산지로 알려져 있다.

원정대는 보츠와나 오카방고 삼각주 인근의 마운에서 오렌지 강이 흐르는 남아프리카공화국 어핑턴까지 칼라하리의 북동부에서 남부에 이르는 최장 루트를 도보로 종단할 계획이었다.

여름은 11월부터 2월까지인데, 우리가 도착한 10월 초의 한낮 기온은 섭씨 40도에 가까워 극심한 더위에 노출되었다. 우리는 1인당 하루 6리터의 물을 소비하도록 계획했고, 7일간 필요한 양을 트레일러에 실었다. 출발 지점에서 약 300킬로미터 구간에는 마을이 없지만 150킬로미터를 지나는 지점인 차우 게이트(Tsau Gate, 야생동물보호구역 출입문)에서 물을 보충할 수 있다는 것을 답사를 통해 확인해두었다. 그곳부터 다시 300킬로미터 무보급 지대가 나온다. 이미 각자 운반해야 할 물 무게만도 42킬로그램에 달하는 데다 각종 장비와 식량을 합치면 트레일러와 그 위에 실린 무게가 80킬로그램에 육박했다.

트레일러는 사막용 4인치 광폭 타이어를 장착했음에도 부드러운 모랫길에서는 운행하기가 굉장히 힘들었다. 같은 조건에서 단단한 평지를 주행할 경우 시간당 4~5킬로미터를 이동하지만 칼라하리 초입의 모래에서는 시간당 2킬로미터 미만인 절반 수준으로 떨어졌다.

우리는 애초에 하루 최소 30킬로미터를 이동한다는 계획이었지만 이러한 조건하에서는 20여 킬로미터를 간신히 이동할 수 있었다. 원정 시작 5일째, 우리는 한 차례 탈출 이후 다시 사막으로 발을 들였지만 탈출이 가능한 거의 마지막 경계에서 다시 위기에 놓였다. 이곳에서 더 진입한다면 탈출조차 쉽지 않은 상황이 될 수 있었다. 5일간 이미 35리터의 물을 소비했으나 아직도 차우 게이트까지 80킬로미터가 남은 상황이었다. 더위에 지속적으로 노출되고 수분 부족과 구토 등으로 탈수증이 와서 더 이상 지체하면 운동성 열사병이 염려될 상황이었다. 결국 우리는 원정을 중단하기로 결정하고 대원과 함께 마운으로 돌아왔다.

복귀할 때는 가장 가까운 차량 진입 가능 지역까지 이동한 후 경찰에 연락을 취해 외부 차량을 이용할 수 있었다. 가장 큰 실수는 시즌 선택이었는데, 이건 어디까지나 나의 부족함이 초래한 결과였다. 해당 지역은 5~8월이 겨울로 최적기인데, 여름이 가까워오는 10월을 원정 시기로 잡은 것이 가장 큰 실패 원인으로 판단되었다. 기온이 높다는 것은 그만큼 수분 공급이 많이 필요하다는 의미이고, 그것은 곧 운반해야 할 짐의 무게가 늘어나는 것으로 연결된다. 사막 경험이 늘어나면서 더위에 어느 정도 익숙해졌다고 생각한 것이 치명적인 실수였다. 또 하나는 무게였다. 장거리 원정을 위해서는 반드시 최소한의 무게를 만들었어야 했다.

필수적인 물과 식량을 제외하고는 최소화하는 것이 필요했지만 또 한 번 장비 욕심을 버리지 못했다. 늘 좋은 결과가 보장되어 있다면 그 모험은 가치가 없을 것이다.

그동안 10번의 원정을 통해서도 배우지 못한 중요한 것을 배운 계기가 되었다. 좀 더 겸손해야 하고, 진지해야 하고, 집중해야 한다는 것. 비록 칼라하리를 넘지는 못했지만 그곳을 통해 많은 것을 배웠다.

멈추지 않는 발걸음을 기대하며

몇 차례의 여정을 한 권의 책으로 만들어낸다는 건 내게 어려운 일이었다. 수첩에 적힌 각각의 숱한 이야깃거리를 정리하는 것도 어렵지만 사막이라는 서로 다른 듯 그러나 하나의 이미지로 축약되는 공간과 그곳에서의 일들을 지루한 반복적 서술이 아닌 하나의 이야기로 담아내는 것이 그랬다.

2007년 『유라시아 자전거 횡단기』를 펴내며 느꼈던 부족함도 그동안 책 내기를 두려워한 이유가 될 것 같다. 그리고 나의 경험이 과연 책으로 쓰일 만한 것인가라는 끊임없는 물음도 있었다. 이 책은 사막을 건넌 나의 이야기를 담고 있지만 단지 탐험가로서의 경험을 나누고자 하는 것은 아니다. 어떻게 사막을 건너는지 걷는 방법이나 서바이벌 기술을 알려주는 것은 더더욱 아니다. 내가 마주했던 사막은 물론 탐험의 대상지로서 큰 의미를 갖지만 오랜 걸음을 통해 사막이 내게 알려준 것은 그보다 살아가는 방법과 태도에 관한 것이었다. 돌이켜보면 그렇다. 아무것도 없는 것 같은 그 거대한 사막에서 살아남기 위해 필요한 것은 내가 건너야 할 삶이라는 또 다른 사막에서의 것과 다르지 않음을 알아갔다.

내가 배웠다고 하는 것이 전부는 아닐 것이다. 나는 아직도 그 사막을 걸어가고 있고 여전히 그 사막 속에 머물고 있기 때문이다. 그러나 사막은 분명 이전에 내가 경험하지 못했던, 또 생각하지 못했던 것들을 마주하게 했고 그 안에서 느끼고 배우게 했다. 1만 킬로미터의 사막 길과 2,500킬로미터의 물길에서 겪은 처절함과, 때로는 위기와 공포 또는 기쁨과 외로움 속에서 어떠한 가림막도 과장됨도 없이 맨몸으로 부딪혀 알게 된 것이다.

비어 있음이 필요하다. 내가 숨 쉬고 있는 세상은 너무나 가득 차 있어 답답했고 무엇이 중요한지조차 분간하기 어려울 정도로 요란했다. 24시간 동안 끊임없이 쏟아지는 뉴스와 그 시간 동안 쉬지 않는 친구들의 소식 글들, 새벽의 차가운 밤공기는 찾아볼 수 없는 도시의 뜨거운 불빛들 속에 원래의 모습들은 감춰졌다. 이 소란함을 피하고 싶어서라도 나는 다시 사막으로 떠나고 싶었다. 그러나 사막을 건너고야 말겠다는 탐험가의 비장함은 사막을 만나는 순간 이미 해제되었다. 내가 보아왔던 세상과 너무나 다른, 그래서 마치 이 세상이 아닌 듯한 광경에 말을 잃었다. 너무나 광대해 건널 엄두가 나지 않는 것이 아니라 너무나 고요하고 깨끗해 발을 내딛기가 한편 두려웠다. 바람이 지나면 지워질 테지만 나의 발자국이 그 순결한 땅을 어지럽히는 것 같았다.

그래서 한 발짝 한 발짝이 무척이나 조심스러웠다. 뒤돌아보면 내가 어떻게 걸어왔는지 조금의 오차도 없이 솔직하게 모래 위에 드러났다. 그러나 어릴 적 첫눈 위에 남겨진 나의 발자국처럼 조심스럽게 가는 듯하다가 이내 삐뚤삐뚤 형편없이 어지럽게 걸어온 꼴이 되고 말았다. 그러나 그걸로 낙심할 것은 아니었다. 어차피 사막은 똑바로만 갈 수는 없는 곳이니까. 삐뚤삐뚤 걸어가지만 사구를 넘을 수 있는 용기, 함께 가겠다는 의지와 건널 수 있다는 믿음, 그리고 간절함이 필요하다. 여전히 나에게도 필요한 것이다.

원고를 몇 번이고 다시 읽어보니 여전히 내게 부족한 것들을 발견한다. 이것은 내가 사막을 통해 배웠지만 앞으로 내가 가졌으면 하는 바람일 수도 있다.

나 스스로도 책을 통해 다시 지난 일들을 되돌아보는 소중한 기회가 되었다. 또 앞으로에 대한 다짐을 하기도 했다. 우리에게 정말 중요한 것은 무엇일까. 우린 우리 앞에 놓인 사막을 어떻게 건너야 할까. 불확실함과 두려움이 넘쳐나는 세상이지만 앞으로 나아가기를 멈추지 않기 바란다. 멈추는 순간 우리는 그것에 영원히 포위당하는 것이므로.

감사의 말

지금까지 여정을 이어올 수 있었던 것은 나의 두 다리뿐 아니라 많은 사람의 시랑과 도움이 있었기 때문이다. 그들에게 지난 길들을 돌아보며 고마움을 전한다. 먼저 함께했던 대원들과 스태프들이 떠오른다. 김형욱, 남준오, 박정헌 선배, 박정호 작가, 박현우, 유창현 형, 은재필, 이시우, 전재천, 정찬호, 최다운, 최재원, 아구스틴(Agustin Arroyo Bezanilla), 제이슨(Jason R Smith), 라이언(Rian Cope)이 함께 거친 길을 떠났고 EBS 촬영팀 선희돈 PD와 김경록 PD, KBS 촬영팀 조영중 PD, 김필승 촬영감독, 김경호 촬영감독, 김판중 음향감독이 좋은 영상을 제작해주었다. 그리고 현지의 스태프들과 주한 멕시코관광청을 비롯한 멕시코 정부 관계자들, 서호주관광청, 호주관광청, 주아랍에미리트 한국대사관, 주 오만 한국대사관, 오만 내무부, 아랍에미리트 아부다비 왕실, 아부다비 미디어센터, 그리고 (사)대한산악연맹이 아낌없는 협조를 해주었다.

함께해주었던 기업에도 이 자리를 빌려 고마움을 전한다. 네베상사, 넷피엑스, 노스페이스, 니콘이미징코리아, 더온, 루디프로젝트, 마젤란, 세이프무역, 순토, 엘파마, 올림푸스한국, 제로그램, 중앙일보, 코오롱제약, 타이맥스, 툴레, 호상사, 혜초여행사, KT.

불확실성을 안고 떠나는 탐험가를 후원한다는 것은 그 정신을 함께 나누고 응원하는 것이다. 모두가 두려워할 때 선뜻 손을 내밀어 지금까지 함께하는 나의 파트너 코오롱스포츠와 임직원분들께 특별한 고마움을 전하며 우리의 꿈이 더욱 멋지게 발현될 수 있기를 바란다.

그리고 나의 이야기가 출판되도록 관심을 갖고 애써주신 박소원 선생님과 첫걸음부터 지금까지 변함없는 응원과 용기를 주시는 김세준 선배님, 김승근 선생님께도 고마움을 전한다.

무거운 배낭을 메고 사라지는 아들을 염려하고 기다리셨던 부모님, 그리고 일년의 절반을 떨어져 지내야 하는 남편과 아빠를 둔 나의 사랑하는 가족에게 더없는 고마움을 표한다. 기다림이 얼마나 힘든 것인지 알기에 더욱 고맙고 사랑한다.

마지막으로 이 책을 읽고 있는 당신에게 고마움을 전합니다.